궁안에 잠들어있는 꽃
왕세자 교육현장

단글

궁 안에 잠들어 있는 꽃 3(완결)
왕세자 교육현장

초판 1쇄 인쇄 2016년 5월 23일
초판 1쇄 발행 2016년 6월 2일

지은이 차혜진
발행인 오영배
기획 박성인
책임편집 김규영
제작 조하늬

펴낸곳 (주)삼양출판사 · 단글
주소 서울시 강북구 도봉로 173
대표 전화 02-980-2112 팩스 / 02-983-0660
편집부 전화 02-980-2116 팩스 / 02-983-8201
블로그 blog.naver.com/dan_gul
출판등록 1999년 3월 11일 제9-00046호

ISBN 979-11-313-0607-9 (04810) / 979-11-313-0604-8 (세트)

 은 (주)삼양출판사의 로맨스 문학 브랜드입니다.

차혜진
장편소설

궁 안에
잠들어있는 꽃 ③

왕세자 교육현장

단글

궁안에 잠들어있는 꽃

왕세자 교육현장

목 차

二十花
사로잡은

"……아, 정말……."

누구나가 그렇겠지만, 하연은 요즘 들어 더더욱 아침에 일어나는 게 싫었다. 그냥 눈을 감고 잠에 빠져 눈앞의 상황에서 도피하고만 싶었다.

하지만 언제까지고 현실 도피한다는 건 불가능하지. 꿈은 언젠가 깨기 마련, 하루의 시작인 아침 역시 언젠가는 오고 만다. 그래, 이제 그만 중얼거리고 일어나야 할 텐데.

아침부터 또 한바탕 큰 소리 낼 것을 생각하니 벌써부터 목이 칼칼해지는 거 같았다.

꾀꼬리 같은 목소리 역시 아름다운 여인이 지녀야 할 덕목 중 한 가지인데 해랑 때문에 망했다.

정신은 이미 진즉에 잠에서부터 해방되었지만 꼼짝도 하고 싶지 않았다.

누운 채로 멍하니 천장을 올려다보고 있는데 바로 옆에서 끙끙거리는 소리가 들려오는가 싶더니 감히, 정말 감히 해랑이 하연을 와락 끌어안았다. 아, 정말. 이 인간이!

더는 못 참겠는지 하연이 벌떡 일어났다. 그녀는 태평하게 잠들어 있는 해랑을 바라보며 크게 숨을 들이쉬었다. 그러고는 외쳤다.

"당장 일어나세요!!"

오늘도 청화궁의 아침은 시끄러웠다.

이러한 소음이 익숙하지 않은 현우와 환 역시, 이제는 그녀의 고함 소리로 하루를 시작하지 않으면 뭔가 중요한 걸 빠뜨린 기분이라고 할 정도였다. 도대체 뭐 때문에 아침마다 하연이 저렇게 화를 내는 건지, 보이지 않으니 그것까지는 그들이 알 수는 없었지만 대충 아침 기상 시간으로 싸우고 있을 거라고 추측했다.

하연은 마음 같아서는 자꾸만 자신의 방에 들어오는 그를 고발해 버리고 싶었지만, 그건 불가능했다. 아니, 알려지면 안 되지. 이 사실이 알려지는 날에는 아마 큰 소동이 날 테니까.

아무리 실제로 아무 일이 없다고는 해도 남녀가 한 방에서 잠이 들었다. 소문내기 좋아하는 이들에게는 엄청난 이야깃거리. 때문에 하연은 아무 말도 할 수가 없었다. 해랑 역시 이것을 알고 있었기 때문에 이렇게 매일같이 혼날 걸 알면서도 기어들어 오고, 계속해서 시끌벅적한 아침이 반복되는 것이다.

어떻게 문을 잠가 놓아도 귀신같이 따고 들어오는 걸까. 이것도 능력이라면 능력이다.

갖가지 방법을 생각해 봤지만 하연은 이렇다 할 좋은 방법을 생각해 내지 못했다. 결국 그녀는 포기할 수밖에 없었고.

"……삼 일에 하루…… 어떻습니까."

차라리 협상을 하는 편이 최선이라는 현명한 결론을 내렸다.

"이틀에 하루."

아니, 제가 뭘 잘한 게 있다고 오히려 더 당당한 건지 하연은 기가 막힐 지경이다. 하지만 이렇게라도 하지 않으면 하루도 편히 잘 수 없을 거 같았다. 물론 협상을 한다고 과연 그가 그것을 지킬 수 있을지도 의문이었지만.

"……정상적이지 않아요. 이건 비정상적이라고요."

그녀가 고개를 절레절레 저으며 말했다.

"제 첫 반응에 문제가 있었던 거 같네요. 눈을 떴는데, 웬 남정네가 옆에서 자고 있다면 기겁을 하고 경고를 했어야 했는데."

"아니, 넌 충분히 기겁을 했고, 소리도 충분히 질렀고, 나는 깜짝 놀랐지. 그리고 무서웠어."

"아직 제대로 된 '기겁'이라는 걸 못 보셨군요."

그래. 첫 반응에 문제가 있었다고 생각한다. 귀찮음에 아무렇지 않게 넘어간 게 이렇게 될 줄이야.

해랑 역시 마음에 안 걸리는 건 아니었다. 일단 그렇게 거부감이 없었다는 건 그에게 좋은 일이었다.

사실 맨 처음에는 한바탕 혼이 날 줄 알았는데, 짜증을 내기는 했어도 그가 예상했던 화에 비하면 아무것도 아니었다. 그런데 가만히 생각해 보니까 아까 그녀의 말대로 이건 정상적이지 않은 반응이었다. 만약 그것이 자신에게만이라면 정말 좋겠지만, 제가 아닌 다른 남자들이 같은 행동을 한다고 해도 그러면 어쩌나 걱정이 됐다.

실제로 그녀는 해랑이 깨닫기 전까지는 남자들과 함께 신입 관리 기숙사에서 지냈고, 또 깨달은 후에는 자신이나 돌쇠와 함께 영희궁에서 지냈다. 그리고 지금은 청화궁.

지금 깨달은 건데, 새로운 환경에 대한 적응력이 너무 뛰어난 거 아니야?!

"생각해 보니까 이거 심각한 문제네. 내가 아닌 다른 남자들이 그래도 이렇게 아무렇지 않았을까?"

"……그건 잘 모르겠습니다."

"뭐? 잘 모르겠다니."

"그건 아마 상대의 얼굴에 따라 다르지 않을……."

"서하연!"

해랑이 원하는 대답은 잘 알고 있었지만, 사실 그녀에게는 확신이 없었다.

"걱정 마세요. 이런 일은 평범한 일상에서는 일어나지 않는 일이니까요."

애초에 그런 일이 닥칠 거라는 것부터가 상상이 되지 않았다. 원래는 있어서는 안 되는 일 중 하나였다. 그만큼이나 해랑이 매일 아침마다 저지르고 있는 만행은 무례하고 비정상적인 것이다.

"그런데 확실히 반응이 무디기는 하네."

이거 기뻐해야 하는 것인가 아니면 오히려 한 소리를 해야 하는 것인가, 그것이 문제로다.

조용히 생각에 잠겨 있던 하연이 말했다.

"아마 오라버니의 영향이 큰 거 같아요."

"네 오라버니?"

하연은 고개를 끄덕였다.

"제가 어렸을 때 겁이 많아서요. 무서울 때마다 오라버니 방으로 갔어요. 그럼 오라버니가 저를 재워 줬지요."

"……보통은 어머니 아닌가?"

어린아이가 밤에 자다가 무서워서 파고드는 품이라고 한다면, 보통 어미의 품일 것이다. 그런데 오라버니라니. 이것 역시 뭔가가 이상하기는 마찬가지였다.

"어머니께서는 자주 집에 안 계셔서요. 오라버니 옆에서 잠드는 경우가 많았지요."

오라버니 이완의 이야기를 꺼내니 하연의 표정이 점점 밝아졌다. 그것을 보고 있던 해랑은 절대 이길 수 없는 연적이 또 하나 늘어난 거 같아 솔직히 기분이 좋지만은 않았다.

그래. 물론 상대는 오라버니다, 오라버니. 가족을 질투해서 뭐하겠는가. 게다가 이야기를 들어 보니 어머니 대용에 가까운 거 같은데, 이 정도면 거의 이길 수 없다고 봐야 했다.

예전의 그라면 상상도 못 했겠지만, 조금이나마 넓어진 마음으로 고개를 끄덕이며 혼자 납득하고 있던 그때였다.

문밖에서 돌쇠의 목소리가 들려왔다.

"해랑 님, 지금 서이완 님께서 찾아오셨는데요……."

이런, 호랑이도 제 말 하면 온다더니 딱 이런 격이다. 천유국의 모든 오라버니 되는 사람들은 호랑이의 후예가 분명하다.

"무슨 일로 왔대."

"……담판을 짓기 위해 왔다고…….'"

일단 들여보내라는 해랑의 말에, 닫혀 있던 방문이 다시 열렸다. 일하는 도중이었던 건지 중앙궁 부대장 옷차림의 이완이 안으로 들어왔다.

그 차림 때문인지는 몰라도 해랑은 괜히 위축되는 거 같았다. 옷도 그랬지만, 일단 그의 허리춤에 있는 검이 너무나도 신경 쓰였다.

하연이 무슨 일로 왔느냐 물으려고 입을 열기도 전에, 방 안으로 들어온 이완이 꾸벅 인사했다.

"안녕하십니까."

이완은 해랑이 마음에 들지 않았다. 아무리 왕자라지만 제 예쁜 동생을 이런 무시무시한 청화궁이라는 곳에 데리고 들어가다니. 또한 그가 진심으로 하연에게 마음이 있다는 이야기까지 들려, 이를 확인하고자 온 것이었다. 남자 대 남자로.

"서하연, 너 예문관 출근해야 하는 시간 아니야?"

이완이 하연에게 암묵적으로 밖에 나가 있으라며 눈치를 주기 시작했다. 그리고 이를 모를 리 없는 하연은 알았다며 고개를 끄덕이고는 유유히 방을 나섰다.

해랑이 '설마 자신을 이 호랑이에게 던져 주고 갈 생각은 아니겠지?'라는 눈빛으로 하연을 올려다봤지만, 그것은 통하지 않았다.

"오라버니랑 친해져 두는 게 좋으실 거예요."

나도 친해질 수만 있으면 그러고 싶어! 하지만 이 호랑이는 네 문제에 있어서는 너무 민감하게 반응한단 말이야!

어쨌거나 자신은 정말 출근을 해야 한다며 하연은 청화궁을 나섰고, 해랑은 정말 호랑이랑 한 방에 단둘이 남게 되었다.

입은 웃고 있어도 눈빛은 제대로 살아 있는 호랑이를 바라보던 해랑이 벌벌 떨었다. 도대체 무슨 소리를 하려고 이 시간에 이곳에 찾아온 건지 모르겠다.

"맞아요. 우리 친해져 보아요."

웃기시네. 말도 어색하잖아.

이완은 활짝 웃으며 말했지만, 해랑은 웃을 수가 없었다. 오히려 더 무섭다.

그래, 긍정적으로 생각하자. 물론 자신을 노려보고 있는 호랑이 때문에 긍정적으로 생각하기는 힘들겠지만 어쨌거나 하연과 결혼하기 위해서는 가장 높은 장벽이라고도 할 수 있는 그를 넘어야 했으니까.

"……정말 우리 하연이에게 마음 있으신 겁니까."

"그야 물론이지."

"……제 말은 진심이냐는 것입니다."

"……."

계속해서 확답을 요구하는 이완의 질문에 해랑은 입을 다물어 버렸다. 대답하기 곤란하기 때문이 아니다. 해 봤자 입만 아프다는 의미였다. 입을 꾹 다물고 있으면서도 자신을 똑바로 바라보고 있는 해랑의 시선을 눈싸움하듯 받아주고 있던 이완이 피식 웃어 버렸다.

"하긴, 괜한 걸 여쭤봤네요. 청화궁까지 들어오신 분에게 진심을 묻다니."

"그 녀석만 아니었음 진즉에 여길 나갔어."

"그래도 말뿐만인 인간들보다는 나으시네요."

아니, 이쯤 되면 자신을 믿고 정말 밀어줘도 되지 않나?

살짝 억울하기까지 했다.

이완은 무언가를 걱정하고 있는 거 같았다. 하지만 뭘? 뭘 그렇게 걱정하고 있는 건데?

그녀를 위해 필사적으로 숨어 있던 영희궁에서 나왔고, 얼굴의 가면을 벗었고, 심지어는 그렇게나 끔찍하게 여기던 후계자 경쟁에까지 뛰어들었다. 이 모든 것들을 오직 서하연 하나 곁에 두겠다는 이유만으로 한 건데.

아까부터 뚫어져라 해랑을 바라보고 있던 이완이 생각을 정리한 건지 한숨을 내쉬었다. 그러더니 두 손으로 얼굴을 가리며 고개를 풀썩 숙였다.

"……죄송합니다. 사실 어떤 놈이 데려가겠지, 하고 생각은 하고 있었지만 설마 그 상대가 왕족일 줄은 상상도 못 해서 말입니다. 지금 머릿속이 복잡합니다."

"왜? 보통 여인들은 결혼 잘해서 팔자 고치는 꿈, 한번쯤 다들 꾸지 않나?"

"굳이 고칠 필요 없는 팔자를 타고 난 녀석이니까요."

"아, 그건 그러네."

좋은 집안에 아름다운 외모, 물론 타고난 것도 있지만 엄청난 노력 끝에 얻어 낸 뛰어난 지식 그리고 지금은 여성 최초의 국시 합격 생이라는 명성까지. 지금도 이렇게나 완벽한데.

"제가 걱정하는 건 딱 한 가지입니다."

"하나라니 다행이네. 고칠 수 있는 것이길 바라."

"해랑 님이 왕족이라는 게 걱정입니다."

"……그건 어떻게 할 수 없는 거잖아."

아니, 다행히도 하나밖에 없다는 그 걱정이 하필이면 왕족이라는 것이라니. 그건 다시 태어나지 않는 이상 바꾸거나 고칠 수 없는 문제였다. 게다가 이해가 되지 않았다.

"어째서 내가 왕족인 게 걱정인 거지?"

오라버니 된 자로서 여동생이 잘되면 당연히 좋은 거 아닌가?

"왕족은 일부다처제가 허용되니까요."

한참을 고민하다가 조심스럽게 내뱉은 그의 말은 예상 밖의 것이었다.

원래 천유국은 일부다처제가 허용되지 않는 국가. 부인을 내버려 두고 바람을 필 경우, 처벌을 받았다.

귀족들 중에는 첩을 둔 이도 있는 거 같았지만, 저마다 처벌을 피하기 위해 그러한 사실을 부정하고 은폐하려 했다.

'이혼'이 법적으로 가능하기는 했지만 아직 통용이 되는 건 아니었고 인식도 나빴기 때문에 어지간하지 않고는 하지 않았다. 죽음이라는 어쩔 수 없는 상황으로 인해 갈라져 재혼을 하는 것을 빼고는, 한번 연을 맺은 부부는 평생을 함께 살아가는 것이 보통이다.

그런 천유국이었지만 아무래도 왕족이 후궁을 들인다고 할 때는 뭐라 할 수가 없는 게 현실이었다. 그들에게는 후계자 유지 문제가 있었으니까.

"……그 점에 대해서는 한 번도 생각해 본 적이 없는데."

"그렇겠지요."

"아니, 딱히 왕족의 특권이라고 생각해 본 적이 없어."

진심이었다. 해랑은 자신의 아버지인 신후왕 역시도 후궁을 들였기 때문에 그게 잘못된 거라고는 생각해 본 적 없었다. 예전에 들은 이야기에 따르면, 아버지는 어머니를 너무나도 사랑했지만 대신들의 강압을 이기지 못해, 지금의 왕후이신 귀족 가문의 여인과 결혼을 한 뒤에야 그의 어머니를 후궁으로나마 들일 수 있었다고 했다.

그리고 오랜 합의 끝에 현우 형님이 태어난 후에야 아버지는 어머니를 왕후의 자리에 올렸다. 원래부터 몸이 약했다는 어머니가 돌아가신 뒤 그 자리는 원래의 주인이자 현재의 왕후가 되찾았지만.

다만 친어머니, 그리고 지금의 새어머니, 또 돌아가신 선왕, 즉 큰아버지의 부인이신 큰어머니. 이렇게 세 왕후에게서 세 명의 왕자가 태어난 탓에 궐 안은 보이지 않는 긴장 상태에 들어갔다.

그 틈에 끼여 이리저리 치였던 날을 생각하면 정말 끔직하다. 그런 유년시절을 보내왔던 스스로에게.

"……날 믿지 못하겠다는 거네."

"최악의 경우를 생각해 보자는 거지요. 나중에 마음이 변하시면 어떻게 합니까?"

"저기, 난 그 녀석 하나로도 벅차거든. 한눈을 팔 틈이 없어."

"……보통은 '충분해' 아닌가요?"

충분한 건 전체에 가까울 때 하는 말이고. 하연은 전체를 몇 배고 뛰어넘을 정도였으니까.

"……어차피 믿어 달라고 해도 넌 쉽게 믿지 않겠지?"

"당연하지요. 전 눈에 보이고 실제로 있는 사실만을 믿으니까요."

아주 당당하게 못 믿겠다고 말하는 사람 앞에서, 해랑은 더 이상 아무 말도 할 수가 없었다.

저렇게까지 말하는데 어떻게 할 수가 없지.

해랑은 잠시 고민에 빠졌다.

그에게 인정받을 수 있는 방법이 딱 한 가지가 있기는 했다.

그런데 너무나도 고민이 된다.

그러나 그래도 역시, 서하연이 관련된 일에는 어쩔 수가 없다. 지금 이 감정이 그냥 가벼운 장난스러운 감정 같지가 않았다.

그래, 할 수 없지. 그녀를 위해서라면, 자신은 그 어떤 일이라도 할 수 있었다. 그만큼이나 그녀를 향한 이 마음은 진심이다. 사랑에 빠진 남자는 다 그렇다. 사랑하는 그녀를 위해서라면 뭐든지 다 할 수 있을 거 같다.

"좋아. 알았어."

"예?"

"유일하게 그 법을 바꿀 수 있는 사람이 하나 있지."

단 한 사람?

이완의 머릿속에 어렴풋이 떠오르는 인물이 딱 하나 있기는 한데, 설마 그건 아니겠지.

그도 그럴 것이 그는 그 자리를 엄청 싫어했던 거 같은데. 그래서 꽁꽁 숨어 있던 거 아니었나?

"내가 왕이 돼서 네가 걱정하는 그 문제를 해결할 수 있도록 법을 바꾸면, 그때는 날 인정할 수 있겠나?"

그의 말에 이완은 깜짝 놀랐다.

평소에 가끔 한두 번씩 놀라는 정도가 아니라, 이번에는 정말 놀랐다. 화들짝. 거의 충격에 가깝다.

서하연을 위해 저렇게까지 할 수 있다는 건가?

다른 것도 아니고 오로지 제 여동생을 위해 왕이 되겠다는 남자에게 오라비가 더 할 말이 뭐가 있겠는가.

"그날이 오기만 한다면, 전 둘의 결혼 문제에 절대 개입하지 않겠다고 약조 드리겠습니다. 저도 하연이 좋아하는 사람과 행복하게 살기를 바라니까요."

"좋아, 그럼."

절대 가볍지 않은 그의 결심을 재확인한 이완은 저도 모르게 밝아지려는 표정을 애써 무표정으로 유지했다. 안심이 되기는 하지만, 아직은 이르다.

"두고 보겠습니다."

물론 해랑은 이완의 의견 따위 무시하고 지금 당장 식부터 올리고 살림 차리고 싶었지만, 그럴 수가 없었다.

그만큼이나 서하연에게 있어서 오라버니라는 존재가 얼마나 큰 부분을 차지하고 있는지 알고 있기 때문이었다.

왕이 되어야만 서하연과 혼인을 할 수 있다는 건 확실히 위험한 도전이기도 했지만…….

만족스러운 대답을 듣고 나서야 이완을 이만 일을 해야겠다며 밖으로 나갔다.

홀로 청화궁에 남은 (돌쇠는 늘 제외) 해랑은 얌전히 방 안에서 공부도 하고 그동안 못 쓴 글도 쓰며 조용히 하루를 보냈고, 잠시 조용했던 그 궁은 하연이 퇴근함과 동시에 다시 시끄러워졌다.

"음? 오라버니 괜찮았어요? 표정을 보니 싸우신 거 같지는 않아서요."

미리 돌아올 시간에 맞춰 정문까지 나가 있던 해랑이 청화궁으로 오고 있는 하연을 발견하기 무섭게 쪼르르 달려갔다.

이완과 나눈 대화의 내용을 그녀에게 말해야 했다.

왕이 되겠다고 한다면, 그것도 따지고 보면 상당히 개인적인 동기에서 왕이 되겠다고 한다면 하연이 뭐라고 말할까. 화를 낼까? 아니면 귀찮다고 할까. 아니다, 어쩌면 뛸 듯이 기뻐할지도 모르겠다. 그녀는 목표가 높을수록 좋다고 생각하니까.

어쩌면 하연이 기뻐할지도 모른다는 생각에 벌써부터 기분이 좋아진 해랑은 고민하던 조금 전과는 달리, 자신의 이 결심을 빨리 말하고 싶어 입이 근질근질했다.

"저기 있잖아……."

하연에게 찰싹 달라붙어 막 말을 하려던 그때였다.

"특이하군요. 늘 병사는 병사들끼리 식사를 했는데, 이곳에서는 다 같이 먹는 겁니까?"

"아, 다른 왕자님들께서도 그렇게 합니다. 다만 해랑 님께서는 혼자 식사하시는 걸 싫어하시거든요."

응?

누군가의 대화 소리가 들리는 듯하더니, 갑자기 둘 사이에 긴 팔이 끼어들어 마치 칼로 나누듯 하연과 해랑 사이를 떨어뜨려 놓았다. 그리고 생긴 틈으로 등장한 건 다름 아닌 이완이었다.

"돌아간 거 아니었나?"

해랑은 분명 아까 낮에 돌아간 그가 왜 지금 이곳에 있는 건지 모르겠다는 눈빛으로 그를 바라봤다. 지금 이곳에 없어야 하는 사람이 돌쇠와 나란히 안으로 들어오고 있었다.

아니, 잠깐만. 돌쇠와 나란히 서 있으니까 엄청나게 신경 쓰이는 게 한 가지 있는데…….

"잠깐. 왜 둘이 같은 옷을 입고 있는 거야?"

"아~ 아까 깜빡 잊고 말씀을 안 드렸군요!"

불안하다. 불안해.

해랑이 조심스럽게 물었다. 그러자 그를 바라보던 이완이 싱긋 웃는 얼굴로 하연의 손을 잡고 궁 안으로 들어서며 말했다.

"인사드리겠습니다. 오늘부터 무향을 도와 청화궁, 해랑 님의 호위를 맡게 된 서이완이라고 합니다."

"잠깐…… 잠깐! 잠깐! 그런 게 어디 있어. 갑자기 왜 그렇게 된 건데?"

"부서 발령 받았습니다."

늘 없는 사람 취급하던 돌쇠라면 모를까, 서이완이라니. 차라리 생판 모르는 사람이 더 나았다.

그는 하연의 오라버니가 아닌가! 게다가 끔찍한 여동생 바라기!

그가 이곳의 호위를 맡게 되면 할 수 없는, 제한된 것들이 너무나도 많았다.

"말씀드리지 않았습니까. 두고 보겠다고."

하연은 제 오라버니가 함께 지내게 되었다는 사실에 기쁜 건지 어느새 어린아이처럼 폴짝폴짝 뛰기까지 하며 이완의 손을 잡고 있었다.

순식간에 엄청난 상대에게 제 여자를 빼앗겨 버린 해랑은 넋을 놓고 그들을 바라보고 있을 뿐이다. 그런 그를 향해 이완이 사악한 미소를 지으며 말했다.

"아주 근거리에서 지켜보겠습니다."

흥. 서하연을 이 늑대의 소굴에 혼자 보내다니, 절대 안 되지.

*   *   *

"서하연."

어째서인지 즐거워 보이는 해랑이 가벼운 걸음으로 하연을 찾아 다니기 시작했다. 그리고 그가 예상했던 대로, 그녀는 책을 한가득 모아 둔 방에 있었다.

영희궁 안에 있던 책들을 하나도 빠짐없이 옮겨 놓은 방.

아주 약간이나마 틈이 나면, 하연이 제 방보다도 가장 먼저 찾는 곳이었다.

"……무슨 일 있으신가요?"

여유롭게 독서 중이던 하연이 갑작스러운 그의 등장에도 침착하게 물었다. 그러자 한껏 홍분한 채로 방 안에 나타난 그가 자랑스러운 표정과 함께 웬 종이 한 장을 그녀에게 내밀었다.

"이게 뭐예요?"

그가 건넨 종이를 받은 하연이 물었다. 하지만 해랑은 아무런 대답도 하지 않았고, 직접 두 눈으로 확인하라는 표정으로 그녀의 앞에 얌전히 앉았다.

이렇게 나오니 하연은 불안했다.

저 표정, 알고 있다. 저건 분명 칭찬을 기대하고 있는 표정인데, 그렇다면 지금 자신의 손에 들려 있는 이 종이의 정체는 무엇일까?

앉아서조차 가만히 있지 못하는 그를 보니 엄청난 것임은 분명한데.

"너 없는 동안에 본 시험 결과."

좀처럼 그 종이를 펼쳐 보지 못하고 있는 하연을 기다리다 못한 해랑이 재빠르게 말했다.

뭐라고? 내가 없는 동안에 본 시험 결과?

"아."

그러고 보니까 있었지. 왕자들이 주기별로 시험을 보고, 그것에 점수를 매겨 순위를 정하던 시험이. 예전에 해랑이 운 좋게 2등을 했었던 바로 그 시험. 지금까지 너무나도 정신없는 일들의 연속이어서 까맣게 잊고 있었는데.

비밀 수업을 위해 궐 밖에 나갔을 때, 하필이면 그때 시험이 있었을 줄이야. 어떻게 이런 걸 잊을 수 있지? 이 정도면 교육관 실격이나 다름없었다.

그에게 신경 써 주지 못해 미안하다는 감정이 몰아쳤다. 그리고 그 뒤를 이어 불안이 몰려왔다.

이번에는 현우도 돌아왔겠다, 제대로 된 세 명인데 성적이 다시 꼴찌로 떨어진 건 아닐까 걱정됐다. 괜히 또 의기소침해지는 거 아니야? 그래도 지금까지 열심히 했는데…….

아니, 잠깐만. 꼴찌를 한 것치고는 너무 기분이 좋아 보이는데? 그게 아니면 너무나도 큰 충격과 절망에 빠져 정신을 놓았다든가?

해랑의 눈치를 보던 하연은 손에 들려 있는 종이를 펼치지 않은 채 모든 것을 받아들일 수 있다는 눈빛으로 말했다.

"……괜찮아요, 해랑 님. 행복은 성적순이 아니니까요."

"왜 보지도 않고 꼴찌 할 거라고 생각하는 거야. 일단 펼쳐 보고 말하라고. 1위야."

"어머."

설마. 그럴 리가.

물론 자신이 가르친 제자니 응원을 하고 격려하는 게 당연하다지만, 하연은 그 말을 믿을 수 없었다. 물론 최근 들어 그의 학습 능력이 눈부시게 발전한 건 틀림없는 사실이다. 그래도 그렇지, 1등이라는 자리는 아직 이르다는 생각이 들었다.

그러나 지금 제 손에 들려 있는 종이는 그 불신을 와장창 깨어 버렸으니. 정말 종이에 적혀 있는 숫자는 3도 아니고 2도 아닌 '1'이라는 어마어마한 숫자였다.

"제가 정말 사람을 잘 가르치나 봐요."

"……내가 열심히 했다는 생각은 안 들어?"

투덜거리면서도 그의 표정은 밝았다.

한 번도 해 본 적 없고, 해 보고 싶다는 생각도 든 적 없는 등수를 가진 자의 기쁨이 얼굴에 그대로 드러나고 있었다.

그래, 이런 게 바로 그가 모르고 지냈던 '성취감'이라는 감정이다.

하연도 덩달아 기분이 좋아졌다.

하지만 그가 여기서 만족해 버릴까 봐, 너무 기뻐할 수는 없었다.

그녀가 없는 동안 자칫 마음이 풀어져서 공부에서 손을 놓을 수도 있었을 텐데, 툭하면 강우와 입씨름을 하면서 그래도 착실하게 공부를 해 왔구나.

하지만 자제하자. 적절히 칭찬을 해 주되, 그것이 과하면 오히려 독이 되니 이를 잘 조절하는 게 바로 스승이 해야 하는 일 중 하나이다.

"열심히 하셨네요."

"어때? 수석인 너를 교육관으로 둔 제자로서 부끄럽지 않은 등수지?"

그녀의 칭찬에 해랑이 배실 웃었다. 아예 하연의 옆자리에 앉은 그는 잔뜩 흥분해서 종이의 가장 아래쪽에 적혀져 있는 중요한 부분을 가리키며 말했다.

"환이 놈과 함께 공동 1등이기는 하지만, 이번에는 현우 형님도 포함이니까."

"……."

갑자기 하연이 조용해졌다.

상상도 못 한 일이 지금 눈앞에 일어났는데, 분명 기쁜데, 기뻐야 하는데, 이렇게 계속해서 바라보고 있으니 기분이 이상했다.

갑자기 그녀의 표정이 어두워지자 해랑은 불안해졌다.

그녀가 기뻐하는 모습을 상상하며 그렇게나 노력했는데 그녀가 왜 이런 반응을 보이는지 몰라서 더 답답했다.

"왜 그래? 안 기뻐? 제자의 성과는 스승의 기쁨이라고 하지 않았어?"

"……그렇기는 한데, 생각해 보니까 마냥 기쁘지만은 않네요……."

"왜?"

"이제 해랑 님은 제가 없어도 혼자 하실 수 있으시니까요. 기뻐해야 하는데……."

그녀의 솔직한 말에 해랑은 안도했다. 그제야 마음 놓고 웃을 수 있었다.

"그건 스승으로서 잘못된 마음가짐인 거 같은데?"

확실히 스승으로서는 잘못된 마음가짐이었다. 스승이라면 제자의 발전에 기뻐해야 할 텐데.

스승으로서 잘못된 생각이라는 말, 그것도 해랑에게 그런 말을 들었기 때문일까. 하연은 곧바로 마음이 착잡해졌다.

해랑이 시무룩한 표정으로 종이를 바라보고 있는 하연의 어깨에 팔을 둘러 그녀를 끌어안으며 말했다.

"하지만 나는 좋아."

잘못된 거 같다고 말한 것치고, 그는 상당히 기뻐 보이는 표정이었다.

　　　　　*　　　*　　　*

"서하연, 웃지 마. 웃으면 안 돼."

빨리 이 시간이 끝났으면 좋겠다는 얼굴로 멍하니 서 있던 강우가 한숨 섞인 목소리로 바로 옆에 서 있는 하연에게 경고했다.

"……알고…… 있습니다."

"울어도 안 돼."

이번에는 반대쪽에 서 있던 령이 경고했다.

하연을 사이에 둔 령과 강우는 계속해서 그녀에게 잔소리를 늘어놓았다. 시끄럽다며 버럭 하고 외칠 법도 한데, 그녀치고는 꽤 잘 참고 있었다. 그도 그럴 것이 지금은 자리가 자리인 만큼 목소리를 높이는 게 불가능했다.

현재 그들이 참석 중인 행사는 다름 아닌 '국시 합격생들 환영식'이었다. 선배라는 이름으로 새로이 들어온 신입생들을 지켜보고, 격려해 주기 위한 행사.

하연 때도 그랬지만 이번 신입생 환영식은 특히나 더 시끌벅적했다.

게다가 많은 이들의 관심이 쏠려 있어, 이번만큼은 특별하게 신후 왕의 허가하에 원하는 사람은 누구나 환영회에 참석할 수 있었다.

이렇게 많은 사람들 앞에서 평소처럼 소리를 버럭 지르거나 하는 예의 없는 행동을 하면 제정신이 아닌 거겠지.

"울지 말라고."

"안 울어요!"

눈 밑이 약간 촉촉해진 것은 사실이었다.

하연은 글썽이는 눈으로 아래를 내려다보았다. 이곳 2층에서 바로 내려다보이는 곳에 신입생들의 무리가 있었다.

그녀의 눈물샘을 자극하는 건 다름 아닌 그 신입생 무리에서도 눈에 띄는 특이한 차림새의 사람들. 남자들 틈에 당당히 서 있는 여인들이었다.

"꼭 서하연 같네."

"그거 칭찬이지요?"

"본인이 더 잘 알고 있지 않나?"

"그럼 칭찬이네요."

하연은 망설이지 않고 곧바로 대답했다.

나 같다는 말은 곧 칭찬이지, 암.

한 명, 한 명 합격생들의 이름을 부르는 환영식은 예나 지금이나 길고 지루했다. 하지만 이미 지쳐 버린 다른 선배들과 달리, 하연만은 유일하게 한 번도 졸지 않고 환영회를 지켜봤다.

고위 대신들의 눈치를 보던 부장은 어느새 자리에서 사라지더니, 뭘 하다 온 건지는 몰라도 환영식이 거의 다 끝날 무렵이 돼서야 뻔뻔한 얼굴로 다시 나타났다.

"뭐야, 서하연. 울었냐?"

"감동의 눈물입니다!"

"청화궁으로 돌아가기 전에 그 눈물 흔적 어떻게든 다 없애라. 네 눈물 한 방울에 여러 사람이 피를 볼 수도 있으니까."

그녀에게만큼은 무서울 정도로 민감한 해랑인데, 울었다고 해

봐라. 곧 죽음이다.

상상만 해도 끔찍하다며 고개를 절레절레 젓던 부장의 인솔하에 하연을 포함한 다른 교육관들이 이동하기 시작했다.

다른 부서들은 환영회가 끝나면 따로 모여 또다시 2차 환영회를 열거나 친목회를 가지기도 했지만 예문관은 달랐다.

반짝거리던 그 눈빛들은 다 어디로 간 건지, 예문관으로 향하는 신입생들의 표정은 하나같이 어둡다.

하긴, 그렇겠지. 놀러가거나 조기 퇴궐하는 다른 부서들의 신입과는 달리 우리 예문관은 첫날부터 출근이니까. 이는 지금까지도 내려오는 전통과도 같은 거라고 했다.

"아…… 봐요, 저 실망한 표정들. 우리 부서도 환영회 날쯤은 좀 놀지."

"그러게."

"……서하연, 이강우. 너희들이 할 말은 아니지 않냐?"

그 뒤를 따르며 하연과 강우가 주고받듯이 중얼거리자 못 들어 주겠다며 령이 그들에게 말했다.

"수석과 차석은 면제 대상이어서 너희는 그날 놀았잖아."

"아, 그랬네."

수석과 차석이라는 이유로 환영회 하루를 쉬기는 했지만, 지금 와서 생각해 보면 마냥 좋지만은 않았다.

그 이름 그대로, 기대치들이 너무나도 높아져서 다른 이들의 약 두 배 정도 되는 양의 일을 해야 했으니까. 첫 날의 자유 시간은 앞으로 실컷 부려먹기 전에 주는 작은 기쁨.

"죽을 맛이었지."

"지금도 그렇지만."

"아니, 서하연. 너는 네가 스스로 일을 만드는 녀석이잖아."

그런 부하 때문에 부장인 자신이 얼마나 고생을 하는지 알겠냐며 없는 눈물을 찔끔 짜내는 연기까지 펼쳐 보이던 령이 한숨을 내쉬며 들고 있던 종이 뭉치에서 두 장을 골라냈다.

"잘 들어, 서하연, 이강우. 이제부터 너희는 더 이상 신입이 아니야. 선배지."

"알고 있습니다."

"너희들도 이번부터는 신입생들을 맡게 될 거야."

응? 우리는 그런 거 없지 않았었나?

물론 다른 대신들을 선배라고 부르기는 했지만, 딱히 이렇다 할 직속 선배는 없었는데.

"수석이랑 차석은 부장이 담당하니까."

"아, 그래서였구나. 쳇."

"쳇?!"

자꾸 자신들에게 관여하기에 오지랖이 넓다거나 남 일에 관심이 많다거나, 분명 둘 중의 한 가지일 줄 알았는데 설마 이런 제대로된 이유가 있었을 줄이야.

"너희 둘은 지켜보는 것만으로도 재미있거든."

역시나, 우리는 단순한 흥밋거리였구나.

지금까지 우리들을 그렇게 생각하고 있었냐며 하연과 강우가 령을 노려보고 있는 그때였다.

"서하연 선배님!"

등 뒤에서 예문관에서는 듣기 힘든 높은 목소리가 들려왔다. 그 것도 하나가 아니고 여럿이 동시에.

익숙하지 않은 호칭에 하연은 순간, 어떤 반응을 보여야 할지 몰라 당황했다. 그리고 그런 놀라운 반응에 령과 강우는 흐뭇하게 웃으며 시선을 주고받았다.

"서하연, 울지……."

"안 울어요!"

뒤를 돌아보니, 역시나. 지금까지 예문관에서 볼 수 없었던 여인들이 하연을 향해 다가오고 있는 게 보였다. 그녀만큼이나 익숙하지 않은 이 풍경에 예문관 관리들의 시선이 몰렸다.

다섯 명의 여성 교육관이 한자리에 모여 있다니.

눈이 부실 정도였다.

"당연한 이야기지만 서하연, 네가 담당이야. 잘 챙겨 줘."

"잘 부탁드립니다!"

시험을 보기 전부터 잘 알고 있던 사이다 보니, 이제 와서 새삼 친해질 필요는 없었다. 이 무리로 며칠은 밤새 떠들 수 있을 정도로 사이가 좋은걸.

아무리 합격을 했다고 해도 앞으로도 거쳐야 할 문제들이 많을 텐데 이미 모든 역경들을 직접 체험해 본 하연이라면 그들에게 실질적인 도움을 줄 수 있겠지. 게다가 남자와 어울릴 수밖에 없었던 하연에게도 같은 여자 동료는 이 궐 안에서 든든한 동료가 될 테니까.

그리고 가장 큰 이유는……

"……이제 우리들에게로 오는 도깨비의 분노도 어느 정도 잠잠해지겠지."

그래, 사실은 해랑의 분노에서 조금이나마 벗어날 수 있을까 하는 기대가 가장 컸다. 여자끼리 어울리는 건 뭐라고 하지 않겠지. 그렇게 되면 우리는 좀 더 마음을 놓고 살 수 있을 거야!

미녀를 사랑하는 도깨비의 눈치를 보느라 죽는 줄 알았던 령의 이런 깊은 뜻을 알 리가 없는 하연은 그저 좋다며 꺄꺄거리기 바빴다.

"서하연 교육관님과 같은 길을 걸어갈 수 있어서 정말 기뻐요!"

"나도 같은 동료가 생긴 거 같아서 정말 기뻐요."

"서하연 선배님!"

"……아, 정말 소란스럽네. 감동적인 만남은 빨리 끝내. 일 시작해야 하니까. 첫날부터 야근하고 싶지는 않을 거 아냐."

정말 싫었지만, 령은 서로 끌어안고 감동의 눈물을 흘리고 있는 그들이 진정할 때까지 인내심을 발휘하며 기다려주었다.

응?

그들과 함께 부둥켜안고 있던 하연이 갑자기 고개를 들었다. '야근'이라는 말에 한 가지 문제점이 번뜩 떠올랐다.

"아, 그런데 신입 관리 기숙사에서 지내려면 불편할 텐데 다들 괜찮겠어요? 저는 이제 청화궁으로 들어가서 함께 지낼 수가 없는데."

하연이 지내던 곳은 신입 관리 기숙사 구석 쪽에 나누어져 있는 작은 공간. 혼자라면 몰라도 네 명이 함께 지내기에는 턱 없이 좁을 텐데…….

"괜찮아요!"

아니, 내 마음이 괜찮지가 않아.

"아, 그 문제라면 해결됐어."

응? 해결이 됐다고?

"설마 여성 전용 기숙사 하나 지어 줬나요?"

"건물 하나가 며칠 만에 뚝딱하고 만들어질 리가 없잖아."

"그럼……."

"해랑 님이 영희궁이 비었으니까 사용해도 된다고 하셨어."

"네?!"

상상도 못 했다.

예상도 생각도 못 한 방법에 하연은 깜짝 놀랐다. 그리고 이상하게 입꼬리가 슬쩍 올라가기 시작했다.

뒤에서 몰래 이런 기특한 생각을 하고 있었다니. 너무 예뻤다.

"일종의 외조네."

강우가 중얼거렸다.

계속해서 함께 지내다 보니 어느샌가부터 잊었는데, 서하연 그녀는 아직 여인의 사회 진출이 제대로 인정받지 않는 때임에도, 아무렇지 않게 그 편견을 깨는 것으로도 모자라 이 나라에 세 명 있는 왕자 중 한 명의 마음을 사로잡은 대단한 여인이었다.

*　　*　　*

"오늘은 여기까지 하겠습니다!"

하연이 책을 덮으며 말했다.

'수업 종료'를 알리는 그 말에, 어째서인지 그녀의 앞자리에 앉아 계시는 제자 되시는 분께서는 기뻐하기커녕 바로 울 거 같은 표정을 지었다. 늘 그렇듯 그녀에게 아무런 말도 못 하고 있었지만, 그렇게나 노골적으로 불만이라는 얼굴로 앉아 있는데…… 그 때문에 하연은 수업이 끝났음에도 자리에서 벗어날 수 없었다.

아니, 그런 표정 짓지 말라고. 꼭 내가 공부하고 싶은 제자를 내팽개쳐 두고 제 할 일 하러 가는 불량 스승처럼 보이잖아!

자리에서 일어나지 않는 하연의 눈치를 보던 해랑이 조용한 목소리로 말했다.

"……너무 빨리 끝난 거 같은데?"

"그야 요즘 해랑 님께서 수업에 잘 따라오시니까, 빨리 끝나는 게 당연하지요."

그래, 절대 자신이 수업을 대충하거나 양을 줄이거나 한 게 아니다.

수업의 양은 어제 오늘 별반 다를 게 없었지만, 그의 집중력과 학습력이 늘어난 덕분에 전과 비교했을 때 더 빠른 시간 안에 같은 양의 공부를 끝낼 수가 있었다.

한마디로 이는 칭찬이었다.

정말 열심히 공부를 하고 있기 때문이라며 칭찬을 했지만, 그렇게나 칭찬 좋아하던 그는 오늘따라 기분이 안 좋아 보였다.

"그럼 공부량을 늘리든가."

"……우리 제자님께서 이렇게 공부하는 걸 좋아하시는 분은 아니셨는데……."

저 입에서 더 하자는 말이 나오다니, 놀라움의 연속이다.

물론 열심히 하려는 마음은 좋다. 하지만 너무 과한 욕심은 오히려 독이 된다. 하연은 이를 잘 알고 있으니까.

스승은 충분하다 하고 제자는 부족하다고 하니, 예전에는 상상도 못 했을 상황이었다.

한번 1등을 해 보더니, 1등이라는 달콤한 맛에 사로잡힌 건가? 아니면 그 뒤에 따르는 교육관님의 칭찬이 좋았던 건가.

"……후배님들 만나러 가야 합니다."

결국 하연은 솔직하게 자신의 일정을 말했다.

"즐거워 보이는 거 같아서 보기는 좋은데, 나한테도 관심 좀 나눠 줘."

"전체 관심에서 해랑 님에게 드리는 관심을 빼고, 그 나머지 중에서 나눠주는 거니까 걱정하지 마세요."

"너랑 당당하게 함께 있을 수 있는 시간이 공부 시간밖에 없는걸."

그 말대로.

오전에는 예문관으로 출근하는 하연 때문에 점심시간이 지나서 까지도 얼굴을 볼 수가 없고, 얼굴을 마주 보며 웃을 수 있는 시간이 바로 지금 오후 공부 시간인데. 예전 같았으면 오후 공부 시간부터 저녁 식사 그리고 취침 때까지도 청화궁에 있었기 때문에 거의 하루의 반을 그녀와 함께 보낼 수가 있었지만, 요즘은 종종 수업이 끝나면 이렇게 후배들 지도라는 그럴싸한 목적으로 밖으로 나가서는 늦게 들어온다는 게 불만이었다.

"그럼 다녀오겠습니다~"

"잠깐만!"

최대한 불쌍해 보이는 연기를 해 봤지만, 소용없었다.

하연은 이미 그를 너무 잘 알았다. 지금 그는 달래 줘야 하는 게 아니라 그냥 투덜거리는 아이와 같다는 걸. 내버려 두면 알아서 풀어지겠지.

"어? 벌써 끝났어?"

"응. 난 이제 예문관에 가려고."

밖에 서 있던 이완이 해랑을 뿌리치고 밖으로 나온 하연에게 말했다.

"나 오늘 집에 갈 건데, 너도 가?"

"음…… 아니."

이제는 이곳이 익숙해져 버린 걸까.

아니라는 대답을 하기까지 그리 오래 고민하지도 않았다. 그러자 이완이 그녀의 뒤를 따라 나오던 해랑을 슬쩍 노려봤다.

"왜 날 노려보는 거야."

"안 노려봤습니다. 제가 감히 해랑 님을 어찌."

"……그럼 내가 잘못 봤나 보네."

이런, 기분 안 좋구나. 지금 내가 기분 나쁘다고 뭐라 할 때가 아니네.

해랑은 더는 뭐라고 하지 않았다.

그러거나 말거나 이완의 관심사는 오직 하연뿐이었다.

후배들을 만날 생각에 그저 마음이 급한 하연은 오라버니의 말을 듣는 둥 마는 둥 하고 재빠르게 청화궁의 정문을 지났다.

"가끔 보면, 넌 나를 정말 좋아하고 있는 건지 잘 모르겠어. 난 그렇게나 표현했는데 말이야."

해랑의 작은 중얼거림에 하연이 걸음을 멈췄다. 그리고 그의 손을 잡기까지 하더니 사뭇 진지한 표정으로 말했다.

"제가 많이 좋아합니다."

"……."

갑자기 고백을 남기고 사라진 하연 때문에, 그런 그녀를 배웅하던 이완과 해랑이 제자리에 굳어 버렸다.

"……혹시나 모를까 봐 하는 말인데, 나한테 한 말이다."

"그럴 리가요. 우리 예쁜 하연이가 그런 말도 안 되는 소리를 할 리가 없잖습니까."

현실을 부정하는 이완의 표정이 불쌍해 보이면서도 해랑은 괜히 이겼다는 기분이 들었다. 늘 이길 수 없을 거라고 생각했던 상대에게 드디어 이겼다는 기쁨이 바로 딱 이렇지 않을까!

"그래! 해랑 님께서 뭔가 잘못하신 게 분명합니다! 우리 하연이는 정신이 멀쩡하다고요!"

"왜 둘 중 하나가 정신이 나가지 않으면 안 되는 건데?"

"애한테 무슨 짓을 하신 겁니까."

"난 아무 짓도 하지 않았어!"

등 뒤 청화궁에서부터 들려오는 이완의 외침을 무시하며 하연은 한결 가벼워진 마음과 걸음으로 예문관을 향했다.

二十一花
왕자님이십니다

하연이 청화궁으로 거처를 옮긴 지도 꽤 오랜 시간이 지났다.

처음에는 마냥 불편하기만 했는데, 이제는 어느 정도 적응이 되다 보니까 나름대로 괜찮은 거 같기도 했다.

극소수의 작은 문제를 제외하고는.

"안녕히 주무셨습니까, 교육관님."

"……."

이것 역시 익숙해질 때가 된 거 같은데, 전혀. 오히려 아침마다 깜짝깜짝 놀란다는 게 문제였다.

하연은 문을 열기 무섭게 등장해 자신에게 꾸벅 인사하고 있는 궁녀들을 바라봤다.

아침마다 해랑을 깨우며 버럭 소리 지르는 일로 하루를 시작했던 건 이미 과거였다.

최근 들어 동궁의 분위기는 눈에 띌 정도로 바뀌어 버렸다. 전부 신후왕 때문에.

현우를 보러 왔다는 명목하에 사실은 해랑을 만나러 온 신후왕은 유난히 조용한 동궁에 의아함을 느꼈고, 전 중앙궁의 부대장이었던 이완을 불러다가 이야기를 들었다.

영희궁에서 나오기는 했지만, 여전히 다른 사람들에 대한 면역이 약한 해랑이었기 때문에 동궁은 다른 궁들과는 비교하기도 힘들 정도로 출입하는 궁인들이 적었다.

"너는 천유국의 왕자다!"

이를 알게 된 신후왕은 그에 맞는 생활을 해야 한다며 난리를 피웠고, 현우까지 끼어들어 편을 드는 바람에 결국 해랑은 패배를 인정해야 했다.

그 결과 동궁에도 많은 궁인들이 들락날락하게 되었고, 하연에게까지 궁녀들이 붙게 된 것이었다.

"표정이 왜 그래?"

"해랑 님 표정도 그렇게 좋아 보이지는 않는데요."

늘 그랬듯 다 같이 모여 아침을 먹는 중, 눈 밑이 시커멓게 내려온 해랑과 하연이 서로의 상태를 걱정했다. 그리고 그런 둘을 번갈아 바라보던 이완이 끼어들었다.

"둘 다 이상해."

이완의 말이 맞다. 둘 다 이상했다.

지금 이 자리에 있는 네 명 중 정작 몸 쓰는 일을 하는 돌쇠와 이완만이 멀쩡했고 머리 쓰는 일을 하는 해랑과 하연은 죽을상을 하고 있었다.

"솔직하게 말씀드려도 돼요? 말단에 있는 게 그새 습관이 되었는지, 이런 대접은 부담스럽습니다."

아침에 눈을 뜨기 무섭게 시작되는 궁녀들의 융숭한 대접에 하연은 숨이 막힐 거 같았다.

아니, 어린아이도 아니고 아침에 세수하는 것부터 시작해서 밥 먹는 것까지, 일상 전반에 걸쳐서 그들은 두 팔을 걷고 나섰다.

이건 도와주는 게 아니라 그냥 간섭하는 거야.

그래도 서가의 아가씨로서 하인 정도는 부리고 있었지만 이 정도는 아니었다. 실제로 그녀는 궐에 들어오기 전, 집에 있을 때도 제 할 일은 제가 스스로 하는 착한 아이였으니까.

게다가 예문관에 들어가 한동안 '신입'이라는 이름으로 생활했기 때문인지 더더욱.

"나도 싫어."

아침에 혼자 못 일어나는, 아니, 못 일어나는 줄 알았던 해랑이었지만 요즘 들어 그는 혼자서도 벌떡벌떡 잘 일어나고 있었다. 이는 하연에게도 놀라운 변화였다. 그리고 살짝은 화도 났지만.

아니, 지금까지 스스로 일어날 수 있었으면서 못 일어난 척한 거 아니야?!

지금까지 자신을 속이고 매일 아침 그를 깨우는 귀찮은 일을 하게 한 거냐는 하연에게 그가 말했다.

"아침에 일어나서 눈뜨면 처음으로 보는 게 너였으면 좋겠어. 생판 모르는 궁녀들이 아니라."

"……."

결국 그 말 한마디에 하연의 화는 누그러졌고, 그 일은 이제 과거로 묻힌 지 오래.

하지만 명색이 교육관씩이나 되시는 분이 왕자의 잠을 깨우는 일을 해서는 안 된다며 주변에서 난리를 피워 대는 바람에, 여전히 해랑은 스스로 일어나야 했다.

아침은 무조건 하연이 그를 깨우는 외침과 잔소리로 시작되고는 했는데 이제 청화궁의 아침은 고요함 그 자체였다.

일어나는 것뿐만이 아니었다.

옷을 갈아입을 때도 따라붙는 궁녀들 때문에 해랑은 기겁을 하며 하연을 찾기 시작했다. 처음에 하연은 제 옷을 붙들고 당황스러워하는 그를 보며 즐거워했지만 뒤늦게 귀찮아지는 건 자신이라는 걸 깨달았다.

한마디로 둘은 지금 엄청나게 예민해져 있었다.

해랑이 왕자의 신분에 맞는 생활을 해야 한다는 신후왕의 편을 들었던 현우 역시 예전의 시끌벅적한 청화궁을 그리워하며 당시 자신의 선택을 후회했다.

"저는 편한데요."

돌쇠의 말에 다른 이들이 밥그릇에 고정하고 있던 시선을 들어 그를 노려보기 시작했다.

지금 이 상황에서 유일한 수혜자라고 한다면 돌쇠였다.

해랑과 하연은 직접적으로 피해를 봤고, 하연이 힘들어하니 그것을 지켜보고 있는 이완의 마음 역시 편할 리가 없었다.

제 딴에는 도움이 되겠다며 졸졸 따라붙는 궁녀들이었지만, 하연과 해랑에게는 너무나도 귀찮은 존재였다. 게다가 이상하게도 더 피곤했다.

늘 자신의 일은 혼자 하는 게 버릇이 되어서 그런가. 그들의 마음은 정말 고마운데, 도움의 손길들이 거북하고 어색했다.

차라리 무관심이 낫다고. 제발 우릴 그냥 내버려 두란 말이야!

입맛도 없는 건지, 그저 살기 위해 꾸역꾸역 음식을 씹어 삼키던 그때였다.

"제가 몇 번이고 말씀드리지 않았습니까!"

"윽."

갑자기 문이 열리더니, 한 여인의 고음이 울려 퍼지기 시작했다.

그 목소리를 듣게 된 지는 며칠 안 됐지만, 그 짧은 시간만으로도 충분히 고통받은 해랑과 하연은 말없이 서로를 바라봤다.

그들의 얼굴에는 딱 쓰여 있었다.

'또 왔어.'

당황한 표정의 궁녀들을 뒤로 하고 등장한 여인은 무서운 얼굴로 식사 중인 그들을 향해 다가왔다.

"해랑 님!"

중년 여성의 등장으로 해랑과 하연이 바짝 긴장한 모습을 바라보던 이완과 돌쇠는 생각했다. 얼마 전까지만 해도 이 동궁의 실세는 하연이었는데, 이제는 바뀌었다고.

그녀는 해랑과 하연을 꼼짝 못 하게 만들었다.

얼굴의 잔주름에서 연륜이 느껴지는 그녀의 이름은 '유하'. 이 궐에서 일한 지는 30년이 훌쩍 넘은 숙련가였다.

그녀는 돌아가신 해랑의 어머니, 전 왕후를 따르던 궁녀이자 해랑이 태어났을 때는 그의 보모상궁까지 되었던 사람이지만, 그가 모든 것을 내려놓고 영희궁에 들어가고서부터는 만난 적이 없었다가 신후왕의 배려로 이리 청화궁에 배속되었다고 했다.

전 보모상궁이어서 그런가, 그녀의 잔소리에 비교하면 하연은 아무것도 아니었다.

첫날에 그를 붙잡고 우리 왕자님이 이렇게 장성하셨다느니 울먹일 때는 마음이 여리고 따듯한 사람이구나 했지만 그건 사실이 아니었다.

"겸상이라니요! 아니 됩니다!"

이렇게 그들의 생활 하나하나를 문제로 여기는 바람에 더더욱 대하기가 껄끄러웠다.

하지만 그녀가 주장하는 게 무엇인지 그들이 모르는 건 아니었다.

그녀가 말하는 '겸상'이라는 것에는 많은 뜻이 담겨 있었다. 보통의 왕족의 경우 혼자 따로 상을 두고 먹지만, 그들은 그렇지 않았다. 한 상에 둘러 앉아 먹는다는 것이 문제였다.

"내가 하고 싶은 대로 할 거라고 말했을 텐데?"

"안 됩니다."

그녀는 늘 단호했다.

가장 큰 문제는 천유국의 대표적인 고집불통으로 알려진 예문관의 고위 대신들도 제압한 하연이 이상하게도 그녀에게는 바로 꼬리를 내려 버린다는 것이었다.

하연답지 않게 그녀의 말이라면 고분고분 따르는 모습에 해랑은 의아했다.

"아무리 교육관이라지만, 사이가 너무 좋아서도 안 됩니다. 적정 거리를 유지해 주세요."

"우리 관계는 우리가 알아서 할 테니까."

마치 아들의 연애 문제에 간섭하는 어머니처럼, 특히나 하연과 함께 있을 때는 더 예민하게 반응하는 거 같았다.

전에 한 번은 공부할 때도 둘 사이에 발을 치라는 그녀의 말에 결국 해랑이 폭발한 적도 있을 정도였다.

어떻게든 그 사태를 막기는 했지만, 해랑은 그녀를 어떻게 몰아붙일 힘이 없었다. 그것도 혼자의 힘으로는 더더욱 불가능했다.

하지만 돌쇠는 이 일에 아예 관심이 없고, 이완은 오히려 두 손 들고 환영하고, 예상치도 못하게 하연까지 그녀에게 꼼짝도 못 하니, 그녀와 맞설 수 있는 건 해랑 하나뿐이었다.

"……영희궁으로 돌아가고 싶어……."

차라리 도망을 선택하고 싶을 정도였다.

"애초에 결혼도 안 한 남녀가 이렇게 함께 지내는 것 자체가 말도 안 되는 겁니다!"

"저도 그렇게 생각합니다."

"서하연!"

조용히 있던 하연이 드디어 입을 열었다 했는데 해랑의 편을 들기는커녕 오히려 유하의 편을 들고 있으니 해랑은 답답했다.

"서하연이라니요!"

"아니, 그럼 이름도 못 불러?"

"교육관님이라고 하셔야지요!"

정말 끝이 없구만.

혼자 맞서 싸워도 이기기 힘든 상대이건만, 저 말에 동의를 하면 어쩌자는 거야!

"있지, 우리는 반 정도는 결혼한 사이야. 그러니까 괜찮다고."

"어머, 우리가요?"

해랑의 말에 하연이 놀라며 물었다. 정말 오늘따라 도움이 안 되는구나.

이완에게도 어느 정도는 인정을 받았다.

마음 같아선 당장 결혼이니 뭐니 하고 싶어도 약속했던 것을 달성하기 전까지는 불가능했으니 어찌 보면 반결혼 상태라는 그의 말도 맞는 말이기는 했다.

할 마음은 있어도 상황적으로 할 수가 없는 상황이었으니까.

"교육관님, 일하러 가실 시간 아니세요?"

"네."

정말 엄마가 따로 없었다.

＊　　＊　　＊

"사랑에 빠졌다는 거지."

"……"

일하느라 바쁜 강우가 붓을 쥔 손은 여전히 열심히 움직이며 말하자, 그 옆자리에 앉아 있던 하연은 굳어 버리고 말았다.

"저기, 그런데 자꾸 그런 이야기 나한테 상담하지 말아 줄래?"

무슨 문제만 생기면 자신을 붙잡고 이리 징징대니, 예문관에 와도 집에 있는 누님과 누이들에게서 벗어났다는 기분이 들지 않았다.

그러거나 말거나 하연은 어느새 또 그의 말은 그냥 무시하고, 다시 저만의 세계에 빠져들었다.

혹시나 싶었는데, 역시구나.

결국 이 지경까지 오는구나, 서하연.

물론 그녀도 해랑을 좋아한다. 마음이 있다. 그것은 인정한다.

하지만 끌려가는 사랑은 하지 않겠다고 늘 다짐했다. 그래서 누군가를 좋아한다고 해도 적정선을 지키며, 그것보다 더 좋아하게 되면 일부러 물러서고 그랬던 건데.

생각해 보니까 항상 오라버니 말을 잘 들었던 자신이 처음으로 반항했던 게 해랑의 문제 때문이었다.

"많이 좋아하는 사람이 지는 건데……."

"그런데 경쟁의 방향이 이상하지 않아?"

하연의 중얼거림을 들은 강우가 뭔가 이상하다는 표정으로 그녀를 돌아봤다.

"더 많이 좋아하는 사람이 지는 게 아니라, 이기는 거 아닌가?"

"왜요?"

"좋아한다는 감정은 좋은 거니까."

그 말에 뭐라 대답을 할 수가 없었다.

물론 '좋아한다.'는 말은 무척이나 좋은 말이었다.

"끌려 다니고 싶지 않으니까 그러지요."

"정말 좋아하는 거 맞아?"

"남자들은 모르는 여자들의 마음이라는 게 있어요."

"맞아요!"

좋아하면 솔직하게 좋아하면 되는 게 아니냐는 단순한 강우의 논리에, 언제 온 건지 세 명의 신입 여관리들이 뒤에서 불쑥 끼어들었다.

하연과 일대일일 때도 이길까 말까 했는데, 이제는 5 대 1. 아, 그래도 지금은 4대 1이었다.

머릿수부터 밀리니 강우는 차라리 입을 다무는 게 낫겠다고 판단했다.

일하기 더 힘들어졌어…….

피곤해 죽겠다는 강우와는 달리, 든든한 지원군들의 등장에 하연은 평소보다 더 일하는 게 즐거웠다.

"아, 맞다. 선배님! 아까 고위 대신들께서 찾으셨어요."

"응?"

"예문관에 출근하면 바로 오라고요."

"또 왜…….

자신의 편이 생겼다는 기쁨에 들떴던 하연은 금방 기분이 상했다. 생각만 해도 기운이 빠지는 게, 마음 같아선 가고 싶지 않았다.

"무슨 일인지…….

"무슨 일인지는 모르겠지만, 웃고 계셨어요."

웃고 있었다니 괜히 또 불안해졌다. 도대체 무슨 일인 거지.

상사의 말을 무시할 수만 있다면 좋겠지만 그게 불가능하니 가야지, 어쩌겠어.

하연은 힘내라는 강우와 령의 배웅까지 받으며 자신을 기다리고 있는 고위 대신들의 건물로 힘없이 걸어갔다.

"찾으셨습니까."

안으로 들어서기 무섭게 방 안 한가득 모여 있는 고위 대신들을 보니, 일전의 안 좋은 기억이 떠오르는 거 같았다.

별것도 아닌 일로 그녀를 추궁할 때와 같은 분위기였다.

이번에는 어떤 일로 자신을 괴롭히려고 이러는 걸까?

안 그래도 사사건건 트집을 잡으려고 눈에 불을 켜는 그들 때문에 한동안 조심스러웠던 하연이었다.

"서하연 교육관."

"네."

그런데 도대체 뭘 잡았기에 이리들 표정이 하나같이 당당한 걸까? 바로 얼마 전까지만 해도 기회를 보던 그들의 입가에는 기분 나쁜 미소까지 지어져 있었다.

"그대와 관련된 고발이 들어왔네."

"예?"

고발이라니, 이번에는 또 뭐야? 또 무슨 계획을 짜고 있는 거야.

지친 하연은 이제는 좀 자신을 가만히 내버려 뒀으면 하는 심정이었다. 그런 그녀를 바라보는 고위 대신들의 눈빛은 또다시 맹수처럼 번뜩이기 시작했다.

"약속을 어기고 궐내에서 연애하고 있다는 말이 사실인가?"

"……."

그들이 잡는 트집이 무엇이든 간에 늘 그랬듯 덤덤하게 받아쳐 주겠노라 다짐하고 있었는데.

하연은 정신이 번쩍 들었다.

이런, 이번에는 별거 아닌 트집이 아닌 거 같았다.

＊　　＊　　＊

"계약을 어긴 것과 더불어 다른 관료들을 현혹시키는 것뿐만 아니라 근엄해야 할 궐 안에서 사사로운 정을 품고 있다는 신고까지 들어온 바, 이에 예문관의 기강이 무너질지 모른다는 것이 심히 염려되며 교육관으로서의 자질이 부족한 것으로 판단, 교육관 지위를 유지할지 박탈할지에 대해 청문회를 열기로 함."

"……."

하연의 눈치를 보면서도 꼿꼿하게 종이 한가득 적혀 있는 글자들을 전부 읽어 낸 령이 웃음을 꾹 참으며 말했다.

"나 이거 가지고 가도 돼?"

가뜩이나 지금 기분이 별로인 하연은 제 손에 들린 '경고장' 비슷한 것을 기념으로 갖고 가도 되겠느냐는 저 말이 진심인지 장난인지 구분할 수가 없었다.

아니, 구분할 생각도 없었다.

부장 성격이라면 무조건 장난치는 걸 테니까. 이참에 자신의 성질을 긁어 낼 수 있는 그 한계까지 긁어 볼 생각인 게 분명했다.

"그런 걸 어디에 쓰시려고요."

한 글자, 한 글자 억지들로 이루어져 한 장을 가득 채운 그 저주스러운 종이를 도대체 어디에 쓰겠다고 달라는 건가.

쳐다보는 것조차 싫어 어차피 처분할 생각이었지만, 그래도 부장인 령이 웃으면서 달라고 하니 선뜻 내주기가 그랬다.

"내 방에 걸어 놓게."

역시나, 이유가 이상하다.

"기분 안 좋을 때마다 볼 거야."

그러면서 또다시 '유감스럽지만'으로 시작하는 첫 문장부터 또박또박 읽어 내려가는 령이었다.

그가 기분 좋지 않은 날도 있다니, 이 또한 놀라웠지만 저 짜증나는 종이 한 장이 그에게는 엉켰던 기분을 풀게 만드는 묘한 힘을 지니고 있다는 사실 역시 놀라웠다.

"혹시 부장이……."

"그럴 리가."

자신을 이러한 사태로 몰고 간 이가 누구일지 곰곰이 생각에 잠겨 있던 하연은 여전히 신나게 웃고 있는 령을 바라보며 조심스럽게 말을 꺼냈다.

하지만 이야기를 꺼내기가 무섭게 령은 고개를 절레절레 저으며 정말 결백하다는 얼굴로 자신은 그 범인이 아니라 주장했다.

"도깨비한테 죽기엔 내 인생은 너무 아깝지."

그래, 해랑을 늘 '도깨비'라고 부르며 경계하는 부장이 이런 발칙

한 짓을 했을 리가 없지. 게다가 하연이 교육관직을 박탈당하면 누구보다도 고생할 사람은 부장이라는 게 너무 당연하지 않은가.

령을 의심 대상에서 제외한 하연은 다음 용의자에게로 시선을 옮겼다.

"……설마 내가 일러바쳤다고 생각하는 거야?"

"아니요……."

아무래도 부장보다는 강우가 더 유력한 용의자이기는 했다.

지금은 이렇게 하하 호호 하며 형님이라고 하고 있지만, 사실 그는 하연을 괴롭히고 있는 고위 대신들 중 한 명의 아들이었으니까.

게다가 표면상으로는 자신을 감시하기 위한 첩자.

"내가 왜 그랬겠어?"

"아니…… 계속해서 제가 무슨 문제만 생기면 형님을 붙잡고 상담했으니까…… 귀찮아서?"

"……."

어라? 아무런 대답이 들려오지 않았다.

이렇게까지 몰아세우면 '장난하지 마.'라며 버럭 소리칠 줄 알았는데.

당당하던 표정은 곤란하다는 듯 무너져 버렸고, 또박또박 따져대던 입은 잠잠했다. 이러니 하연으로서는 의심을 안 할 수가 없게 되었다.

"진짜 형님이……."

"내가 안 그랬다니까!"

"그럼 방금 전 그 어색한 침묵은 뭡니까!"

"범인은 아니지만, 그것까지는 아니라고 할 수가 없어서 그랬다. 왜!"

아닌 게 아니라 강우는 무슨 문제만 생기면 자신을 붙잡고 줄줄 말을 늘어놓으며 상담을 요구하는 하연의 이상한 버릇이 심각하게 귀찮았다.

그것도 다른 문제로 인한 고민 상담이라면 모를까, 죄다 해랑과의 연애 문제에 대한 고민들뿐이어서 그런지 들어 주기도 대답해 주기도 뭐했다.

한마디로 그녀에게 붙잡혀 고민을 들어 주는 건 거의 지옥이나 다름없으며, 차라리 부장 령과 단둘이 남아 잔업을 하는 편이 더 낫다고 생각할 정도였다.

"있지, 서하연. 난 널 동료 겸 여동생으로 생각하고 있어."

"왜요. 제 오라버니는 이완 오라버니 한 명뿐인데요."

여동생으로 생각하고 있다는 강우의 말에 하연은 노골적으로 싫다는 표정을 지으며 뒤로 물러서기까지 했다.

"나도 너 같은 여동생은 필요 없어!"

그래, 내가 말을 잘못했지. 실언을 했어.

집에 그렇게나 누나와 여동생들이 많은데 여기까지 와서 여동생으로 생각하다니, 미쳤지.

강우는 한숨을 내쉬었다.

아무래도 남을 챙겨 주는 일이 몸에 밴 게 분명했다. 평생을 이렇게 살게 될까 봐 걱정까지 됐다.

"아니라고 했으면 됐잖아."

드디어 기나긴 웃음 시간이 끝난 건지, 시끄럽게 웃던 령이 차분한 목소리로 말했다.

"네?"

"그러니까 사실이냐는 질문에 아니라고 하면 아무 문제 없었을 거 아니야. 본인이 아니라는데 그쪽에서 어떻게 확인하겠어?"

"그런 걸로 거짓말하고 싶지는 않았어요."

사실 하연은 아무런 생각이 들지 않았다.

당시에는 그저 너무 놀라서 달리 변명거리가 생각나지 않았고, 변명을 시도해 봐야겠다는 생각조차 들지 않았다.

"어째서?"

아무 생각이 없었는데 어째서냐고 물으면 뭐라 대답하면 좋을까?

하연은 뒤늦게 그 '어째서'라는 질문에 대한 답을 찾기 시작했다. 자신이 누군가, 서하연이다.

천하의 서하연이 당황했다는 이유 하나만으로 아무 대답도 못하고 그들의 말에 고개만 끄덕일 리가 없었다. 분명 이유가 있을 것이다.

"해랑 님은 늘 당당하게 밝히시는데 저는 계속해서 감추려고만 하니까……."

"……."

이기적이기는 했지.

드디어 상대방 마음이 어떨지도 생각하게 되었냐며 령은 흐뭇하게 웃었다.

"뭐, 이미 벌어진 일을 갖고 이제 와서 뭐라 해 봤자 소용없지."

"네."

"일단 생각해 보자. 내가 볼 때 지금 대신들은 네 상대가 해랑 님이라는 건 모르고 있는 거 같아. 알았다면 이런 말도 안 되는 통지를 함부로 보낼 수 없을 테니까."

"그러네요."

"그럼에도 불구하고 네가 누군가와 사사로운 정을 나누고 있다는 걸 알아차렸다는 건, 떠보는 걸 수도 있겠지만 모인 대신들의 수를 봐서는 그것도 아니야. 떠보는 것치고는 너무 확신하고 있었으니까."

그 말에도 일리가 있었다.

그냥 한번 떠보기 위해 모인 것치고는 그 수가 상당했다. 만약에 사실이 아니었으면 그들의 입장은 뭐가 되겠는가.

"너와 해랑 님과의 관계를 알고 있는 사람은 아닐 거야. 나랑 강우만 봐도 알잖아. 해랑 님 무서워서 입도 뻥긋 못 하는 거."

"그 말도 맞네요."

"즉, 네가 누군가와 몰래 연애 중이라는 걸 알고 있지만 상대가 누군지는 정확하게 모르는 사람이 고발했을 거야. 혹시 남들 앞에서 언급한 적 있어?"

령의 물음에 하연은 재빨리 고개를 저었다.

안 그래도 조심하라고 그렇게나 해랑에게 당부했는데, 설마 이런 문제를 스스로 막 떠벌리고 다녔을 리가!

"말실수로라도 내뱉은 적 없어요."

"그럼 너랑 해랑 님 관계를 알고 있는 사람이 누구누구야? 많아?"

정말로 얼마 되지 않았다.

"부장이랑 형님, 돌쇠, 그리고 현우 님이랑 환 님, 오라버니랑 어머니, 아버지……."

생각해 보니까 꽤 되네.

적을 거라고 확신했는데 의외로 계속해서 늘어나는 수에 하연의 표정은 점점 어두워졌다.

일단 부장이랑 형님, 돌쇠, 오라버니, 아버지랑 어머니가 말했을 리는 절대 없다. 그렇다면 남는 건 현우와 환인데, 해랑을 도와주겠다는 현우 역시 그럴 가능성이 없고…… 그리고 환 님은…….

"환 님께서는 그럴 분이 아니세요."

하연은 아무리 그가 자신에게 선택받지 못했다고 해도, 이렇게 치사한 방법을 쓸 사람이 아니라고 생각했다.

단호하기까지 한 그녀의 말에 잠시 환에게 쏠렸던 부장과 강우의 의심은 순식간에 풀어졌다.

자신들은 환을 제대로 알고 있지 않으니, 하연의 말이 맞을 거라고 생각했다.

"그럼 없잖아. 다른 사람은 진짜 없어?"

"없어요, 정말. 진짜."

아무리 생각해도 그 외에 떠오르는 사람은 없었다.

그러나 너무나 단호하게 없다 말하는 하연을 바라보고 있던 강우는 그렇게 생각하지 않는 모양이었다.

"있잖아."

"응?"

"네가 우리한테 상담할 때마다 끼어드는 녀석들 있잖아."

강우의 말에 하연은 아무 말 않고 생각에 잠겼다. 자신이 강우에게 상담이라는 걸 할 때마다 끼어드는 녀석들?

그런 사람들이 있었나?

아무리 생각해도 떠오르는 사람이 없다고 따지려는데, 그때서야 하연의 머릿속을 스쳐 지나가는 기억이 있었다.

'남자들은 모르는 여자들의 마음이라는 게 있어요.'

'맞아요!'

"……아."

늘 자신의 편을 들어 강우의 말문을 막히게 만드는 든든한 지원군들!

"그 신입들이라면 종종 우리의 이야기를 들었을 거야. 하지만 상대가 누군지는 몰랐겠지."

암. 설마 아무렇지 않게 험담을 늘어놓는 그 상대가 이 나라의 왕자일 거라고 누가 상상이라도 하겠는가.

하지만 그렇다고 해도 이해가 가지 않았다.

도대체 왜? 왜 그들이? 그들이 이런 걸 고위 대신들에게 고발할 이유는 없을 텐데?

게다가 하연은 스스로도 선배로서의 노력은 제대로 하고 있다고 생각했다.

그들에게 밉보일 거라고는 아무것도 없을 텐데.

"네가 부러웠던 거 아니야? 여자들은 그런 거 있다며."

궐에 들어오기 전, 여자들 사이의 보이지 않는 경쟁 속에서 늘 승자로 지내 봤던 하연은 그 말을 이해할 수 있었다.

홍일점으로서 지낸 지 꽤 돼서 그런가. 여자들의 세계는 험난한 전쟁터나 다름없었다는 걸 깜빡 잊고 있었다.

"……여자는 무섭구나."

하연의 중얼거림에 강우와 령이 버럭 외쳤다.

"……네가 할 말이야?"

아무리 여자들이 무섭다고는 하나, 이 천유국에서 가장 무서운 건 서하연임이 틀림없었다.

* * *

"청문회?!"

"누가 일러바쳤다나 봐요."

마음 같아서는 위에서 내려온 공지 문서를 직접 보여 주고 싶었지만, 부장이 가져가 버리는 바람에 해랑에게는 말로써 이 끔찍한 사실을 전할 수밖에 없었다.

그리고 이 소식을 들은 해랑의 반응은 정확히 하연이 예상한 대로였다.

"내쫓길 수도 있단 말이야?"

"처음에 한 약속이 그랬으니까……."

애초에 말이 안 되는 조항이라며 따져 뒀어야 했는데.

그때 아무렇지 않게 조건을 받아들인 자신을 뒤늦게 후회해도 지금은 소용없었다. 설마 이렇게 될 줄 누가 알았겠나?

"그 신입생 네 명 중에서 누군가가 고발한 거야, 그럼?"

"그렇게 추측하고 있어요."

"왜? 네 덕분에 국시도 합격했고, 잘됐잖아."

"그러니까요. 이유를 모르겠어요. 네 명 모두 착한데……."

열흘이라는 짧은 시간 동안이었지만 그래도 함께 즐겁게 지냈다고 생각했는데, 일이 이렇게 되어 버리니 배신감마저 들기 시작했다.

게다가 가능성이 있는 사람이 네 명일 뿐이지 그 네 명 모두가 밀고자는 아닐 수도 있었다.

어쨌든 전부를 의심해 봐야 하는 상황이지만 만약 그중 한 명이 밀고를 한 범인이라면 나머지 세 명에게도 미안해지는 상황이었다.

하아, 하연은 한숨을 내쉬었다. 지금까지 중에서 가장 어려운 문제가 될 거 같았다.

책상에 납작 엎드려 끙끙대고 있는 그녀를 바라보던 해랑은 생각했다. 그녀가 눈치를 못 챈 건지, 아니면 일부러 그 방향은 피하려 그러는 건지 모르겠지만 사실 이 문제에는 아주 좋은 해결 방법이 있었다. 그것도 아주 간단하고 확실한 방법이.

"있지, 서하연. 난 네가 말해도 상관없어. 아니, 오히려 말했으면 좋겠는데."

그 말에 하연이 고개를 들었다. 해랑은 다정한 목소리만큼이나 부드러운 미소를 지으며 자신을 바라보고 있었다.

여느 때라면 저 미소에 모든 것이 풀렸겠지만, 안타깝게도 지금

이 상황에서는 아니다.

"······말하면 서로에게 안 좋을지도 모르는데도?"

그가 무슨 말을 하는 건지 하연이 모를 리가 없었다. 솔직하게 자신과의 관계를 그들에게 밝히라는 건데, 그렇게 되면 고위 대신들이 꼼짝을 못 하겠지.

왕자의 여자를 건드린 셈이 되었으니, 앞으로 또 있을지 모르는 구혼자들에게서도 벗어날 수 있을 것이다.

하지만 동시에 해랑과 하연, 둘 모두에게 안 좋은 영향을 끼칠 수도 있었다.

"왕위에 오르겠다고 하셨잖아요. 상대 쪽에서는 트집을 잡기 위해 혈안이 되어 있을 텐데, 교육관이랑 눈이 맞았다는 소리 듣고 싶으세요? 그럼 해랑 님에게 불리할 텐데요."

"난 신경 쓰지 마."

"어떻게 신경을······."

해랑이 고개를 절레절레 젓는 그녀의 얼굴을 두 손으로 붙잡았다. 그러자 하연은 꼼짝도 못 하고 그와 눈을 마주치는 꼴이 되어 버렸다.

"애초에 왕이 되겠다고 다짐한 것도 다 너 때문이야. 그런데 그것 때문에 네가 이렇게 곤란해지면, 난 이 선택을 한 의미가 없게 돼."

"······."

"난 평생을 너와 함께하기 위해 왕위에 오르기로 결정했어. 그러니까 넌 나와 평생을 함께하기 위해 한시라도 빨리 네 목표를 이루는 것만 생각해."

"그래도…….."

"걱정 마. 그 스승에 그 제자라고, 주위에서 무슨 트집을 들어 날 끌어내리려 한다 한들 끝까지 버텨 낼 테니까."

예전이었다면 징징거리고도 남았을 그가 최근 들어 달라졌다. 물론 오늘도 좀 전에 밖에 나가서 산책 좀 하자느니, 조금만 쉬고 자신과 놀아달라느니 앙탈을 부리기는 했지만 예전과 비교해 봤을 때 확실히 그는 의젓해졌다.

반면에 안절부절못하고 있는 건 서하연 자신이었다.

"왠지 해랑 님, 어른스러워지신 거 같아요."

"네가 유치해진 거야, 서하연."

물론 하연은 그 말을 인정할 수가 없었지만.

천하의 서하연에게는 '유치하다'라는 단어가 어울리지 않았다.

"……진짜 유치한 건 높으신 분들이지요."

"그건 그래."

그녀의 말에 해랑 역시 동의한다며 고개를 끄덕여 주었다. 이에 힘입은 하연은 쉬지 않고 그간 쌓인 짜증을 터트려 버렸다.

"예문관의 고위 대신들도 그렇고, 희빈마마도 그래요! 현우 님에게 마음에도 없는 상대를 맺어 주질 않나. 생각해 보니까 전하께서도 그러시네요. 맨 처음에 희빈마마의 간택에서 벗어나게 해 주는 걸 조건으로 교육관이 되라고 하셨으니."

이런, 궐 안의 높으신 분들은 왜들 이리 하나같이 유치하고 치사하신 걸까?

그런 게 바로 권력이라는 것이겠지만, 그래도 힘없는 자들은 어쩔 수 없이 그 밑에서 따를 수밖에 없다는 사실이 더더욱 불쾌했다.

"아, 그건 아버지의 몇 안 되는 탁월한 선택 중 하나였지."

다른 건 다 똑같이 생각하지만 그 선택만큼은 전혀 문제가 없다며 해랑이 지적했다. 그러지 않았으면 이렇게 그녀와 얽이는 일도 없었을 테니까.

그래, 끝이 좋으면 다 좋은 거겠지.

혼자 속으로 이래저래 중얼거리던 하연의 움직임이 딱 멈추었다. 그녀가 뚫어져라 해랑을 응시하다가 걱정 가득한 표정으로 진지하게 물었다.

"정말 괜찮은 거죠?"

"정말, 정말. 아니, 제발 해 줬으면 좋겠네. 각서를 안 써 주고 있으니까 그 대신으로."

각서 이야기에 할 말이 없어진 하연은 고개를 떨어뜨렸다.

그 말대로, 해랑과의 관계를 사람들에게 공표하면 그녀는 시집 다 간 거나 마찬가지였으니까.

*　　*　　*

"그렇게 보셔도, 전 지금 징계 여부 결정 중이라서 일 못 합니다."

일이 벌어진 날부터 오늘 있을 처분 회의의 결정이 나올 때까지는 교육관직 임시 해임 상태라 일을 해도 급여가 나오지 않았고, 나온다고 해도 할 마음이 없었다.

게다가 할 마음이 있었다고 해도, 규율상 불가능했다. 하연은 지금 징계 상황 자체를 즐기는 상태였다.

"조금은 도와줘도 되잖아."

"전 원칙주의자여서요. 규칙은 지키라고 있는 겁니다."

두 손 다 놓고 있던 하연이 자신에게 도움을 요청하는 령의 말에 대꾸했다. 그러자 옆에서 그녀 몫까지 열심히 일하던 중이던 강우가 버럭 외쳤다.

"뭐? 누가 원칙주의자? 규칙을 지켜?"

아무리 강우라고 해도 이건 그냥 듣고 넘어갈 수가 없었다.

최근 들어 규칙이란 규칙은 죄다 깨 버리는 이상한 즐거움을 알아 버린 그녀가 원칙주의자라니, 말이 되는 소릴 해야지.

"그럼 동궁이나 집에 있든가. 왜 나온 건데?"

"얼굴 보고 싶어서요."

"……."

하연의 대답에 강우와 령은 본능적으로 바짝 긴장했다. 그리고 숨을 멈추고 그녀를 바라봤다.

조용히 책을 읽고 있던 하연이 착 가라앉은 분위기를 뒤늦게 눈치채고는 그들을 바라봤다. 그리고 어째서인지 떨고 있는 그들을 바라보며 덧붙였다.

"해랑 님 말이에요."

상대가 해랑이라는 말에 굳어 있던 강우와 령의 입에서는 동시에 안도의 한숨이 흘러 나왔다. 그들 나름대로의 위기 상황이었다.

"순간 긴장했어."

"저도, 철렁했습니다."

그만큼이나 하연의 입에 오르내리는 건 각오를 해야 한다는 뜻이었다.

"그나저나 부장, 이건 어떻게 하면 좋지요?"

한동안 도깨비의 퇴치법에 대해서 열띤 토론을 펼치던 강우와 령은 한참 뒤에야 각자의 일에 집중할 수 있었다.

하지만 그것도 아주 잠깐, 곧 그들은 또 다른 문제에 봉착하고 말았다.

"아, 그거…… 아무래도 힘들겠지? 서하연이 저 모양이니…….."

하연이 일을 하지 않으니 원래는 그녀에게 할당되어야 했을 일감들이 전부 강우에게로 몰렸다. 그런데 그중 하나가 문제였다.

"도대체 뭔데 그래요?"

도대체 뭐기에 다들 자신 탓으로 돌린단 말인가.

관심을 안 가질 수가 없는 하연이 재빨리 강우에게 바짝 달라붙어 그 손에 들린 종이를 낚아챘다.

"특별 강의?"

"네가 네 명의 신입생을 교육시킨 걸 보고, 특별히 네 지도하의 수업 하나를 열게 해 달라고 건의했어."

부장의 말에 하연은 인상을 찌푸렸다. 그러니까 지금, 가뜩이나 일이 많아 바쁜 자신에게 일 하나를 더 시키려고 했다가 무산되었다는 거 아니야.

참으로 다행이다.

"짧은 기간이었지만, 충분히 해 볼 만한 가치는 있다고 생각했는데…… 나 저번에 네가 했던 말에 감동받았거든."

"어떤 말이요? 제가 멋진 말을 좀 많이 해서 구체적으로 말씀해 주시지 않으면 몰라요."

서하연 말에 감동받았다는 소린 괜히 했어. 하지 않아도 될 말을 해서는 이 고생이지.

"그때 네가 그랬잖아. 궐 밖 일반인들은 교육받지 못하고 권력 있는 자들만 지식을 독점해 권력이 세습되는 꼴이라니 뭐라느니."

"아, 그랬지요. 음? 그럼 이거 혹시……."

고개를 끄덕이며 자신의 멋진 말을 다시 떠올리던 하연이 잠시 멈칫했다. 만약 그 말에 감동받았기 때문에 만들어진 제안서라면 분명!

설마 자신이 생각하는 그것이냐는 하연의 눈빛에 령이 웃더니 고개를 끄덕였다.

"그래. 수업 대상은 궐 밖의 일반 여자아이들이야."

어쩜! 짜증 나는 날이 더 많은 부장님께서 이렇게 대단한 기획을 준비하고 계셨다니.

"그런데 위에서 허가가 났어요? 아니, 예문관의 교육관은 일반인을 상대로 수업해서는 안 된다면서요."

예전에 하연이 여성 교육관을 배출해 내고야 말겠다는 포부를 밝혔을 때 령이 그녀에게 했던 말과 똑같았다.

그때 역시 규칙을 알고 있던 주제에 아무렇지도 않게 깨 버렸으면서 이제 와서 규칙 따위를 운운하다니.

"물론 그냥은 안 됐지."

"그냥은 안 됐다는 말은 어떻게든 됐다는 뜻이겠지요?"

고개를 젓는 부장의 행동에 실망한 표정이 역력하던 하연이 뒤에 이어지는 말에 두 눈을 반짝였다.

아무리 왕이 직접 남녀평등 국가 실현을 선포했다고는 하나 아직 여인들에 대한 인식은 그대로였기 때문에, 국가 기관에서 직접 교육을 받는다는 건 상상할 수 없는 일.

이를 실행하기 위해서는 위의 동의가 필요한데 찬성하는 사람의 수보다는 반대하는 이의 수가 훨씬 많을 게 뻔했다.

"그 수업과는 별개로 귀족 가문의 영애들을 위한 특별 강의도 진행한다는 조건으로. 물론 그것도 네가."

"아."

아무리 귀족이라고 해도, 모두가 예문관 대신에게 교육받을 수 있는 건 아니었다.

특히나 여인들이 그랬다.

그래도 돈이 있는 집안에서는 국시를 통과한 사람이나 혹은 그에 준하는 사람을 집으로 불러 교육을 시켰지만, 그나마도 짧게 과외를 하는 게 전부였다.

여인들은 배워 봤자 써먹을 곳이 없다는 인식이 강하기 때문이었는데 이제 서하연으로 인해 천유국에는 큰 변화가 생겼다.

"그들에게 있어서도 너는 우상이라는 뜻이지."

천유국에서 그녀의 이야기를 모르는 이는 거의 없을 것이다. 그녀는 이미 평민과 귀족을 가리지 않고 모든 여인에게 동경의 대상이었다.

"어쩐지, 너무 쉽게 허가했다 했어요."

하연이 웃으며 말했다. 역시 욕심쟁이라니까.

"마음 같아선 널 개인적으로 집에 불러 제 딸들을 과외시키고 싶겠지만, 예문관 규칙상 불가능하잖아? 그러니까 이 제안을 받아들여 주는 대신에 제 딸들을 너에게 보내고 싶은 거겠지."

"내가 듣기로는 이미 명단까지 만들어진 걸로 아는데?"

"벌써?"

"그것도 대기자 명단까지. 제 동생들도 거기 들어가겠다고 난리더라고요."

조용히 있던 강우까지 거들었다. 하연 본인만 모르고 있었지, 사실 이 이야기는 궐 밖에도 어느 정도 퍼져 있던 문제였다.

위아래로 누나와 동생을 많이 두고 있는 강우였기에 요즘 아가씨들의 최신 유행이나 관심사를 듣는 건 어렵지 않았다.

게다가 요즘에는 자신이 서하연과 동기라는 사실을 어떻게 알았는지 여동생들이 그를 달달 볶아 대고 있었다.

"어쨌거나, 이런 기회는 흔치 않아. 그러니까 네가 교육관직 박탈당할 걱정은 안 해도 되지 않을까?"

잔소리를 좀 많이 듣고, 또 말도 안 되는 억지를 부릴지는 모르겠지만 그래도 강우는 하연이 교육관직을 박탈당하는 일은 없을 거라 확신했다. 기껏 이런 좋은 이야기가 나왔는데 지금 여기서 그녀가 교육관직을 박탈당한다면 이 계획 역시 물거품이 되는 것이나 다름없었으니까.

하지만 부장 령은 고개를 절레절레 저으며 그의 말에 반박했다.

"아니, 그건 모르는 일이야. 서하연이 예문관의 교육관이 아니게 된다면 오히려 여기저기서 데려가기는 쉬울 거 아니야."

"아…….."

"좋은 거일수록 다른 사람들이랑 나누는 걸 싫어하는 게 귀족들이야. 나 같으면 서하연을 내 딸 과외 선생으로 독점하겠어."

"부장, 딸도 있었어요?"

지금 이 대화의 주인공은 서하연 그녀인데, 정작 하연은 부장의 입에서 '내 딸'이라는 말이 나오기 무섭게 놀랐다는 얼굴로 그를 돌아보며 물었다. 그 태도에 기가 막힌 령은 버럭 외쳤다.

"예를 들면 그렇다는 거지, 지금 중요한 건 그게 아니잖아! 곧 있으면 넌 청문회에 가야 한다고."

"알아요."

령은 정말 그녀가 알고 있는 건지 묻고 싶어 입이 근질근질했다.

청문회를 코앞에 두고 있는 사람치고는 이상하게도 그녀는 너무 침착해 보였다. 보통은 좀 더 당황해야 하는 거 아닌가?

어쩌면 그녀는 청문회에서 내려진 판결에 따라 이 예문관에서 쫓겨나게 될지도 모르는데.

그냥 쫓겨나는 걸로 끝나면 모른다. 차라리 궐 안이 그나마 안전하지 만약 하연이 모든 규율에서 자유로워지면 많은 이가 본격적으로 그녀를 노릴 텐데.

이러한 사실을 그녀가 예상 못 할 리가 없다. 그럼에도 이렇게 여유롭다는 건…….

"걱정하지 마세요. 저는 예문관을 나갈 생각도 없고, 이 일에서 손을 뗄 생각도 없어요. 게다가 이렇게 재미있어 보이는 기획까지 들어 버렸으니 더더욱."

그만 가 봐야겠다며 전쟁터로 향하던 하연이 씨익 웃으며 돌아섰다. 오히려 무섭게 느껴지는 그 여유로운 표정은 예전에 고위 대신들을 단숨에 무너뜨렸을 때의 표정과 똑같았다.

그렇게 하연은 예문관을 벗어나, 그녀가 정말 질색하는 고위 대신들이 있는 곳으로 당당히 향했다.

마치 자식을 전쟁터에 보내는 부모처럼 안절부절못하고 걱정하던 강우와 령은 멍하니 그녀가 사라지고 없는 문을 바라보다가 중얼거렸다.

"……너 아까 그 녀석 표정 봤냐?"

"우리가 누굴 걱정한 건지 모르겠네요."

괜한 시간 낭비였다며 강우는 한숨과 함께 쌓여 있는 일거리로 다시 눈을 돌렸고, 령은 불쌍하다는 눈빛으로 문 너머, 승리를 확신하며 그녀를 기다리고 있을 고위 대신들을 걱정하기 시작했다.

"저 상태의 서하연은 아무도 못 이기겠지."

"저 녀석이랑 같은 편이라 참 다행이에요."

"그러게."

고개를 끄덕이며 다시 각자의 일에 몰두하는 령과 강우다.

하지만 집중도 잠시, 이상하게 일이 손에 잡히지 않았다. 종이 위의 글자 따위는 눈에도 들어오지 않았고, 어차피 고위 대신들이 있는 곳과는 꽤 떨어져 있어서 귀를 기울인다고 해도 절대 소리가 들릴 일이 없는데 지금 그들의 귀는 문가를 향하고 있다.

*　　　*　　　*

"자, 그럼 시작하겠습니다."

나름대로 엄숙한 분위기로 시작된 청문회였지만, 따지고 보면 다 짜여 있는 연극. 이를 알고 있는 하연은 긴장은커녕 오히려 새어 나오는 웃음을 꾹 참느라 고생이었다.

저 하나 어떻게 해 보겠다며 이렇게나 많은 사람이 모이다니, 정말 볼 때마다 신기하고 웃겼다.

"일단 우리끼리 의논을 해 봤네, 서하연 교육관."

"예."

"자네의 실력이 대단하다는 건 두말하면 잔소리. 우리들이 직접 이 두 눈으로 지켜봤으니 말이야."

"감사합니다."

말은 감사하다고 했지만 사실 하연은 감사는커녕 당연하다고 생각했다.

궐에 들어오기 전부터 그들을 정신적으로 괴롭혔던 게 누구던가. 바로 자신이다. 교육관이라는 사람들이 매번 출제되는 시험 문제를 뱅뱅 돌려서 내는 걸 개선한 것 역시 자신이다.

"다른 교육관들에게 물어보니, 서하연 교육관은 이미 이 예문관에서 너무 많은 부분을 차지하고 있기 때문에 겨우 약속 하나 어긴 것으로 내쫓으면 오히려 손해라고들 하더군. 우리 역시 그렇게 생각하네."

응?

마주 보기 싫어서 시선을 내리고 있던 하연이 방 안에 들어와 처음으로 고개를 들었다. 그리고 하나같이 기분 나쁜 미소를 짓고 있는 그들을 바라봤다.

"서로 조용한 선에서 끝내는 게 가장 좋아 보이네."

"그게 무슨 뜻인지……."

"무슨 뜻이기는, 당연히 관계를 정리하라는 거지."

어쩜 말을 이렇게들 쉽게 하는 걸까.

기가 막히고 어이가 없었지만, 그 끝에 기다리고 있을 쾌감을 기대하며 하연은 짜증을 꾹 참고 일단 끝까지 얘기를 들어주기로 했다.

"궐 밖에 있는 상대라면 누구와 마음을 나누든 우리가 간섭할 게 못 되지. 하지만 상대 역시 궐 안에 있다면 이야기가 다르네."

"……."

"그래. 지금까지는 궐 안에 여성 관리가 없었기 때문에 괜찮았다지만, 이리 되면 궐 안의 분위기가 흐려지게 될 테니 말이야. 게다가 그 시발점이 우리 예문관이라는 오명을 쓰게 되면 우리의 입장도 난처해진다네."

그들이 말에도 은근히 일리가 있어, 만약 상대가 해랑이 아닌 평범한 관리였다면 하연은 지금 이 자리에서 설득당했을지도 모른다는 생각이 들었다. 이러니 신후왕도 꼼짝을 못 하는 거로구나.

하지만 그녀가 누군가, 서하연이다.

"마음을 정리하면 또 저에게 구혼자들을 들이대실 겁니까?"

조금은 말이 과격하게 나간 거 같았다. 하연 역시 스스로 그렇게 생각하고 있는데 대신들이라고 다를까.

하지만 대신들은 딱 걸렸다는 표정을 감추기 급급해서 예의가 없다느니 건방지다느니 하는 말로 화를 내지는 않았다.

"크흠. 일전의 그 일은……그래, 자네도 슬슬 혼기가 차지 않았는가. 우린 그것을 걱정해서 그랬던 거네."

"제 일은 걱정 안 해 주셔도 됩니다."

왜 자신의 혼사 문제를 그들이 결정한다는 건지. 아버지도 가만히 계시고 오라버니도 가만히 있는데!

"제 혼사 문제는 제가 알아서 하도록 하겠습니다."

"……."

"또한, 벌써 전하께서도 허락을 하신 상태입니다."

갑자기 신후왕 이야기가 나오기 무섭게 대신들은 당황했다. '이게 아닌데……'라는 표정으로 서로 눈치 보기 바쁜 그들을 지켜보고 있던 하연은 통쾌했다.

"그…… 상대가 누군지 말해 보게. 예문관 동료인가?"

방 안에 있던 이들 중 한 명이 물었다.

왕께서 허락까지 하신 마당에 더는 자신들이 뭐라 할 수 없었지만, 그래도 상대가 누구인지 신경 쓰일 수밖에. 도대체 어떤 남자가 천하의 서하연의 마음을 사로잡았단 말인가.

"예문관 동료는 아닙니다. 그리고 어차피 계속 헤어지라고 하실 텐데, 상대가 누군지 뭐가 중요합니까?"

"아니, 일단은 들어 보고……."

"들어 보고 괜찮은 상대라고 판단되시면 허락해 주실 건가요?"

"그건……."

그들이 말을 흐렸다.

"방금 제 혼사 문제에 대해 진심으로 걱정해 주고 계시다고 하셨잖습니까."

"그것과 이것은 별개의 문제네. 상대가 궐 안에 있으니 안 된다는 거야. 게다가 계속 비밀로 하지 않았는가. 뭔가 찔리는 구석이 있으니 그러는 거겠지."

"비밀로 한다는 건 그럴 만한 이유가 있기 때문이겠지요."

"그러니까, 그 그럴 만한 이유가 뭐냔 말이네! 도대체 누구이기에……."

할 수 없지. 참다못한 하연이 씩씩거리다 입을 열었다.

"시해랑 님이십니다."

그녀의 외침에 고위 대신들이 바글바글하게 모여 있는 회의실 안이 삽시간에 조용해졌다. 하연을 몰아붙이던 이들의 표정이 새하얀 백지장처럼 질려 버렸다.

"……뭐, 뭐?"

"누구라고?"

"시해랑 님이라고 말씀드렸습니다."

설마설마했던 상대는 일반 관리도 아니고, 상대하기 귀찮은 어느 높은 귀족 가문의 자제도 아니었다. 이 나라 왕의 아들? 세 명의 왕자 중 한 명인 그 사람?!

물론 서하연이니까 상대의 배경이 어느 정도는 높지 않을까 생각은 했다. 하지만 계속해서 그 이름을 밝히기 꺼리는 하연을 보며 예상외로 낮은 신분의 사람이 아닐까 내심 기대하고 있었는데……

이제야 비밀로 한 것이 이해가 됐다. 그만큼이나 상대는 터무니없게 높으신 분이셨다.

물론 제자와 스승 사이에 정분이 났다는 말로 그녀를 다시 몰아세울 수도 있었지만, 하연은 벌써 신후왕의 허락도 받았다고 했다. 그런 상황에서 저들이 부적절한 관계라 몰아세운다는 건 왕의 뜻을 거스르는 거나 다름없었다.

결국 대신들은 입을 다물 수밖에 없었다. 혹시 이 역시도 신후왕이 계획이었던 건 아닐까 하는 생각까지 들었다.

이에 그들은 난리가 났다. 이제는 하연을 붙잡고 싹싹 빌어도 모자랄 판이었다. 자신들이 지금까지 왕자의 여인, 왕의 며느리를 상대로 무슨 신경전을 벌인 건가!

"서하연 교육관! 그때 그 일은……."

"아, 걱정 마세요. 제가 비밀로 해서 모르신 거 아닙니까. 다 이해합니다."

그녀가 막 이곳에 들어왔을 때와는 상황이 반대였다.

"물론 해랑 님께서는 이해 못 하시고 계시지만."

기세등등하던 고위 대신들은 얼어붙어 있었고, 하연은 진정한 승리자로서 미소 짓고 있다.

그래. 그러니까 이제 날 좀 가만히 내버려 두라고.

二十二花
발 없는 말이

"아니, 오늘 안에 끝내 놓으라고 하지 않았나!"

"아직 오전입니다만……."

"지금 내 말에 토를 다는 건가!!"

있는 힘껏 소리를 지를 수만 있다면, 령은 그러고 싶었다.

도대체 뭐가 문제인 건지 아침 일찍부터 예문관에 와서는 이렇게 있는 짜증 없는 짜증 다 내고 있는 그들을 이해할 수 없었다.

참아야지 어쩌겠어. 직장 생활이라는 게 다 그렇지, 뭐.

이런 일이 있을 때마다 령은 기필코 빨리빨리 승진해서 반드시 저 자리에 앉겠노라 다짐하고 또 다짐했다.

정작 본인들은 일도 하지 않고 아래에서 정리하고 만든 성과만을 가로채면서, 무슨 간섭은 이렇게 심한 건지 참.

실컷 분풀이를 했으니 이제 그만 저들의 자리로 가면 될 텐데 가기는커녕 책상 위를 뒤적거리는 그 손놀림으로 보아 아무래도 건수를 더 잡아 낼 생각인 모양이었다. 아주 작정을 하고 왔구먼. 그냥 오늘은 일진이 사나운 날인가 보다.

"음? 부장?"

문을 등지고 서 있던 령이 깜짝 놀라 뒤돌았다. 하연이 막 예문관에 출근한 참이었다.

"아…… 서하연."

"여기 서서 뭐하세요?"

하연이 문 바로 옆에 있는 령을 바라보며 물었다.

평소라면 앉아서 꼼짝하기도 싫어하는 그이건만 웬일로 이런 데서 있는 걸까? 게다가 책상은 엉망진창으로 해 놓고.

꼼짝도 안 하려는 게으름뱅이 기질은 있어도 정리 하나는 기가 막히게 하는 부장인데, 책상이 왜 이 모양이냐고 물으려던 그녀는 그제야 지금 이 3관에 불청객이 있다는 사실을 깨달았다.

"아."

아무렇지도 않게 다른 이들 틈에 앉아 계시니 못 알아봤네.

하연은 빠르게 상황 파악에 들어갔다. 난장판이 되어 있는 부장과 다른 이들의 책상, 그리고 그 가운데 우뚝 선 고위 대신의 손에 들려 있는 꼬깃꼬깃한 종이들. 덤으로 그런 그의 눈치를 보고 있는 제3관의 식구들.

"무슨 문제라도 있는 건가요?"

"서하연! 넌 일단 자리에 앉아서 네 할 일을……."

얘가 뭘 잘못 먹었나! 령이 다급히 하연의 팔을 붙잡아 이끌며 말했다. 가뜩이나 기분 안 좋아 보이는 고위 대신에게 겁도 없이 말을 걸다니. 게다가 그녀야말로 최대한 그들을 피해 몸을 사려야 하는 상황이 아니던가.

어제 청문회가 끝나고 하연이 바로 청화궁으로 돌아갔기 때문에 령과 강우는 아직 그녀에게 어떤 일이 있었는지 들을 기회가 없었다.

물론 '무죄'라는 결과는 소문으로 들었지만, 그들의 관심사는 결과가 아니었다. 도대체 하연이 어떻게 그들을 굴복시켰는지, 그 방법이 궁금했다.

"아…… 서하연…… 교육관……."

그런데 정말 신기하게도, 꼬리를 내리는 건 하연이 아니라 침입자였다.

하연이 등장하기 무섭게 의도적으로 그녀와 시선이 부딪치는 걸 피하던 침입자들께서는 어째서인지 꼬리를 내리고 하연의 눈치를 보고 있었다.

"그……."

"무슨 일 있습니까?"

안절부절못하는 그의 앞에 다가간 하연이 싱긋 웃으며 다시 물었다.

그녀의 얼굴은 웃고 있었지만, 그것이 대답을 재촉하는 효과가 되어 더욱 그를 몰아붙였다.

"무, 문제라니. 아닙니다. 어흠. 그냥 잘들 일하고 있나 확인하러 온 거뿐이다."

"아, 수고가 많으십니다."

이번에도 어색하게 하대와 존댓말을 섞어 쓰던 고위 대신께서는 들고 있던 문서들을 다시 책상 위에 놓고 도망치듯 3관을 빠져나갔다.

"정말······ 아침부터 시비 걸려고 오신 것도 아니고······ 응? 왜요?"

제3관의 화기애애한 분위기를 망치던 주범이 나가기 무섭게 하연은 양손으로 허리를 척 짚으며 투덜거렸다. 그러고는 여느 때와 같이 자신의 자리로 가 일을 하려다가 하나같이 놀란 얼굴로 자신을 바라보고 있는 이들의 시선에 멈칫했다.

"왜냐고? 지금 왜라고 했어?"

"서하연, 도대체 뭘 어떻게 한 거야? 나도 그 비법 좀 알려줘."

"네?"

기분 안 좋아 보이는 고위 대신에게 겁도 없이 말을 거는 것으로도 모자라, 기 싸움에서 지지 않고 오히려 내쫓아 버리다니. 그뿐만이 아니다.

"게다가 그 어색한 존댓말은 또 뭐야?"

"그러게요."

강우 역시 이상하다고 생각한 건지, 령과 마찬가지로 하연의 뒤로 다가와 고개를 끄덕이며 맞장구를 쳐 주었다.

"아."

그들의 질문에 오늘 자신이 해야 하는 일을 살펴보던 하연은 그들을 바라보며 제 주먹을 꽉 쥐었다.

"제가 주도권을 꽉 잡았거든요."

아무것도 모르는 그들은 답답했다. 주도권을 잡았다는 말은 무엇이며, 또 어떻게 잡았다는 말인지. 도대체 어제 무슨 일이 있었던 거야?

계속되는 질문에도 하연은 꿋꿋이 비밀이라며 싱긋 웃을 뿐이었다.

*　　*　　*

"저기……."

하연은 뒤에서 들려온 목소리에 작게 한숨을 내쉬며 붓을 내려놓았다. 한창 일하는 중에 누가 방해하는 거냐며 예민하게 굴 수도 있었지만, 그 간드러지는 목소리로 추정하건대 여자다. 그것도 이 삭막한 궐 안에 몇 없는 제 동지들.

"무슨 일인가요?"

령이나 강우에게는 어림없을 화사한 미소를 가득 머금고 뒤를 돌아본 하연이 다정한 목소리로 물었다. 그러자 그녀의 바로 옆에 있던 강우가 놀라 고개를 돌려 그녀를 바라보았다.

"저…… 상담하고 싶은 게 있는데요……."

분명 말을 건 사람은 한 명이었지만 그녀를 필두로 세 명의 여인들이 쪼르르 서 있었다.

그런데 뭔가 분위기가 이상했다.

그들은 모두 아무도 없는 문을 힐끔거리며 누군가의 눈치를 보고 있었다.

예삿일이 아니라는 걸 직감한 하연은 바로 하던 일을 놓고 자리에서 일어났다. 그러고는 자신에게 도움의 손길을 요청한 그들에게 여기서 이야기하는 건 좀 그러니 밖으로 나가자고 말했다.

"왜요? 무슨 일이라도 있나요?"

혹시, 설마, 고위 대신들이 결국에는 이들까지 괴롭히기 시작한 건가?!

그녀 역시 막 예문관에 들어왔을 때 그들의 괴롭힘을 견디어 내느라 고생이 이만저만이 아니었다. 물론 그냥 얌전히 앉아서 당하고만 있지는 않았지만, 그것은 그녀였기에 가능했던 일일 터.

"그……."

이제 주변에는 아무도 없겠다, 이렇게 여자들만 넷이니 그냥 말하면 될 텐데 그들은 자꾸만 서로의 눈치를 보며 말을 입 밖으로 내는 것을 망설였다.

그들의 질문을 기다려 주고 있던 하연의 속은 점점 답답해지기 시작했다. 시간은 곧 금이다. 결국 더는 못 기다리겠는지 빨리 말하지 않으면 돌아갈 거라는 말을 막 내뱉으려는 그때였다.

"동기 중 한 명의 이야기인데요."

"동기? 아, 그러고 보니까 한 명이 부족하네요."

동기라는 말에 하연은 고개를 끄덕였다. 생각해 보면 이 세 명이 함께 다니는 모습은 자주 볼 수 있었다.

이번 합격자는 네 명. 즉, 한 명이 빠졌다는 건데 만약 이게 따돌림이라면 따돌림 당하는 쪽에서 상담을 해 오겠지. 따돌림을 시키는 쪽에서 이리 찾아와 스스로 자신들의 만행을 이야기할 리가 없지 않은가.

"그 친구가 왜요?"

"같은 동기인데 뒤에서 뭐라고 하면 안 되는 건 알지만…… 그 애."

"예."

"……그 애, 요즘 들어 종종 사라지고는 하더라고요."

"그래서 하루는 저희들이 어딜 가나, 하고 뒤를 몰래 밟아 봤는데요……."

음? 예상치도 못한 흐름에 하연은 서서히 그 이야기에 빠져들기 시작했다. 호기심 많은 그녀에게는 정말 딱 맞는 이야기였다.

하지만 흥미에 저도 모르게 벌어졌던 그녀의 입은 곧 딱 다물어졌고, 밝았던 그 표정도 싸악 차갑게 굳고 말았다.

"……희안궁에 출입하더라고요."

"희안궁?"

'희안궁' 하면 바로 떠오르는 이가 한 명 있었다. 바로 희빈 윤씨.

희안궁이라는 이름을 듣기 무섭게 안 좋은 기억들이 그녀의 머릿속을 장악하기 시작했고, 표정으로도 드러날 정도로 기분이 나빠지기 시작했다.

대충 궐 안의 다른 누군가와 어울리지 않겠느냐며, 심지어는 궐 안에서 비밀 연애를 하고 있을지 모른다는 생각까지 했는데 이건 너무 심각한, 최악 중에서도 최악의 상황이었다.

"사실 저희들도 국시에 합격해 예문관 신입으로 들어가면서부터 여러 귀족 가문에서 맞선 제의들이 들어오고 있거든요. 물론 거절을 하고는 있기는 한데……."

이런, 완벽하게 실수하고 말았다.

하연은 뒤늦게 자책했다. 합격시키는 데에만 신경 썼지, 그 후의 일은 미처 생각하지 못한 것이다.

"벌써부터 권력다툼에 이용되는 건 아닌가 싶어서요. 아니면 희빈마마께 뭔가 약점이라도 잡혔다든가. 선배님께서도 잘 아시잖아요?"

"잘 알지요. 저도 겨우 간택 명단에서 빠져나왔으니까."

그날의 일을 어떻게 잊겠어. 바로 지금의 자신을 있게 한 중대한 사건이었는걸?

그들은 자신이 우상이라며 이렇게 두 눈을 반짝이고 있었지만, 사실 따지고 보면 그녀가 교육관이 된 이유는 희빈에게서 벗어나기 위함이 가장 컸으니까.

"그리고 또."

그리고 또?

"얼마 전에 예문관 고위 대신들이 머무는 곳에 한 궁녀가 들어가는 걸 봤습니다."

"궁녀요?"

"예."

예문관의 일을 도와주는 궁녀들도 있기 때문에 궁녀의 출입은 그렇게 보기 드문 게 아닐 텐데 왜 그걸 갖고 뭐라고 하는 건지 이해가 되지 않았다.

"그런데 그 궁녀는 분명 예전에 친구 뒤를 밟아 도달했던 희안궁에서 본 궁녀였어요."

"희안궁에서요?"

"네. 희빈마마의 궁녀 중 한 명이었어요."

아직 하연의 머릿속은 정리가 되지 않았다. 여전히 안개 같은 것으로 뒤덮여 명확한 답이 보이지 않았다.

예문관의 신입 중 한 명이 희안궁에 가서 희빈을 만났고, 희빈의 궁녀 중 한 명이 예문관을 찾아 고위 대신들을 만나러 갔다.

"아, 그러고 보니까 궁녀가 찾아왔던 바로 그 이튿날이네요! 선배님이 고위 대신들께 불려간 게."

"……."

아닐 거라고 생각해 봐도 정황상 너무나도 딱 들어맞았다.

처음부터 생각해 보자. 하연은 침착하게 이야기를 정리했다.

일단 예문관의 누군가가 내가 연애 중이라는 사실을 알았다. 하지만 그들은 상대가 누군지까지는 정확하게 몰랐던 것으로 추정. 때문에 그 범위는 신입생인 이 네 명으로 좁혀진다. 그리고 넷 중의 한 명이 희안궁에 가 희빈을 만났다고 한다. 이어서 희빈은 자신의 궁녀를 예문관 고위 대신들에게 보냈고, 그 이튿날 나는 그들에게 불려갔다.

답은 하나밖에 없네.

하연은 큰 용기를 내어 이런 고급 정보를 제공한 이들을 향해 활짝 웃으며 감사의 인사를 했다.

"말해 줘서 고마워요. 저에게 정말 큰 도움이 되었어요."

*　　*　　*

다행히 그녀는 그 상대가 해랑이라는 것까지는 모르고 있을 것이다. 혹시나 싶은 마음이 있다고는 해도 예전에 그녀가 환과의 간택 명단에서 빠져나오기 위해 안간힘을 썼던 걸 생각하면 아마 그 상대가 해랑이라는 추측은 어려울 것이다.

"기껏 와서는 얼굴도 안 보여 주고 계속 구석에 있을 거야?"

등 뒤에서 투덜거리는 목소리가 들려왔다. 그 말에 뒤돌아선 하연은 못마땅한 표정으로 제 코앞에 앉아 있는 해랑과 마주했다.

이렇게 가까이서 그의 얼굴을 보니 괜히 마음이 무거워지는 거 같았다.

만약 희빈이 자신과 해랑이 그렇고 그런 사이라는 걸 알게 되면 어떻게 될까? 가만히 지켜볼까? 아니, 그럴 거 같지는 않은데.

"해랑 님은 아무 걱정도 하지 마세요."

"나는 지금 네가 더 걱정인데."

걱정하지 말라는 말과 함께 하연은 얘가 왜 이러나 하는 표정으로 고개를 갸웃거리고 있는 그를 와락 끌어안았다. 그렇게나 바랐지만 너무나도 갑작스러운 애정 표현에 잠시 놀랐던 해랑도 만족스러운 미소를 지으며 얌전히 있었다.

"그런데, 일단 좋기는 한데 나 왜 칭찬받고 있는 거야?"

그렇게나 부러워하던 서하연표 특급 칭찬을 받게 되어 기쁘기는 하지만, 그 이유가 너무나도 궁금했다. 공부를 열심히 해서? 아니, 그건 원래부터 그래 왔는걸. 시험을 잘 봐서? 하지만 그건 좀 예전의 일이잖아. 이제 와서 칭찬하는 건 이상하지. 그럼 도대체 뭐지……

"해랑 님은 제가 지켜 드릴게요."

하연이 자신을 지키겠다며 두 손까지 불끈 쥐고 있자, 가만히 그것을 바라보고 있던 해랑이 피식 웃으며 그녀의 두 손을 꽉 잡아 아래로 내렸다.

"무슨 소리야. 내가 널 지켜야지."

그 기특한 말에 하연의 입가에는 기분 좋은 미소가 지어졌다.

지켜 준다니 말은 고마운데, 아직 하연을 지킨다고 하기에 그의 힘은 너무나도 약했다. 아무래도 그때가 오기까지는 시간이 꽤 필요할 거 같았다.

하지만 뭐, 기다려 줘야지. 어쩌겠어.

"그러네요. 어찌 보면 이번에도 절 도와준 건 해랑 님이시네요."

마음껏 제 이름을 팔고 다니라는 그의 말이 없었다면 아마 지금쯤 자신은 정신없이 거짓말을 늘어놓고 있거나 고위 대신들의 손아귀에서 꼼짝도 못 하고 있었겠지.

"전하께서는 아주 뛸 듯이 좋아하셨지."

"분명 이렇게 되길 바라셨던 게 틀림없어요."

"그 능구렁이 같은 영감."

함께 중앙궁에 찾아가 신후왕에게 사실을 말했을 때, 눈물을 글썽이기까지 하며 이 사실에 기뻐하던 그의 모습이 떠올랐다.

"그렇게 따지면 가장 대단한 건 전하시네요."

도대체 언제부터 일을 계획하고 있었던 건지. 문득 하연은 그가 자신에게 교육관이 되어 달라 매달릴 때부터 사실은 이런 그림을 그리고 있었던 거 아니었을까, 하는 생각에 등골이 오싹해졌다.

'에이, 그럴 리가.'

*　　*　　*

다급한 걸음의 궁녀 한 명이 청화궁의 문을 나와 어딘가로 걸음을 재촉했다. 곧 그녀가 도착한 곳은 희안궁이었다.

희안궁의 정문을 기웃거리며 다시 한 번 주위를 살피던 궁녀는 재빨리 안으로 들어갔다. 그리고 익숙하게 제 주인이 계시는 곳으로 향했다.

"희빈마마."

궁녀의 말에 여유롭게 후원을 거닐고 있던 희빈이 돌아섰다. 그리고 그녀를 알아보고는 표정이 밝아졌다.

"왔느냐."

중앙궁과 청화궁에 심어 두었던 궁녀가 방문했다는 건 어떠한 정보를 갖고 왔다는 뜻이었다. 가뜩이나 심란한 요즘, 그녀에게 필요한 건 사용 가치가 있는 정보였다.

"그래, 최근 청화궁의 상황은 어떻지?"

완벽하게 배제시켰다고 생각했던 해랑이 청화궁에 들어가면서 요즘의 그녀는 심기가 불편했다. 게다가 그 서하연이 제 아들 환이 아니라 해랑에게 붙었고, 그 덕분인지는 몰라도 현재 환과 나란히 걷고 있으니 불안할 수밖에 없었다.

물론 본인이 직접 청화궁에 걸음을 한다고 해도 문제가 될 건 없었다. 하지만 아무리 그녀라 해도 주위의 눈을 신경 쓸 수밖에 없다.

우물쭈물하는 궁녀를 바라보던 희빈의 눈빛이 날카로워졌다. 직감적으로 무언가가 있다는 걸 알 수 있었다.

"말해 보거라."

"그, 그게……."

도대체 뭔데 이러는 거지?

"……오늘 아침 해랑 님의 방에서 서하연 교육관이 나오는 모습을 목격했습니다."

예상치도 못했던 말에 희빈은 당황하기까지 했다. 서하연과 시해랑이? 물론 그 둘이 그렇고 그런 사이라는 건 알고 있었지만 설마 이 정도까지 심각한 사이로 발전해 있을 줄은 생각도 못 했다.

"……소문인가? 아니면……."

"제 두 눈으로 직접 봤습니다."

하다못해 들려오는 소문 정도이길 바랐지만 궁녀는 고개를 절레절레 저으며 말했다. 그녀의 눈빛은 확신에 차 있었다.

어디서 들은 이야기도 아니고 직접 봤다는데 무슨 말이 더 필요하겠는가.

둘 사이가 생각했던 것보다 더 가깝다는 사실을 알게 된 희빈의 눈살이 찌푸려졌다.

그놈의 서하연. 그 서하연이 끝까지 문제로구나. 정치적인 입장 때문에 한 배를 탔다면 나중에라도 둘 사이를 떨어뜨려 놓을 수가 있을 것이다. 하지만 감정적인 문제가 끼어든다면 어떻게 손쓰기가 힘들 텐데…….

"환이 이 녀석은 하필 이럴 때 나가 가지고……."

심각해진 희빈이 생각에 잠겨 있는 동안 그녀의 뒤를 따르던 궁녀 중 한 명이 중얼거렸다.

"……그나저나 만약 그렇다면 교육관으로서 세간의 시선은 좋지 못하겠군요."

그 말에 희빈의 표정이 밝아졌다. 긍정적으로 생각하면 이건 기회이기도 했다. 물론 서하연에게는 흠집이 생길지도 모르겠지만 그 정도야 뭐 별거 아니지. 제 사람이 되기만 한다면 그깟 흠집 따위 금세 없애 줄 수 있을 테니까.

"일단은 둘을 떨어뜨려 놓아야겠어."

한동안 조용히 숨을 죽이고 상태를 지켜보려고 했더니 불안해서 안 될 거 같았다. 지금은 수단과 방법을 가릴 때가 아니었다.

"일전의 그 아이를 불러와라."

"……그 아이라고 하시면…….."

"예문관 그 아이."

희빈은 왜 바로 못 알아듣냐며 약간은 신경질적으로 대답했다.

다행히 '예문관 그 아이'라는 말은 알아들은 건지 궁녀가 고개를 끄덕이더니 재빨리 물러났다.

"소문을 퍼트리기에 그 아이보다 적합한 인물은 또 없겠지."

그 모습을 상상하던 희빈은 재미있다는 듯 희미하게 미소 지으며 중얼거렸다.

"그리고 소문은 눈에 보이지 않는 날카로운 무기가 될 수도 있고 말이다."

* * *

"서하연."

아직 이름밖에 불리지 않았지만 하연은 한숨이 나왔다. 또 뭘까? 뭐가 문제일까?

등 뒤에서 들려오는 목소리에 바짝 긴장한 그녀는 일단 제 옷매무새부터 슬쩍 확인했다. 괜찮아, 아무런 문제가 없어. 치마의 기장도 제대로 발목을 가리고 있고, 윗옷도 너무 짧지 않다. 색도 그렇게 튀지 않고 이 정도면 무난하다.

아무 문제가 없다는 걸 확인한 하연은 자신만만한 얼굴로 돌아섰다. 그리고 못마땅한 시선으로 자신을 바라보고 있는 해랑을 똑바로 쳐다봤다.

자, 어디 트집 잡을 수 있다면 한번 잡아 보시지!

"……머리 묶고 다녀."

그의 지적에 입을 삐죽 내민 하연은 어깨에 흘러내린 머리카락을 만지작거렸다.

천유국은 개인의 취향을 존중했기 때문에 차림에 있어 딱 정해진 규정 없이 '지위에 맞게 단정하고 깔끔하게만 입을 것.' 이게 다였다.

물론 신입 관리일 때는 그에 따른 복장을 했지만 그녀는 이제 정식 교육관이었다.

궁녀들의 경우에는 단정한 이미지를 위해 머리를 단정하게 묶어 올리기도 하지만 하연은 궁녀가 아니었다.

딱히 구체적인 지시도 없고 누가 뭐라고 하지도 않기에 평소처럼 머리를 풀고 돌아다녔는데 해랑에게는 그게 거슬렸던 모양이다.

"음, 정신이 없나요?"

"질끈 땋아."

"……그건 촌스러워요."

하나로 질끈 땋아 댕기로 마무리하는 게 언제 적 머리인데. 요즘 유행에 뒤처지는 것을 요구하다니.

"그래도 예쁘니까 그러고 다녀. 옷도 예전에 입었던 예문관 관리 복 입고 다녀."

머리는 그렇다 치고 옷까지 지적당하니 하연의 표정은 더더욱 어두워졌다.

안 그래도 화장이며 옷이며 장신구며 궐에 들어오면서부터 관리가 소홀해졌다는 생각에 요즘도 종종 불안했는데, 여기서 더 수수하게 하라는 말에 기가 찼다.

"그건 신입 교육관일 때만 입는 거예요. 지금은 색만 무난하면 상관없다고요."

그것만큼은 절대 받아들일 수 없는 의견이라며 하연은 단호하게 거절했다. 그러자 못마땅한 시선으로 그녀를 바라보고 있던 해랑이 한숨을 내쉬며 다가오더니 팔을 들어 그녀의 머리를 잔뜩 헝클어뜨려 놓았다.

묶으라고 할 정도로 정신없다고 해 놓고 이게 무슨 짓인가. 이제 막 예문관에 가는 길이었는데 이래서는.

그를 슬쩍 흘겨본 하연이 뒤로 돌더니 급하게 헝클어진 머리를 정리하기 시작했다. 어느 정도 단정함을 되찾은 머리에 하연이 안도하고 있던 그때였다.

그 틈을 탄 해랑이 그녀의 어깨에 손을 얹고는 자신 쪽으로 빙글 돌렸다. 머리 정리하느라 정신없던 하연은 방어할 틈도 없이 바로 뒤에 있던 문에 쿵 하고 밀쳐졌다.

"이건 또 뭐하시는 걸까요?"

요즘 들어 그는 이상했다. 물론 늘 이상했지만 최근에 와서는 더더욱. 정확히 말하면 그때, 앞으로는 자신의 방에서 자라는 말을 했을 때부터였다.

저를 바라보며 흐뭇하게 웃고 있는 그를 보고 있자니 하마터면 하연도 그를 따라 웃을 뻔했다.

"예뻐서."

예전에는 몰랐는데, 이렇게 그가 저를 보며 웃을 때 너무 좋았다. 그리고 전에는 닭살만 돋았던 말 한 마디 한 마디가 좋으면 좋았지, 거북하지 않았다.

"남편 말 들으세요."

싫은 티 낼 때는 언제고, 이제 그는 아무렇지 않게 스스로 '남편' 이라는 말을 사용하고는 했다. 물론 단둘이 있을 때만 쓰긴 했지만.

"아, 정말⋯⋯."

끓어오르는 짜증을 꾹 참으며 하연이 대충 갖고 있던 끈으로 머리를 질끈 묶었다. 그 모습에 해랑은 웃으며 손가락으로 그녀의 뺨을 쓰다듬었다.

"아, 예쁘다."

이제야 제대로 된 연인 같은 분위기가 나서 좋기는 한데, 그녀는 지금 예문관에 일하러 가야만 했다. 지각할 수 없으니 비키라며 붙잡힌 손에 힘을 줘 봤지만, 비켜 주기는커녕 오히려 더 싱긋 웃고 있다.

예전 같았으면 버둥거리며 그에게 큰 웃음을 선사해 줬겠지만, 지금은 달랐다. 하연은 그를 간단하게 퇴치할 수 있는 방법을 알고 있었다.

"아, 오라버니?"

살짝 놀란 표정은 덤으로. 하연은 그의 등 뒤 어딘가에 대충 시선을 주며 말했다. 그러자 해랑은 화들짝 놀라며 바로 그녀에게서 떨어졌다. 그리고 두 손을 들어 보이며 자신은 아무것도 하지 않았다는 청렴결백한 표정으로 뒤를 돌아봤다.

당연히 이완은 없었다.

늘 '오라버니, 오라버니.'하며 자신을 제일로 여겼던 하연이 최근에는 해랑을 더 신경 쓰자, 정신적인 충격 때문인지 몸과 마음이 약해진 이완은 끙끙 앓다가 결국 몸살감기에 걸려 출근하지 못했다.

자기 관리 하나는 뛰어나던 사람이 이리되니 모두가 놀랄 수밖에.

어쨌든, 그를 두려워하고 있는 해랑에게는 좋은 일이었다. 물론 사람이 아프다는데 마냥 좋다고 할 수는 없겠지만 말이다.

"아, 서하연!"

해랑이 이완으로 인해 놀랐던 심장을 진정시키고 있는 사이 틈을 놓치지 않은 하연은 재빠르게 그에게서 벗어나 어느새 청화궁의 정문을 향해 달려가고 있었다.

그 모습을 바라보던 해랑은 잠시 인상을 찌푸리더니 곧 흐뭇한 미소를 지으며 중얼거렸다.

"이런 게 신혼의 즐거움이라는 걸까."

"아닐걸요."

언제부터 있었던 건지 그 옆에 서 있던 돌쇠가 작게 토를 달았다.

듣자 하니 하연의 오라버니인 이완은 오늘 아파서 결근했단다. 그 탓에 자연스럽게 부대장이 된 그가 다시 해랑의 호위를 맡게 된 것이다.

돌쇠는 한숨을 내쉬었다. 하연의 오라버니께서 하루라도 빨리 쾌차하시기를 바랄 수밖에.

서가의 남매가 제 명줄을 쥐고 있다 해도 과언이 아니었다.

*   *   *

"……."

하연은 뭔가가 이상하다는 생각이 들었다.

아침마다 출근할 때면 그녀를 보기 위해 모여드는 남자들 때문에 이까짓 시선 정도야 이제는 익숙했지만 오늘따라 이상했다.

물론 전과 다름없는 시선과 술렁임이었지만 왠지 모르게 불쾌했다. 그리고 그 이유는 어딜 가나 꼭 한 명씩은 있는 입 가벼운 사람들에 의해 밝혀졌다.

"거 봐. 이래서 여자는 안 된다니까?"

저런 말은 그녀가 막 예문관에 들어왔을 때나 들려왔던 말인데 이제 와서 왜 또 이러는 건지.

슬쩍 바라보니 수군대는 그들은 하나같이 신입 관리 복장을 하고 있었다. 그렇다는 건 얼마 전의 국시 합격생이라는 건데, 낯이 익지 않은 것으로 보아 다른 관 신입인 게 틀림없었다.

"뻔하지, 뭐. 여자랑 남자잖아. 뭐가 있겠어?"

"저 외모에 반하지 않는다는 게 말이 안 되지."

저들끼리 고개를 끄덕이며 하는 말이었지만 하연은 심기가 불편했다. 신이 난 신입들과는 달리 주변에 있던 다른 관리들은 서로 눈치만 보고 있었다.

그들은 아무 말도 할 수가 없었다. 외모니 뭐니 그런 거 없어도 그녀가 대단하다는 건 잘 알고 있다. 이미 두 눈으로 하연의 실력을 확인하지 않았나.

반면 아무것도 모르는 신입들은 아침부터 신이 났다.

"하긴, 미인계도 실력이라면 실력이겠네."

"하하. 말 되네."

그냥 제3관으로 갈까 하던 하연이 걸음을 멈췄다. 그리고 싱긋 웃으며 그들의 앞으로 다가갔다.

"이봐요."

"뭐, 뭡니까?"

"하고 싶은 말이 있으면 뒤에서 소곤거리지 말고 당당하게 앞에서 말하세요."

"뭐……."

신입들이 인상을 찌푸리며 혀를 차자 주변이 술렁이기 시작했다. 이미 그녀의 성격을 잘 알고 있는 이들은 그 패기 넘치는 신입들을 불쌍하다는 눈빛으로 바라보기 시작했다. 반면 하연에게 대들고 있던 신입들은 주변에 사람이 이렇게나 많은데 한 명도 저들 편을 들어주지 않는다는 게 이상했다.

그들이 예상한 그림은 이런 게 아니었다. 하나둘 제 편을 들어 결국에는 이 여우 같은 여자를 몰아내는 그림이었는데…….

"그쪽은 후배, 나는 선배입니다. 선배에 대한 예의를 차려 주셨으면 좋겠는데요. 다들 그 정도의 개념은 갖고 있잖아요?"

사람들 앞에서 망신을 당하게 된 그들의 얼굴이 붉게 달아올랐다. 얼마간 입술을 꾹 깨물며 씩씩거리던 그들은 사과나 반성은커녕 오히려 고개를 빳빳이 들더니 말했다.

"그럼 단도직입적으로 묻겠습니다, 선배님."

"예."

"셋째 왕자와 그렇고 그런 사이라는 게 정말이십니까?"

응? 당황하지 않았다면 그건 아마 거짓말일 것이다.

아무렇지 않은 표정과 달리 하연은 머릿속에서 뭔가가 '펑' 하고 터지기라도 한 거 같았다. 너무 놀랐다. 그냥 추측한 건가? 아니면 어디서 무슨 이야기를 듣고 온 건가?

예문관 대신들에게 말하기는 했지만 비밀로 해 달라고 부탁했다. 약속까지 받아냈으니 그들은 아닐 것이다.

"그 이야기는 어디에서 들었습니까."

바로 부정하지 않자 사실임을 확신한 두 신입이 신이 나서 말했다.

"이미 궐 밖이며 안이며 소문이 파다합니다. 예문관 교육관이 왕자 한 명을 유혹해 정식 교육관 자리에 올랐다고요. 그런 불순한 이야기가 말입니다."

"그래서, 사실입니까?"

큰일 났네. 어떻게 대답하면 좋지? 궐 밖에까지 그런 소문이 퍼졌다는 말에 하연의 머릿속은 백지장처럼 새하얗게 변했다. 아니, 일단 대답을 해야만 했다.

"사실일 리가 없잖아."

아무 말도 못 하고 서 있는 하연이 대충 말을 얼버무려 보려고 입을 연 그때였다.

"부장."

바로 등 뒤에서 들려오는 익숙한 남자의 목소리에 그녀의 정신이 반짝하고 돌아왔다. 그리고 그 앞에서 기세등등하게 미소 짓고 있던 신입 두 명은 바짝 기합이 들어갔다.

"아마 이 자리에 있는 사람들이라면 다 알고 있을걸? 정말 서하연이 이 예쁘장한 외모 하나만 내세워서 여기까지 왔을까? 어때, 다들 그렇게 생각하나?"

언제 나온 건지 하연의 옆에 선 령이 주위에 몰려 있는 사람들을 향해 큰 소리로 물었다. 그 말에 잠시 생각에 잠겨 있던 사람들이 하나같이 고개를 절레절레 저었다. 령은 그럼 그렇지, 라고 작게 중얼거리며 피식 웃었다.

"설령 이 녀석이 정말 그 셋째 왕자와 그렇고 그런 사이라고 해도 상관없어. 교육관으로서의 실력은 이미 검증되었으니까."

"……."

"잘 들어라, 신입들. 우리 예문관 문턱은 고작 미인계 하나 갖고 넘나들 정도로 낮지 않아. 그건 직접 넘어 본 너희들이 더 잘 알고 있겠지."

령의 말에 바짝 얼어붙은 신입들이 열심히 고개를 끄덕였다.

"한 번만 더 우리 부원 모욕하면 부장인 내가 가만히 있지 않을 테니 입들 조심하고."

지금이야 이렇게 부장으로서 위엄 있는 모습으로 기를 죽이고 있지, 실제로는 3관의 부원들에게 아무렇지 않게 무시당한다는 사실을 나중에라도 알게 되면 황당해할 게 눈앞에 선했다.

"다들 뭐해, 각자 자리로 가서 일 안 해? 이야기는 끝났어."

그 말에 모여들었던 사람들이 황급히 뿔뿔이 흩어져 제자리를 찾아갔다. 하연 역시 앞장선 령을 따라 그녀의 일터인 제3관 안으로 들어갔다.

"……."

그들이 들어서기 무섭게 화들짝 놀란 3관의 교육관들이 일사불란하게 제자리를 찾아 갔다. 아주 약간의 정적이 맴돌았다. 서로 눈치를 볼 뿐 누구 하나 먼저 입 열 생각을 않고 있다.

밖의 소란스러운 구경거리를 놓칠 그들이 아니지.

"……뭐야. 할 말 있으면 해."

제3관 안을 쭉 둘러보던 령이 제자리에 앉더니 인상을 찌푸리며 말했다. 그 말에 눈치 보기 바빴던 이들이 한꺼번에 그의 책상 앞으로 달려오더니 빽 소리를 질렀다.

"부장! 완전 멋있었습니다!"

"그러니까요! 그 박력은 어디서 나온 거예요? 왜 그동안 숨기고 계셨던 겁니까?"

"시끄러워. 빨리 일어나 해."

자꾸만 령에게 달라붙는 부원들에게 그는 귀찮은 듯 까칠하게 반응했다. 그 모습을 바라보고 있던 하연은 피식 웃으며 제자리로 돌아갔다.

"정말, 신입들이 뭘 모른다니까."

"요즘 애들이 그렇죠, 뭐. 지들이 제일 잘난 줄 알아."

"서하연, 괜히 또 여기에 침울해 있지 마라."

"맞아. 네가 없으면 우리가 죽어."

"지극히 개인적인 욕심으로밖에 안 들리네요."

그러니까 지금 내가 일을 하지 않으면 저들이 힘들다는 거잖아. 하연이 선배님들을 흘겨봤다. 그러자 그들이 장난스럽게 웃더니 '착각이겠지'라는 말을 남기고는 제자리로 돌아갔다.

"하아……."

바로 옆에서 그녀를 바라보고 있던 강우가 조심스럽게 다가오더니 작게 물었다.

"서하연, 어떻게 된 거야?"

"뭐가요."

"그 소문 말이야. 어디서 퍼진 거야?"

소문, 소문, 소문. 그놈의 소문이 문제지, 참.

강우는 하연이 날카롭게 반응할 줄 알았지만 그녀는 의외로 침착했다. 오늘 치 제 몫의 일을 확인하던 그녀가 턱을 괴며 진지하게 말했다.

"흠…… 부장이나 형님은 아닐 테니까, 둘을 제외하면 답은 간단하지요."

닫혔던 제3관의 문이 다시 열렸다. 그리고 신입 여성 교육관 네 명이 사이좋게 출근하는 게 보였다. 그들을 바라보던 하연은 싱긋 미소 지으며 중얼거렸다.

"……최근에 좀 얌전히 있었더니, 제 성격이 다 죽은 줄 아시나 보네요."

그 모습을 멍하니 지켜보고 있던 강우는 한숨을 내쉬더니 다시 제 자리로 돌아갔다. 너무 오랜만이라 자신이 깜빡한 게 있었다.

"내가 걱정할 사람을 걱정해야지."

*　　　*　　　*

"서하연."

부장이 엄청나게 두꺼운 종이 뭉치를 하연의 책상 위에 내려놓으며 말했다.

"네가 그렇게 기다리고 기다리던 거."

"아."

자신이 그렇게나 기다리던 거라는 말에 고개를 갸웃거리던 하연은 첫 장을 보고는 미소 지었다. 과연 부장의 말대로 자신이 기다리고 기다리던 것이었다.

바로 예전에 말이 나왔던 서하연 특별 강의였다. 거의 이것 때문에 고위 대신들을 상대했다고도 할 수 있을 정도로, 그녀에게 있어서는 아주 중요한 문제였다.

책상에 삐딱하게 기대어 있던 령이 신난 얼굴로 그 종이 뭉치를 넘기고 있는 하연에게 말했다.

"이 기획은 너를 중심으로 이루어지는 거니까 혹시 필요한 게 있으면 바로 말하래."

"음……."

필요한 거라……. 곰곰이 생각에 잠겨 있던 그녀가 혼잣말을 하듯 중얼거렸다.

"일단 공부할 서적이 있어야겠고…… 공부에 필요한 기본적인 도구들도…… 아, 그리고……."

하연의 말을 들으며 하나하나 꼼꼼하게 종이에 적어 내려가던 령이 멈칫했다. 슬쩍 고개를 들어보니 갑자기 말을 멈춘 하연은 웃고 있었다. 아주 좋은 생각을 떠올렸을 때나 보이는 그런 미소였지만, 령은 괜히 불안해지는 마음을 숨길 수가 없었다.

"절 도와줄 사람이 필요한데요."

그녀의 말에 갑자기 주위가 술렁이기 시작했다. 다들 아닌 척 제 일을 하면서도 귀는 이쪽에 기울이고 있었던 건지, 바짝 긴장한 뒷모습들이 보이자 령이 작게 한숨을 내쉬었다.

한창 서류에 집중하고 있는 하연이 알아차리기 전에 령이 재빨리 그들을 강하게 노려봤다. 그러자 간절한 눈빛을 마구마구 쏘아 대던 그들 중 일부는 살짝 울먹이기까지 했다.

지금 하는 일보다는 서하연의 보조 교사 일이 더 쉽고 편하리라는 게 그들 모두의 생각이었다.

마음씨는 착하지만 성질 나쁜 상사가 아닌, 가끔씩 무서워도 평소에는 상냥한 하연 밑에서 일하는 게 낫겠지.

"내가 알아서 뽑아 볼까?"

슬쩍 웃으며 령이 말하자 주위가 또다시 술렁였다. 갑자기 선택권이 하연이 아닌 령에게 넘어가게 생겼다. 낭패라며 투덜거리는 소리가 여기저기에서 들려왔다.

"아니에요. 생각해 둔 사람이 있어요."

부장의 말에 하연은 고개를 가로저으며 대답했다.

하연이 '직접' 생각해 둔 사람이 있다는 말에 딱 한 사람이 불편한 기색을 감추지 못했다. 바로 이런 일에는 늘 부려 먹히고 있는 강우였다.

벌써 기정사실화가 되어 버린 건지, 다른 부원들이 강우를 부럽다는 눈으로 바라봤지만 정작 그는 이 사실을 받아들이고 싶지 않았다.

제발! 지켜보는 게 재미있기는 하지만 웬만해서는 서하연하고 엮이고 싶지 않아!

"도와줄 사람은 제가 알아서 구할게요. 위에 직접 말씀드려도 되지요?"

"그러든가."

위에 직접 말한다고? 고개를 끄덕이면서도 령은 고개를 갸웃거렸다. 굳이 부장인 자신보다도 더 높은 위에 말할 필요가 있나? 정말 서하연의 생각은 읽기가 힘들구나, 이제는 다 포기했다. 그래, 네가 알아서 해라.

신경 써 줘서 고맙다며 하연은 그에게 한 번 싱긋 웃어 주었다. 예전 같았으면 한눈에 반하거나 예쁘다고 넋을 놓고 바라봤겠지만, 그 미소에 감춰진 성격을 알고 있는 령으로서는 약간의 두근거림도 느낄 수가 없었다.

나 참, 해랑 님은 이 녀석의 성격을 알고서도 왜 안 도망가시는 거지.

"이강우, 밖에 누가 찾아왔는데?"

막 안으로 들어서던 선배 중 한 명이 문을 가리키며 강우에게 말했다. 그러자 하연과 령의 시선이 자연스럽게 문가로 향했다.

선배의 말대로 제3관의 문 앞에서 누군가가 안을 기웃거리고 있는 게 보였다. 차림을 보아하니 궐 안에서 일하는 사람 같지는 않은데…… 강우를 찾아왔다는 걸 보면 그의 집에서 일하는 사람일 가능성이 컸다. 그리고 지금 이 시기에 찾아온 일하는 사람이라면 아마…….

흔치 않은 방문에 흥미로워하는 하연의 시선이 문가에 고정되었다. 강우가 남자와 짧은 대화를 나누는가 싶더니 고개를 끄덕이며 돌아섰다. 그리고 그녀에게로 다가와 작은 목소리로 말했다.

"누님이 보낸 사람이야. 서하연, 네가 전에 말한 거 지금 나타났대."

역시나.

그의 말이 끝나기 무섭게 하연의 입가에는 만족스러운 미소가 그려졌다.

*　　*　　*

과연 천유국에서 가장 번화한 찻집이라는 명성에 걸맞게 가게에는 손님들이 바글거리고 있었다.

이곳은 강우의 첫째 누님이 운영하는 찻집으로, 일전에 하연이 궐 밖에서 비밀 수업을 계획할 당시 마땅한 장소를 찾지 못해 곤란해하고 있는 그녀에게 강유가 소개시켜 준 곳이기도 했다.

원래부터 손님이 많았지만 최근 들어 그 수가 더더욱 늘어났는데, 그 이유는 바로 신입 여성 교육관 네 명이 이 가게의 단골이라는 소문이 퍼졌기 때문이었다.

물론 그러한 소문을 믿고 온 이들 중에 사실 그 네 명이 이 가게에서 서하연에게 족집게 과외를 받았다는 사실을 아는 사람은 없었다.

인기가 좋으니 사람이 많이 모이고, 사람이 모이니 대화가 늘어난다. 그리고 말이 늘어나니 또 하나 늘어나는 건 소문이었다. 발

없는 말이 천 리까지 간다지 않았던가.

"어머, 그게 정말이에요?"

"그렇다니까요."

사람이 많으면 이야기가 생겨나기 마련. 삼삼오오 모여 있는 여인들이 저마다 똑같은 주제의 이야기를 하느라 정신이 없었다.

"세상에. 그럼 왕자를 꼬셔서 국시에 합격한 거네요?"

"에이, 그건 아니지요. 국시를 합격한 후에 궐에 들어가서 만났을 테니까요. 그렇게 따지면 실력은 있다는 말 아닌가요? 어쨌거나 국시에 합격한 건 사실이잖아요."

"글쎄요. 그건 또 모르죠. 왕자까지 꼬드겼는데, 국시 출제 위원인 예문관 대신은 식은 죽 먹기였을 테니까요."

"하긴, 그것도 그러네요."

화려하게 치장한 여인들의 입이 쉴 틈 없이 움직이고 있었다.

그 모습을 지켜보고 있던 몇 안 되는 남자들은 새삼 깨달았다. 여인들의 질투가 이렇게나 무서운 거구나.

나랏일에 관심이 많고, 실제로 참여하고 있는 그들은 알고 있었다. 궐의 문턱을 넘는다는 건 그렇게 간단한 일이 아니라는 것을.

하지만 그러거나 말거나, 재미있는 이야깃거리를 접수한 여인들은 그 이야기가 사실이든 거짓이든 관계없이 신이 났다.

최근에는 하연을 우상으로 여기던 여인들마저도 소문 탓에 그녀를 부정적으로 여기는 움직임을 보였다.

그녀뿐만이 아니었다. 셋 중에서 정확히 누구라고는 콕 집어 말하지 않았지만, '하연에게 교육을 받는 이'라고 에둘러 지칭하며 혹시 그가 권력을 앞세워 그녀를 붙잡고 있는 건 아니냐는 말까지 있었다.

어쨌든 간에 다른 사람들의 눈에 둘의 연애는 예쁘게 보이지 않고 부정적으로 비추어졌다.

"그런데 그 소문이 신빙성이 있기는 한 건가요?"

실컷 떠들어 놓고 이제 와서 걱정이 된 건지 한 여인이 조심스럽게 묻자 바로 앞에 앉아 있던 다른 여인이 고개를 끄덕이며 찻집 1층의 구석 쪽에 앉아 있는 여인을 가리켰다.

"확실해요. 저기 앉아 있는 여자 보이시죠?"

"네."

"저 여인이 바로 이번에 예문관에 들어간 네 명의 신입 관리 중 한 명이에요."

"어머, 정말이요?"

"네. 일전에 출입증을 보여 줬거든요. 바로 근처에서 본 사람이 한 말이니 확실하겠지요."

"그렇군요."

여인이 믿을 만한 정보라며 고개를 열심히 끄덕였다.

거리가 떨어져 있기는 했지만 그 목소리가 작지 않아 구석에 앉아 있던 그녀에게까지 이야기가 다 들려왔다.

그들의 이야기에 여인은 자신의 일은 끝이 났다며 작게 미소 지었다. 어딘가 불안해하는 구석이 있긴 했지만, 이제 얼마 남지 않았다는 생각에 만족스러워하며 그녀는 자리에서 일어났다. 그리고 유유히 찻집을 나서려는데……

"잠시만요, 손님."

밝은 미소의 여인이 막 나가려던 그녀를 붙잡았다. 깜짝 놀란 그녀가 자신을 붙잡은 여인을 확인하더니 의아하다는 얼굴로 우뚝 멈춰 섰다.

이 찻집의 단골이라면 모를 리가 없는 얼굴이었다. 바로 하연의 조력자이자 이곳의 주인인 강우의 누님이었다.

계산은 제대로 했는데 왜 자신을? 그녀가 어리둥절한 얼굴로 물었다.

"저…… 무슨 일로……."

"죄송합니다. 혹시 시간 있으신가요? 손님을 꼭 만나고 싶으시다는 분이 계셔서……."

"저를요?"

놀라 묻는 그녀의 목소리가 아주 약간 상기됐다. 자신을 만나고 싶어 하는 사람이라니?

표정에서 지울 수 없는 호기심이 진하게 느껴졌다. 그것을 본 강우의 누님은 싱긋 웃으며 재빨리 말했다.

"아, 혹시 바쁘시다면 꼭 모셔 오지 않아도 된다고 하셨습니다. 소중한 시간을 뺏을 수 없으니……."

"……."

그녀의 어깨가 들썩였다. 그만큼이나 마음속에서 심각한 내적 갈등이 일어나고 있었다.

그냥 가야 하나? 아니면 만나야 하나?

"그럼 좋은 하루 보내세요."

"잠깐만요. 갈게요."

뿌리칠 수 없는 위험한 호기심에 마음을 빼앗겨 버린 그녀가 결국 주인의 손을 붙잡았다. 누님은 작게 웃었다. 과연 들었던 대로다. 너무 몰아붙이면 오히려 경계할 거라더니 역시나다.

안내해 주겠다는 주인의 뒤를 따라 계단을 오르는 여인의 눈빛이 반짝이기 시작했다. 주로 귀빈들과 수가 많은 손님을 모시는 2층이다. 그런데 거기서 한 층 더 올라가 3층 꼭대기까지 올라갔다.

곧 어느 방 문 앞에 도착한 여인은 바짝 긴장했다. 그녀가 이곳이 어딘지 모를 리가 없었다. 이렇게 또 올라오게 될 줄은 몰랐지만 이곳은 예전에 열흘 동안 거의 살다시피 한 장소이기도 했으며, 이곳하면 자연스럽게 떠오르는 인물이 하나 있었다.

"이렇게 밖에서 개인적으로 만나니까 또 느낌이 다르네."

문을 열기 무섭게 바로 보이는 서하연의 모습에 그녀의 얼굴에는 사색이 깃들기 시작했다. 제가 지은 죄를 알고 있는 건지 바들바들 떨기까지 했다.

그 모습을 지켜보고 있던 하연은 오히려 안도했다. 저렇게 떨고 있다는 건 자신의 잘못을 알고 있다는 것이고, 이는 어느 정도 반성의 기미가 보인다는 뜻이기도 했으니까.

안으로 들어오라는 하연의 손짓에 눈치를 보며, 조심스럽게 방 안으로 들어선 그녀가 물었다.

"서…… 선배님께서 이곳까지는 어쩐 일이십니까?"

그 질문에 하연은 강우의 누님에게 협조를 해줘서 고맙다며 인사를 할 뿐, 제 후배에게는 아무런 대답도 하지 않았다. 그냥 이 일을 어떻게 풀면 좋을까, 하고 머릿속이 복잡했다.

곧 정리가 끝난 건지 그녀의 입가에 미소가 지어졌다.

"아, 이곳은 제 단골 찻집이기도 하니까요. 그리고……."

미리 준비되어 있던 차를 한 모금 마시던 하연은 날카로운 시선으로 제 앞에 앉아 있는 여인을 바라보며 말을 이었다.

"이곳에서 안 좋은 소문이 돌고 있다는 말을 들어서요."

역시나였다. 여인의 표정이 새파랗게 질리고 불안한 듯 꾹 깨물던 입술 역시 핏기를 잃고 파랗게 변하고 있었다.

그녀는 뒤늦게 깨달았다. 자신들에게는 한없이 친절하고 상냥한 선생님이었는데 왜 다른 이들은 하연을 두려워하고 무서워하는지를.

더 버텨 봐도 소용없다는 걸 깨닫고는 털썩 주저앉았다.

"죄송합니다. 선배님."

"……."

말없이 제 앞에서 고개를 바짝 조아리고 있는 여인을 바라보던 하연은 한숨을 내쉬었다.

솔직히 말하면 한바탕 말싸움을 할 줄 알았는데 이렇게 바로 사과를 하니 하연은 마음이 무거웠다.

싸움을 피했다는 사실이 다행스럽기도 했지만 한편으로는 왠지 모르게 아쉽기도 했다. 스스로도 잘 알고 있었다. 나도 참 못됐지. 최근 들어 너무 얌전히 있었던 탓에 쌓여 버린 짜증을 후배에게 풀 생각을 하다니.

"정말, 정말 죄송합니다."

"됐어요. 이제 괜찮아요."

됐다는 말에 슬쩍 고개를 들어 올린 여인이 눈물이 그렁그렁 맺힌 눈으로 하연을 바라봤다. 말만 그런 게 아니라 그녀는 정말 아무렇지도 않다는 얼굴이었다.

안심한 후배는 그제야 조심스럽게 몸을 일으켜 그녀를 마주했다.

"어쩔 수 없었다는 거 압니다."

"……."

"보나마나 희빈마마께서 시키셨겠죠."

"……어, 어떻게 그걸……."

희빈이라는 말이 나오기 무섭게 울먹이던 여인의 낯빛이 다시 창백해졌다. 그에 하연은 한숨밖에 나오지 않았다. 역시나 그럴 줄 알았다. 도대체 왜 그분은 자신을 못 잡아먹어서 안달인 건지.

"오히려 내가 미안하네요."

갑작스러운 하연의 사과에 여인의 표정에는 당황한 기색이 역력했다. 잘못은 자신이 했는데 왜 하연이 사과를 하느냐는 반응이었다.

"나 때문에 이용당했으니까…… 당신에게 잘못이 있다고는 생각 안 해요."

"……교육관님."

"궐에 들어오기 위한 공부만 했지, 궐 안에서 살아가는 방법에 대해서는 가르쳐주지 않았네요. 하지만 시간의 여유가 있었다고 해도 그건 어려웠을 거예요. 저도 지금 배워 가는 중이거든요."

그것만큼은 하연도 누군가에게 배운 적이 없었다. 안타깝지만 어쩔 수 없다는 거 알고 있다. 스스로 터득해야 하는 것이다.

"하지만 이거 하나는 확실해요. 아무리 위에서 당신을 괴롭힌다고 해도 절대 스스로 신념을 꺾지는 마세요."

이걸 말하기 위해 왔다며 하연은 자리에서 일어났다.

안 그래도 한창 바쁜 요즘 일부러 시간을 내어서 온 거라 빨리 돌아가야 했다. 그런 그녀의 뒤를 졸졸 쫓던 여인이 불안한 눈빛으로 물었다.

"선배님, 그럼 저는 앞으로 어떻게 하면 좋을까요?"

불안에 떨고 있는 후배의 모습에 하연의 마음은 무거워졌다. 그 모습을 보니 예전의 자신이 떠올랐다. 물론 두 사람의 상황이 완벽하게 똑같은 건 아니었지만 얼추 비슷했으니까.

그녀 역시도 희빈의 손아귀에 들어간 적이 있었다. 떠올리기만 해도 치가 떨리는, 삼간택 명단이 그것이다. 그것에서 벗어나기 위해 온갖 몸부림을 쳤다. 그 결과 예문관 관리가 되는 조건으로 소문에서 벗어나는 데 성공했고, 해랑을 만날 수가 있었다.

지금은 예문관 교육관이라는 자리에 만족하고 뿌듯함까지 느끼는 하연이었지만 예전은 아니었다. 그래도 그때 신후왕의 도움이 아니었다면 자신은 아마 해랑이 아닌 현우의 부인이 되어 있었겠지.

"그냥 아무것도 하지 마세요. 딱 지금처럼 행동하면 돼요."

지금처럼? '지금처럼'이라는 말에 후배의 표정이 혼란스러워졌다. '지금처럼'이라는 건 계속해서 소문을 퍼트리고 다니라는 말인데, 그렇게 되면 계속해서 하연에게 안 좋은 영향을 끼치게 된다.

"저를 막으시려는 거 아니셨나요? 어차피 제가 똑같은 행동을 하게 될 거라면 왜 굳이 이렇게……."

혼란스러움에 흔들리는 그녀의 시선을 뚫어져라 응시하던 하연은 피식 웃었다. 그리고 걱정하지 말라며 그녀의 어깨를 툭툭 쳐주었다.

"적어도 이 시간 이후로 당신의 마음속에 있던 죄책감은 없어졌을 거 아니에요."

"……."

"걱정하지 마세요. 그깟 소문 하나에 무너질 서하연이 아니니까."

당당한 선배님의 모습이었다. 하연의 모습에 후배의 표정이 조금이나마 편안해졌다.

*　　*　　*

말은 그렇게 했지만 원래 좋은 방법이란 게 번뜩번뜩 떠오르는 게 아니었다. 후배 앞이라고 너무 여유를 부렸나? 가뜩이나 그거 말고도 신경 써야 하는 게 산더미인데…….

"끄으으……."

그렇게 주위에서 좋다며 칭찬이 자자한 머리였지만 이번만큼은 왜 이리 더디게 돌아가는 건지. 최근에 너무 나태했나? 머리가 굳어버렸나? 하연은 여러 가지 생각이 들었다.

손에 든 특별 강의를 위한 자료들은 눈에 들어오지 않은 지 오래였다. 연속적으로 발생하는 문제들에 지칠 대로 지쳐 버린 하연은 버둥거리며 온몸으로 짜증을 표현하고 있었다. 그녀의 바로 옆에서 얌전히 자습 중이던 해랑이 키득거리며 작게 웃었다.

예쁘게 웃는다거나 얌전 떨며 예쁜 척하지는 않았지만, 제 앞에서 무게 잡지 않고 편하게 행동하는 것이 좋았다.

"조용할 날이 없네."

그녀에게 기댈 어깨를 빌려주고 있던 해랑이 장난스럽게 몸을 뒤로 빼며 말했다. 그러자 그 어깨에 머리를 기대고 있던 하연은 그대로 힘없이 풀썩하고 쓰러졌다.

얼결에 그의 무릎에 누워 버린 꼴이 된 하연은 화를 낼 법도 했지만 조용했다. 그저 멍하니 천장을 올려다보고 있는데, 누가 봐도 제정신으로는 보이지 않았다. 그런 그녀를 내려다보던 해랑이 검지로 그녀의 미간을 쿡쿡 찌르며 말했다.

"인상 쓰지 마. 얼굴에 주름 생긴다?"

넋을 놓고 있으면서도 '주름'이라는 말에는 민감하게 반응한 하연은 재빨리 두 손으로 제 얼굴 이곳저곳을 지압하며 그를 노려봤다. 주름이라니! 젊음의 적이 아닌가!

아름다움에 대한 집착은 과거에 묻었다고는 하나, 그렇다고 아예 미적 욕심을 버린 건 아니었다. 절대로!

말 한마디에 민감하게 반응하는 그녀가 귀엽게 보이는지 해랑이 피식 웃었다. 여느 때라면 하연도 그를 따라 웃어줬겠지만 상황이 상황이다 보니 그럴 수가 없었다.

저를 똑바로 올려다보고 있는 하연을 바라보던 해랑의 눈빛이 묘하게 변했다. 몇 번인가의 경험으로 인해 이 이상한 분위기를 사전에 감지하는 지경에 이른 하연은 두 눈을 가늘게 뜨며 그를 흘겨봤다. 그리고 어느새 고개를 반 이상 숙여 자신에게 다가오고 있는 해랑의 얼굴을 두 손으로 밀어내며 벌떡 일어났다.

하여간에 요즘 방심만 하면 이렇게 분위기를 잡는다니까.

너무하다며 투덜거리던 그가 뜬금없이 말했다.

"나한테 '도와주세요.' 한마디만 해 봐."

"네?"

갑자기 뜬금없이 그게 무슨 소리냐며 하연이 묻자 아예 책을 덮어 버린 해랑이 반쯤 가라앉은 목소리로 웅얼거리듯 말했다.

"……너한테 제대로 들어 본 적 없는 말 같아서."

척 보니 자신에게도 의지를 해 달라는 말 같은데, 그에게 도움을 요청하는 것보다는 혼자 끙끙 고민하는 게 더 나아 보였다.

못미덥다는 게 아니다. 아, 물론 그렇다고 오라버니만큼이나 믿음직스럽다는 것도 아니지만.

어디 한두 번 겪어 보는 위기인가. 하연도 이제는 어느 정도 익숙해져 있었다. 그리고 언젠가는 이 위기가 끝날 거라고 굳게 믿고 있었다.

하늘이 무너져도 솟아날 구멍이 있다는 말이 있듯 분명 또 자신은 방법을 찾아낼 것이다. 괜히 해랑에게 걱정 끼치고 싶지 않았다.

"고집이 센 부인이시네."

"……."

"아직 공식적으로 절차를 밟지는 않았지만 난 네 남편이고 넌 내 부인이야."

"알아요."

"남편 좀 의지해 봐."

하연은 바로 대답하지 않았다. 뭔가가 이상했다. 바로 얼마 전까지만 해도 남동생 같았던 그가 이제는 자신의 옆에 나란히 서 있다는 느낌이 들었다.

끝까지 거절할 수도 있었지만 어느새 하연의 입은 달싹거렸다. 이번만큼은 늘 그에게 했던 '괜찮다'는 말이 나오지 않았다.

결국 그녀는 현재 궐 밖에 돌고 있는 자신과 그의 소문에 대해 털어놓을 수밖에 없었다.

"흐음…… 소문이라…….."

공부니 뭐니 다 접고 오랜만에 여유롭게 앉아 차나 한잔 하며 해랑이 중얼거렸다. 그는 생각보다 담담했다.

특히 하연은 그가 이 모든 일이 희빈의 소행이었다는 말을 듣고는 발끈하며 화를 낼 줄 알았는데…… 물론 화를 내기는 했지만 그는 생각보다 빨리 화를 식혔다. 의외로 침착해 보이는 그 모습에 하연은 기분이 이상했다. 멍하니 그를 바라보고 있을 뿐이었다. 오히려 씩씩거리며 짜증 내던 자신이 어린아이가 된 거 같았다.

"발 없는 말이 천 리를 간다. 희빈이 머리를 좀 썼네."

뜨겁지도 않은 건지 차 한 잔을 후딱 비운 해랑은 인상을 찌푸렸다. 최근에 조용하다 싶었는데 또다시 서서히 움직이려는 건가. 뭔가 대응이 필요했다.

"해랑 님에 대한 주위 대신들의 시선이 부정적으로 바뀔지도 몰라요."

그래, 그리고 그것이 희빈이 의도한 목적들 중 한 가지겠지.

걱정 가득한 하연과 달리 해랑은 그 문제는 아무렇지 않다며 피식 웃기까지 했다.

"나는 괜찮은데 너에게 피해가 가지 않을까 걱정이야."

턱을 괴고 고민에 빠진 해랑의 모습에 하연은 뒤늦게 후회했다.

역시 말하는 게 아니었어. 굳이 그와 고민거리를 공유할 필요는 없었을 텐데 말이야. 괜한 짐을 지게 한 것만 같아 마음이 불편했다.

하연이 그러거나 말거나 무슨 좋은 방법이 없을까를 고민하던 해랑은 멍하니 생각에 잠겼다. 그때였다.

돌쇠가 식어 버린 차를 대신해 따뜻하게 데운 차를 다시 들여왔다.

"……왜 그러십니까."

돌쇠의 목소리가 떨리기 시작했다. 무시하려고 했지만 무시할 수가 없었다.

무슨 일인지 방 안에 들어서는 돌쇠를 바라보기가 무섭게 피식거리던 해랑이 나중에는 기분 나쁠 정도로 실실 웃기 시작했다. 아주 잠깐 어두웠던 그의 눈빛이 반짝이기 시작했다. 곧 하연을 향해 돌아앉은 그가 활짝 웃는 얼굴로 바짝 다가가더니 말했다.

"확실히 이미 퍼져 버린 소문을 완벽하게 없앤다는 건 힘들겠지."

"네?"

"아예 없애는 건 불가능하잖아. 그럼 다른 방법을 생각해 봐야 하지 않겠어?"

무슨 말을 하나 했더니…… 그래, 지금 그 다른 방법이란 게 없어서 지금 이러는 거 아니야.

겨우 그걸 깨달았냐며 하연은 탁자 위에 올려진 그의 손등을 짝 소리 나게 살짝 때렸다.

"다른 방법이 있으면 이러고 있겠어요?"

"있어."

맞고도 안 아픈 건지 해랑은 오히려 웃으며 손을 뻗어 바로 옆에 있던 장문갑을 열었다. 그리고 그 안에서 꼬깃꼬깃한 한 장의 종이를 꺼내 들었다.

"그게 뭐예요?"

"돌쇠가 받아온 거."

돌쇠가 받아온 거? 그게 무엇이든 간에 어떻게 소문을 무마시킬 방법이 된다는 거지?

"잘 들어, 서하연. 없앨 수 없다면 새로운 소문으로 뒤덮어 버리는 수밖에 없어."

"……네?"

"내 특기가 이렇게 도움이 될 줄은 몰랐네. 안 그래도 그 징징거리는 소리 지겨웠는데 마침 잘됐어."

그가 생각해 낸 방법이었지만 이상하게도 하연은 전혀 불안하지 않았다.

그만큼이나 지금의 해랑은 왠지 모르게 자신만만해 보였다.

한번 믿고 맡겨 볼까?

그래도 궁금하니까 뭘 할 생각인지 알려 달라는 그녀의 눈빛에 해랑은 아무런 대답도 하지 않았다.

그저 씨익 웃으며 알아들을 수 없는 의미심장한 소리를 할 뿐이었다.

"소문에는 소문으로 맞서자는 거야."

*   *   *

"여기까지는 무슨 일이십니까."

신후왕의 목소리가 날카롭게 변했다.

눈앞에 앉아 있는 여인은 분명 제 후궁이었지만 사실은 돌아가신 형님의 부인, 즉 형수님이셨으니 웬만해서는 그녀와 문제를 일으키지 않으려 했지만 이제는 한계였다.

물론 자신이 승인을 했다지만 아무런 언질도 없이 멋대로 현우의 혼사를 진행시킨다든가, 최근 들어 도가 지나칠 정도로 세 왕자들 사이에 개입하는 움직임을 보이고 있기 때문이었다.

희빈은 민감했다. 왕위에 관심 없던 해랑이 청화궁에 들어가다니, 예상치 못한 복병이었다.

"오랜만에 전하를 뵙고 싶어 왔는데 안 됩니까?"

"안 될 건 없지만……."

신후왕은 그녀의 입꼬리를 슬쩍 말아 올리는 특유의 미소를 싫어했다.

그런데 지금 그녀가 딱 그 미소를 지으며 자신을 바라보고 있었다. 그렇다는 건 그냥 안부나 묻자고 온 게 아니라는 건데…….

"아, 참."

역시나 그의 예감은 빗나가지 않았다. 무언가의 시작을 암시하는 그 신호에 신후왕은 바짝 긴장했다. 들고 있던 찻잔을 내려놓고 그녀에게 시선을 향했다.

"요즘 안 좋은 소문이 돌고 있던데 알고 계십니까?"

"……소문이요?"

"예."

소문이라……. 대단한 소문이라면 분명 자신의 귀에까지 들렸을 터였다. 하지만 정말 이상하게도 그는 들은 게 없었다.

소문 따위 모른다는 그의 눈빛에 희빈은 그럴 줄 알았다며 섬뜩한 미소와 함께 말했다.

"서하연 교육관과 해랑이 그렇고 그런 불순한 관계라는 소문 말입니다."

"……네?"

"이런, 모르셨습니까? 벌써 궐 밖에는 이 소문이 파다한데…….."

"……."

신후왕은 표정 관리를 하지 못했다. 그의 얼굴에서 차마 감추지 못한 당혹감이 흘러넘치자 이를 본 희빈의 입가에는 더더욱 소름 끼치는 미소가 지어졌다.

그녀가 웃거나 말거나 지금 신후왕의 머릿속은 복잡했다.

분명 극소수만이 알고 있던 둘 사이를 어떻게 궐 안 사람들도 아니고 저 밖의 백성들까지 알게 된 거지? 하연이 이런 실수를 했을 리가 없다. 둘 중에서 누군가가 실수를 했다면 필시 제 아들 해랑의 잘못이겠지!

신후왕의 날카로운 시선이 슬쩍 뒤를 향했다.

이 녀석, 또 감정 주체 못 하고 사람들 앞에서 이상한 애정 행각이라도 한 거 아니겠지? 아니, 같은 궐에 보내줬으면 됐지 설마 거기서 만족하지 못하고…….

물론 심증일 뿐이지만 왠지 정말 해랑이 일을 쳤을 거 같다는 생각에 신후왕의 마음은 무거워졌다.

하지만 이상하게도 한편으로는 이해가 되기도 했다.

서하연 그 아이가 얼마나 예쁜데, 그냥 바라보고만 있기 힘들겠지. 그럼, 그럼…… 하지만 아무리 그래도!

아직 해랑의 잘못이라는 게 밝혀지지도 않았음에도 이미 신후왕의 머릿속에서 해랑은 나쁜 놈이 되어 있었다.

간신히 진정한 그가 심호흡을 하더니 생글생글 웃고 있는 희빈을 바라봤다. 그러자 웃고 있던 그녀의 얼굴이 순식간에 '걱정' 가득한 어머니의 얼굴로 바뀌었다.

"크흠. 설령 둘이 연인 사이더라도 그건 주위에서 뭐라 할 수 없지 않을까요? 둘은 아이가 아닙니다. 성인이지요. 저는 둘의 문제라고 생각합니다."

"둘의 문제라고요?"

"예."

그래도 조금은 당황할 줄 알았는데 생각보다 침착한 신후왕의 반응에 희빈의 얼굴이 경직되었다. 지금 그의 태도로 알 수 있는 게 한 가지 있었다.

"……생각보다 침착해 보이시네요?"

교육관과 제자, 그것도 같은 궁에서 지내는 둘 사이에 무언가가 있다는데도 이렇게 침착한 걸 보면 분명 그는 둘 사이를 이미 알고 있었다는 뜻이었다. 그리고 그 말은 신후왕은 서하연과 시해랑을 이어주기 위한 오작교 역할이나 다름없다는 뜻이기도 했다.

"물론 다른 궁녀들과 정분이 나서 방탕한 생활에 빠져 있다면 이렇게 침착하지 못하겠지요. 하지만 상대가 서하연이라니 저는 오히려 괜찮다고 봅니다."

"둘 사이를 인정하겠다는 건가요?"

"물론입니다."

사실 이제 와서 인정하고 자시고 할 것도 없었다.

따지고 보면 그녀에게 삼간택에서 제외시켜 주는 조건으로 국시를 통과해 해랑의 교육관이 되라는 제안을 할 때부터 바라고 바랐던 일이기도 했다.

게다가 아직 완전히 공개가 안 돼서 그렇지, 이미 교지도 내린 상태였다. 현재는 예문관 대신들 정도만 알고 있지만 그녀가 그것을 공개한다면 그 뒤로는 일사천리로 해결 절차를 밟게 될 것이다.

"아무리 전하께서 둘 사이를 인정한다고 해도…… 과연 괜찮을까요?"

"무슨 말씀이시죠?"

"지금 궐 밖에서는 사제지간의 부적절한 관계를 곱지 않은 시선으로 보고 있습니다. 아무리 둘이 진심이고 전하께서는 인정하신다고 하나, 백성의 의견을 무시하며까지 둘을 가만히 내버려 둬도 괜찮을까요? 글쎄요, 저는 잘 모르겠군요."

"……."

"게다가 만약 둘이 정말 혼사라도 치른다고 가정했을 때, 과연 백성들이 그런 왕을 모시고 싶어 할까요?"

희빈이 마지막 쐐기를 박았다. 살짝 당황해서 굳었던 얼굴의 근육들이 다시 자유를 되찾아 어느새 입가에는 여유로운 미소가 지어졌다.

반면 이번에 굳은 건 신후왕이었다. 그는 아무런 말도 할 수가 없었다. 그 둘에 대한 소문이 퍼진 건 우연일까? 만약 이 모든 게 희빈이 계획한 일이었다면 필시 쉽게 지나가기 어려울 텐데…….

아무런 대답도 하지 못하는 그를 보며 만족스러운 표정을 짓던 희빈은 자신이 들고 왔던 빨간색 두루마리를 턱하니 앞에 내려놓았다.

"하여, 제 나름대로 이 소문을 잠재울 방법에 대해 몇 날 며칠 밤을 새어 가며 고민을 해 보았습니다."

"희빈께서요?"

신후왕의 불안한 시선이 그것에 고정되었다. 아직 무엇인지 확실할 수는 없었지만 머릿속에 자연스럽게 떠오르는 한 가지가 있기 때문이었다.

"예. 저 역시 왕실의 일원이 아닙니까. 당연히 해야 할 일을 한 거

뿐입니다."

당당히 말하는 본새가 얄밉다. 생글생글 웃으면서도 짙게 번뜩이는 눈빛에서 제 뜻을 이루고야 말겠다는 의지가 엿보였다.

여전히 그 두루마리에 시선을 고정한 신후왕이 침착하게 마음을 가다듬고는 물었다.

"그래서 결론이 뭡니까?"

"이 소문을 잠재우기 위해서는 역시 둘 중 하나를 혼인시키는 게 좋겠습니다."

어쩐지 저 붉은 종이가 눈에 들어왔을 때 불안하다 했어. 역시나!

왜들 그 둘을 못 잡아먹어서 안달인 것인지, 참!

"하지만 서하연은⋯⋯."

어떻게 해서든 하연을 지켜야 한다는 생각에 신후왕은 마음이 급해졌다. 이렇게 되면 처음으로 돌아가는 것이나 다름없었다.

물론 지금은 하연 스스로도 즐기고 있는 거 같아 다행이지만, 처음 그녀가 교육관 길을 선택한 이유는 희빈에게서 벗어나기 위함이 아니었던가.

"아, 그녀가 아닙니다."

서하연을 보호하려는 신후왕의 말에 희빈이 웃으며 고개를 가로저었다.

그래, 지금 그가 지켜야 할 대상은 서하연이 아니었다.

"⋯⋯그럼 설마⋯⋯."

"예. 이제 해랑도 청화궁에 들어와 어느 정도 자리를 잡았으니 슬슬 혼사에 대해 진지하게 생각해 볼 때가 아닐까요?"

어쩜 저렇게 웃는 얼굴로 막말을 할 수가 있는 거지?

어이를 뛰어넘어 신후왕은 분노가 치밀어 올랐다. 지금 현우로도 모자라 이제는 해랑마저 제멋대로 하겠다는 속셈이 아닌가!

"해랑의 일은 알아서 할 테니⋯⋯."

"아니요. 제가 알아서 하겠습니다. 가뜩이나 하시는 일도 많으신데 이런 것까지 전하께 수고를 끼칠 수는 없지요. 그리고 이미 준비는 다 해놨습니다."

"아니. 그건⋯⋯."

"다시 한 번 말씀드립니다. 이건 제안이 아니라 통보입니다. 어차피 왕자빈 간택 권한은 왕후에게 있지 않습니까."

"그 말씀대로, 희빈께서는 왕후가 아닙니다."

신이 나서 두루마리의 끈을 풀던 희빈의 눈빛이 사나워졌다. 방금 신후왕이 한 말이 그녀의 신경을 거슬리게 한 게 분명했다.

"다시 한 번 말씀해 보시지요."

"⋯⋯."

차갑게 얼어붙은 희빈의 목소리에 신후왕은 본능적으로 입을 다물어 버렸다.

이것 참 난감한 상황이 아닐 수가 없다. 돌아가신 형님이 살아 있었더라면 희빈은 왕후의 자리에 올라 있었을 것이다.

원래 차남이었던 신후왕은 어려서부터 왕위에 관심이 없었다. 그런 그에게 고위 관직을 맡겨 곁에 두었던 사람이 바로 형님이자 전대 신후왕이었다.

형님께서 왕위에 올라 정신없이 귀족들과 고위 대신들 간의 분쟁 문제를 해결할 동안, 자신은 권력에서 물러나 자유롭게 하고 싶은 것들을 하고 해랑의 어머니인 주혜연과 만나 사랑을 했다.

그런데 원래부터 지병이 있던 형님이 돌아가시고, 생전에 그가 온갖 고생을 하며 다 차려놓은 밥상에 숟가락만 놓은 꼴이 되었다. 신후왕은 형님의 유지를 이어 '신후왕'이라는 이름을 그대로 잇기로 결심했다. 형님이 돌아가실 당시 희빈의 뱃속에 있던 환을 자신의 호적에 올린 것도 그 이유 때문이었다.

그는 아무 말도 할 수가 없었다. 그리고 그것은 희빈도 알고 있었다. 그녀는 신후왕이 제 형의 자리를 빼앗았다는 죄책감을 안고 있다는 걸 너무나도 잘 알고 있었고, 이를 이용하고는 했다.

"그럼 알아들으신 줄 알고 이건 이대로 진행하겠습니다."

희빈이 승리자의 미소와 함께 제 손에 들려 있는 두루마리를 흔들어 보이며 인사를 하고는 유유히 퇴장했다.

그녀가 나가기 무섭게 방 안에는 두 개의 한숨 소리가 흘러나왔다.

이번만큼은 정말 제대로 화가 난 신후왕이 주먹으로 탁자를 '쾅!' 하고 내려쳤다.

당장 내쫓으라는 대신들에게 맞서면서까지 보호해 준 게 누구인데, 불쌍한 척 연기를 하며 뒤에서 몰래 세력을 끌어모으더니 이제는 왕후의 권한까지 제멋대로 휘두를 줄이야…… 이건 도가 지나쳤다.

한동안 씩씩거리며 분을 삭이다가 이성을 되찾은 신후왕은 일단 눈앞에 있는 문제들부터 차근차근 해결하기로 결심했다. 그리고는 싹 굳은 얼굴로 뒤를 향해 말했다. 그래, 지금 일단 가장 큰 문제는…….

"너 이 녀석, 당장 나와라."

말이 끝나기 무섭게 그의 뒤에 있던 병풍이 드르륵 소리와 함께 밀쳐지더니, 그 뒤에 숨어 있던 해랑이 빼꼼 고개를 내밀고 밖으로 나왔다.

신후왕과 비밀리에 대화를 나누고 있던 도중, 갑자기 희빈이 찾아오는 바람에 급하게 숨어 있던 차였다.

"너……."

뭔가 찔리는 게 있는 건지 해랑이 신후왕의 시선을 피해 그의 앞자리에 앉으며 재빨리 말했다.

"미리 말씀드리는데 손대지 않았습니다. 아직 잘못한 것도 없는데 이렇게 화부터 내시면……."

"뭐? 아직?! 인석이 언젠가는 뭔가를 하겠다는 거 아니야! 그리고 아무 일도 없었는데 궐 밖까지 소문이 퍼졌겠어?"

"증거 있습니까."

증거 없이 사람을 나쁜 놈으로 몰아세우지 말라며 해랑이 당당하게 말하자 신후왕이 움찔했다. 그 말대로 아무런 증거가 없었다. 결국 한참을 고민하던 그는 큰 소리로 명령했다.

"여봐라! 이완, 서이완을 불러 오거라!"

"윽."

요 며칠 들리지 않아 좋았던 저 이름을 이런 식으로 듣게 되다니. 해랑이 수상하게 움찔거리자 이를 포착한 신후왕의 입가에 미소가 지어졌다.

방 안에는 아주 잠깐의 침묵이 맴돌았다. 신후왕이 '넌 죽었다, 이 녀석아.'라는 시선으로 해랑을 바라보기를 한참이었다. 그새 청화궁에 다녀온 건지 문밖에서 내관의 목소리가 들려왔다.

"전하, 서이완이라면 지금 며칠째 몸이 좋지 않아 병가를 내었다고 합니다."

"뭐?"

"청화궁에 가 보니 전 영희궁의 호위대장이 그 자리를 대신하고 있었습니다."

내관의 말에 해랑의 입가에 작은 미소가 지어졌다. 맞다, 깜빡했는데 지금 그는 이 궐에 없었다. 얼마 전부터 몸이 아프다는 이유로 쉬고 그 자리를 돌쇠가 대신하고 있었다.

"……그럴 리가. 그 녀석은 중앙궁에 배속된 이후 단 한 번도 병가를 낸 적이 없었는데?"

물론 사람이 아플 수도 있지만 천하의 서이완이 병가라니…… 해랑은 다행이라고 생각하고 있지만 이러한 소식은 신후왕에게 더 짙은 의심을 불러일으켰다. 그리고 뒤이어 들려오는 말에 해랑은 고개를 풀썩 숙일 수밖에 없었다.

"영희궁 호위대장의 말에 따르면 '외상은 없지만 정신적인 충격을 받아 며칠은 쉬어야 한다.'라고 합니다."

그럼 그렇지. 늘 돌쇠가 문제였지, 참.

그놈은 왜 그렇게 쓸데없는 말을 해 가지고!

"……정신적인 충격?"

슬쩍 고개를 든 해랑의 눈에 엄청나게 무서운 눈빛으로 자신을 노려보고 있는 신후왕이 들어왔다.

"이, 일단 지금 중요한 건 그게 아니지 않습니까."

"오냐. 이 일은 나중에 천천히 추궁해 주마."

어차피 나중에 가면 잊을 거면서…….

해랑은 제 아버지를 아주 잘 알고 있었다. 그리고 서이완이 제멋대로 오해를 한 것뿐이지 정말 아무 일도 없었으므로 그는 당당했다.

"어쩌다가 그런 소문이 난 건지, 참."

"하연이 알아본 바에 의하면 그 부정적인 소문도 희빈께서 내셨답니다."

"하연은 어쩌고 있지? 그 아이가 가만히 있지 않을 텐데? 뭔가 좋은 방법이라도…….."

"아, 지금 특별 강의니 뭐니 때문에 바빠요."

신후왕의 표정이 싸하게 굳었다. 그나마 하연에게 기대를 걸고 있었는데 그녀가 눈코 뜰 새 없이 바쁘다니…… 게다가 그런 심각한 말을 너무나도 아무렇지 않게 하고 있는 해랑을 이해할 수 없었다.

"그럴 정신이 있나?"

"이번 일은 믿고 저에게 맡긴다고 했거든요."

그 말에 신후왕은 기겁했다. 그는 이제 벌벌 떨고 있었다.

"……네가? 아들아, 의욕이 넘치는 건 좋지만 가끔씩 찾아오는 '할 수 있다'는 착각에 넘어갔다가는 일을 그르칠 수가…….."

예상했던 반응이었지만 해랑은 기분은 나빴다. 어쩜 제 자식을 저렇게 무시하는 걸까? 그러나 자신보다 하연을 더 믿고 의지하는 아버지에게 뭐라고 할 수가 없었다. 우습지만 자신도 그랬으니까.

"걱정하지 마세요. 저에게 다 생각이 있으니까요."

걱정하지 말라며 답지 않게 눈을 번뜩이는 해랑의 태도가 신후왕은 어색하면서도 기특했지만 여전히 불안했다.

"아마 내일쯤이면 아무런 문제도 없을 겁니다."

그러니까 그런 자신감은 어디서 나오는 건데!

*　　*　　*

"이것들은 다 어쩌실 생각이십니까."

방 한가운데에 쌓인 종이 더미를 보며 돌쇠가 걱정이 가득한 목소리로 물었다. 그러자 그것을 힐끔거리던 해랑 역시 한숨을 내쉬었다.

"어쩌긴."

"하연 아가씨가 돌아오시면 난리가 날 겁니다."

"나도 알아. 하연이 돌아오기 전에 구석에 치워 놓거나 버려야지."

걱정 말고 제 할 일 하라는 해랑의 말에 하연은 정말 마음을 놓고 예문관 일에 전념하기 시작했다. 그녀는 현재 일을 하기 위해 예문관에 가 있었다. 그녀가 돌아오기 전에 어떻게든 저 문젯거리들을 처분해야 했다.

아무리 자신의 의지와는 상관없이 강제로 받은 물건이라고는 해도 서하연에게는 통하지 않을 것이다. 그냥 '핑계'라며 화를 낼 게 분명했다.

하연이 아침 일찍 출근하기 무섭게 희안궁에서 나왔다는 궁녀들이 청화궁의 동궁에 침입했다. 저마다 두툼한 종이 뭉치들을 들고 와서는 차곡차곡 해랑의 앞에 쌓아 놓더니 지금까지도 저 상태로 방치돼 있었다.

한 장 한 장 여인들의 얼굴이 그려져 있는 초상화 뭉치에 해랑은 절로 인상이 찌푸려졌다. 한 번에 치워 버리기에는 그 양이 너무나도 많았다.

저것들이 전부 희빈께서 직접 선발하신 왕자빈 간택 후보자들이라니, 아주 작정을 했구나. 해랑의 의견에 무조건적으로 따르겠다는 전언이 있었지만 뭐, 말장난이지. 저 중에서 누굴 선택하든 결과는 똑같았다.

"어때. 서하연은 없지?"

"당연하죠."

그래도 혹시 몰라 확인 차원에서 돌쇠에게 하나하나 검토해 보라고 지시했는데, 역시나 그 많은 종이 뭉치 속에 하연은 없었다.

"그럼 다 필요 없어."

그의 말에 돌쇠가 고개를 끄덕이며 엄청나게 쌓여 있는 종이들을 바라보고 한숨을 내쉬었다. 마치 아줌마들처럼 '아이고. 이걸 언제 다 치워.'라고 투덜거리는 건 덤이었다.

설상가상으로 열린 문틈 사이로 들어온 바람 때문에 쌓여 있는 종이가 뿔뿔이 흩어지게 됐다. 안 그래도 짜증이 한계치까지 끓어 올랐는데 말이야.

마음 같아선 죄다 구겨 버리고 싶었지만 사람 얼굴이 그려져 있어서 그럴 수도 없고, 참…….

"돌쇠야, 여기도 있다."

돌쇠는 도와주기는커녕 대충 고갯짓으로 명령하는 해랑 역시 얄미워서 죽을 거 같았다. 이제 와서 후회해본들 무슨 소용이 있겠느냐마는, 도대체 무슨 정신으로 이 사람을 따르기로 한 걸까.

속으로 욕을 하더라도 일단 이 난장판부터 정리하고 보자는 생각에 돌쇠는 더 속도를 높였다.

할 일도 없어 보이는데 좀 도와주지. 가만히 앉아 달랑 종이 한 장을 들고 있는 해랑에게 다가간 돌쇠가 신경질적으로 종이를 낚아채려 했다.

그런데 무슨 생각인지 해랑은 종이를 잡고 있던 손에 힘을 풀지 않았다. 뚫어져라 그 종이에 그려져 있는 이름 모를 여인의 초상화를 바라보고 있다.

"해랑 님, 왜 그러세요?"

"……."

"재미있는 게 떠올랐어."

버티던 돌쇠가 손을 놓자, 제 손에 넘어온 종이를 응시하던 해랑의 입가에 장난스러운 표정이 지어졌다.

"서하연, 언제쯤 돌아오려나?"

그 미소를 바라보던 돌쇠는 그가 지금 무엇을 계획하고 있는 건지 감을 잡았다. 그의 눈동자가 불안한 빛을 띠었다.

"······안 그러시는 게 좋을 거 같습니다만."

돌쇠의 만류에도 불구하고 해랑은 이를 듣지 않았다.

한편, 그가 또 이상한 것을 계획하며 조용히 웃고 있을 때, 하연역시 다른 곳에서 생글생글 웃고 있었다. 그녀의 앞에는 잔뜩 굳은 얼굴의 두 남자가 서 있었다.

"안녕하세요."

"······."

"이런, 다들 표정이 안 좋네요."

예전에 그렇게 자신에게 대들면서 험담할 때는 언제고, 지금은 왜 이리 기들이 죽었느냐는 질문에 두 남자는 서로 눈치 보기 바빴다. 지금 벌주고 있는 거지?

눈앞에는 예쁘기로 소문이 자자한 여인이 생글생글 웃고 있었지만, 그들은 반하기는커녕 두렵기만 했다.

"이봐······."

결국 둘 중의 한 명이 신경질적인 목소리로 막 입을 열었다. 곧바로 하연이 눈살을 찌푸렸다. 그러자 건방지게 말을 내뱉은 남자가 움찔하더니 고개를 돌리며 그녀의 시선을 피했다.

"아니······ 선배님."

그들의 얼굴이 속마음을 다 말해 주고 있었다. '젠장, 여자한테만큼은 이 말을 쓰고 싶지 않았는데! 도대체 저런 여자가 뭐가 무섭다고 자존심이 굽어지는 건지 모르겠네.'라고 생각하고 있지, 지금?

"두 후배님, 이름이 어떻게 되지요? 제가 3관의 선후배님 이름밖에 안 외워서……."

"전 박원율입니다. 제2관에 소속되어 있습니다."

"저는 백천휘입니다. 저도 2관 소속입니다."

"그럼 간단하게 '율'이랑 '휘'라고 부르겠습니다."

너무 간단하잖아! 앞에 두 글자를 빼고 한 글자로 확 줄어 버린 저들의 이름에 두 남자의 눈빛에는 당황한 기색이 역력했다.

친한 친구끼리도 그렇게는 안 부른다며 열심히 따지던 그들이 씩씩거리며 조심스럽게 물었다.

"……혹시 일전의 일을 복수하시는 겁니까?"

"하하, 복수라니요."

그러나 두 남자는 지금 이 상황이 복수로밖에 보이지 않았다. 그게 아니면 또 뭐가 있는데?

각 관마다 일하는 방식이나 규율, 분위기는 부장에 따라 달랐다. 제3관에는 신입생 한둘에게 직속 선배를 붙여 한시라도 빨리 적응할 수 있도록 했지만, 다른 관은 그러지 않는 모양이었다. 알아서 배우고 알아서 적응하라는 식의 방목이나 다름없었다.

그들 역시 한창 눈칫밥 먹어 가며 일을 배우고 있던 중에 부장으로부터 3관의 일을 도와주라는 명을 받게 되었다. 어리둥절해 하며 출근해 보니 생글생글 웃는 얼굴로 저들을 기다리고 있던 건 다름 아닌 일전의 그 여자 교육관, 서하연이었다.

험담했던 상대의 밑에서 일하게 될 줄이야. 이보다 불편한 일은 또 없을 것이다.

"진짜 내가 복수할 때의 모습을 아직 모르는구나."

"윽."

사람을 긴장하게 만드는 하연의 번뜩이는 눈에 율과 휘라는 남자가 바짝 긴장했다.

떨고 있는 그 모습에 하연은 피식 웃었다. 이런, 너무 겁을 줬나?

"일전의 그 일이라면 다 잊었으니까 괜찮아요."

"저기, 왜 저희를 지목하셨는지……."

"이번에 특별 강의를 하게 돼서 조수가 필요했거든요."

조수라니, 조수라니! 그러니까 한마디로 지금 저들을 부려먹겠다는 거 아니야!

조수라는 말에 발끈하던 그들이 궐을 나서는 하연의 뒤를 졸졸 따랐다. 어찌 보면 일하는 것보다야 그녀의 뒤치다꺼리를 하는 편이 더 쉬워 보이긴 했지만…….

"특별 강의라니, 그래도 실력은 있는 모양이네."

"그러게."

그들이 의외라며 앞서가는 하연 몰래 소곤거렸다.

어딜 가나 했더니 그들이 도착한 곳은 아주 큰 책방이었다. 하연이 가게 밖 진열대에 한가득 쌓여 있는 책을 집어 들며 말했다.

"알아보니까 두 분은 다 서민 출신이라면서요?"

그 말에 뭘 하면 좋을지 몰라 하며 뒤에서 눈치를 보고 있던 율과 휘가 발끈하더니 하연의 바로 옆으로 바짝 다가왔다. 그들의 표정만 보아도 화가 났다는 걸 알 수 있을 정도였다.

"……그래서 지금 무시하시는 겁니까?"

"왜들 그리 까칠해요?"

"아니……."

까칠해질 수밖에 없는 말이었다. 아니라고 하면서도 결국엔 지금 복수하려는 거 아니야. 저들이 여자라고 무시했으니 출신으로 어떻게 해 보겠다는…….

"대단하네요."

"예?"

뜬금없는 칭찬에 당황한 그들의 표정이 이상하게 풀렸다. 화를 내고 있는 거 같으면서도 그렇다고 무섭지는 않은 애매한 표정. 책을 덮은 하연이 도대체 뭐하자는 건지 모르겠다는 그들을 향해 돌아섰다.

"알겠지만 천유국의 국시는 사실 평등하지 않거든요."

하연의 말에 두 남자가 조금 무거운 표정으로 고개를 끄덕였다. 그들도 겪었던 것이다.

신분에 상관없이 배우는 세 과목짜리 '기초학(基初學)', 그리고 돈 많은 평민들이 작은 서당에서 배우는 네 과목짜리 '중학(中學)', 귀족들이 배우는 다섯 과목짜리 '대학(大學)', 마지막으로 이것들과는 별도로 국시용 공부인 네 과목짜리 '시사(試四)'. 이것이 천유국의 교육 과정이었다. 물론 이는 어디까지나 사내아이들에게만 해당되는 이야기.

"국시에 귀족들의 학문이 포함된다는 것부터가 평등에 어긋나죠. 서민들은 오로지 독학으로 알아서 배워야 하니까. 아니, 그 전에 서민과 귀족으로 나누어 학문을 달리한다는 것부터가 잘못됐

네. 그렇게 생각 안 해요?!"

제가 말하면서 흥분해 버린 하연이 씩씩 거리며 화를 내자 깜짝 놀란 율과 휘가 얼결에 고개를 끄덕였다.

"여인의 경우에는 더 심해요. 여성 전용 기초학인 기유사유(基喩思惟)와 결혼 후에 지켜야 하는 도리, 혼안예경(婚安禮經)을 공부하는 게 고작이니까. 그 이상의 것을 공부하면 여자가 쓸데없이 많이 알고 있다고 중매시장에서 좋게 보지 않거든."

"그럼 선배님께서는……."

"아, 저는 기초학, 중학, 대학, 시사 모두 아버지께 배웠어요. 운이 좋았죠. 흐음…… 그러고 보니까 혼안예경은 아직 공부하지 않았네요. 시집보내실 생각이 없으셨나 봐요."

"아버지?"

그녀의 대답에 율과 휘의 눈빛이 흔들렸다. 척 봐도 눈앞의 여인은 저들보다 나이가 어렸다.

그런데도 굳이 배우지 않아도 되는 중학까지 배웠다니…… 여자 아이에게 그렇게까지 공들여 교육을 시키다니 도대체 어떤 아버지인 거야?

"아버지께서 예문관 대선이시거든요. 아, 혹시 또 부모 배경으로 들어왔다느니 그런 말 했다가는……."

하연은 다른 무엇보다도 저 때문에 아버지 서건우가 피해를 입는 건 죽어도 싫었다. 그래서 혹시 몰라 미리 말해두려던 건데 어째서인지 둘은 비아냥거리거나 툴툴거리지 않았고 돌처럼 굳어버렸다.

"예문관 대선? 그, 그럼 혹시 서건우 님을 말씀하시는 건가요?"

"네."

그 대답에 돌같이 굳었던 그들이 순식간에 녹더니 곧 전에 없던 초롱초롱한 눈빛으로 그녀를 바라보기 시작했다. 물론 노려보는 것보다는 좋았지만 하연은 이건 또 이것 나름대로 불편했다.

"뭐, 한마디로 저도 그리 평탄치 않은 길을 걸어왔다는 말이었어요. 그러니까 너무 미워하지 말라고요."

"……."

서건우의 효과인가? 하연을 바라보는 그들의 눈빛이 순식간에 바뀌었다. 조금 전까지만 해도 여자가 너무 나대는 거 아니냐며 짜증이 피어올랐는데 이제는 달랐다.

만약 해랑이 곁에 있었다면 그 둘을 멀찍이 떨어뜨려 놓을 정도로 그들은 하연에게서 눈을 떼지 못했다.

"그런데 저희가 서민 출신인 건 왜……."

"이번 특별 강의에서 시사(試四)를 가르치려고요. 독학을 해서 합격했다면 그만큼의 경험이나 비법 같은 게 있을 거 아니에요."

서민들에게는 독학으로 돌파해야 하는 국시용 시험 공부를 궐 안에서, 그것도 예문관의 교육관이 직접 수업을 한다니. 만약 자신들이 수험생이었다면 이건 어떻게 해서든 듣고 싶을 정도로 너무나도 매력적인 강의가 분명했다.

하지만 누구든 쉽게 나서서 하기는 힘든 일이기도 했다. 귀족들이 굳이 서민들에게 합격의 기회를 주어 자신들이 설 자리를 줄이려고 할 이유가 없었기 때문이었다.

"······그게 가능합니까? 아니, 그러니까 제 말은 국시 출제 위원인 예문관의 교육관이 직접 시사를 가르친다는 게······."

"수업 방식은 전적으로 제게 맡긴다고 했으니 제 마음입니다."

당연히 서하연이기에 가능한 일이었다. 얼굴만 예쁘다고 무시했는데 영리한 여자였다. 게다가 주위의 시선은 신경 안 쓰고 막무가내로 밀어붙이는 말도 안 되는 사람이다.

"······일전의 그 소문은 사과드리겠습니다. 하지만 뭐, 왕자께서 반하셨다고 해도 믿을 거 같네요."

그 말에 하연은 웃었다. 실제로 그랬지만 차마 그걸 말할 수는 없고 그냥 웃어 넘겨야지 뭐······.

"그나저나 예문관의 교육관이 직접 국시 강의라니 반칙 아닙니까?"

"윗사람들이 치사한 방법을 사용하는데 아랫사람인 우리는 반칙이라도 해야 하지 않겠습니까. 따지려거든 따져보라 하세요. 두 배로 갚아줄 수 있으니까."

"맞는 말이네요."

예민하고 날카로웠던 분위기가 어느샌가 훈훈하게 바뀌었다. 어쩐지 이제 좀 서로 대하기가 편해진 거 같았다.

"어이쿠! 아가씨 오셨군요!"

그때 책방 안에서 익숙한 주인이 나오더니 하연을 알아보고는 밝게 인사하며 다가왔다. 응? 하연은 뭔가 이상하다는 생각이 들었다.

평소 같았으면 저를 붙잡고 울먹이는 목소리로 무향의 신작을 가져다 달라며 징징거렸을 텐데 오늘 책방 주인은 정말 기분이 좋아 보였다.

"안녕하세요. 주문한 책은 준비되었나요?"

"암요, 암요."

콧노래까지 흥얼거리며 진열대 옆으로 다가간 그가 덮여져 있던 포대를 치우자 가지런히 쌓여 있는 책 수십 권이 모습을 드러냈다.

"급하게 부탁드려서 죄송해요."

수량을 확인하고는 만족스럽게 고개를 끄덕이며 자리에서 일어난 하연이 말했다. 원래 미리미리 주문했어야 했는데 도중에 일도 있었고 하다 보니 신경을 쓰지 못했다.

"에이, 별거 아닙니다. 하하."

수업 교재로 사용할 책을 이렇게 막판에 와서, 그것도 대량으로 주문을 넣었으니 구하기가 힘들었을 텐데, 왜 저렇게 기분이 좋아 보이는 거냐고, 사람 신경 쓰이게 말이야.

"혹시 최근 장안에 돌고 있는 소문에 대해서 알고 계십니까?"

"소문이요? 아…… 네, 뭐 알고 있지요."

소문이라는 말에 바로 인상이 찌푸려졌다. 안 그래도 요즘 들어 좀 잠잠하다 싶었는데 주인은 저렇게 밝은 표정으로 왜 또 그 이야기를 꺼내는 건지.

"역시!"

그런데 정말 왜 이러는 진지하게 묻고 싶을 정도로 잔뜩 흥분한 주인이 하연의 손을 덥석 잡더니 말했다.

"아가씨께서 무향에게 그 소문을 전해 주신 거군요!"

"……예?"

"아, 정말 놀랐습니다. 그런 식으로 소재를 사용할 줄이야! 덕분에 이번 무향의 신작은 불티나게 팔리고 있습죠. 아주 대박입니다, 대박! 반응이 장난 아니에요!"

못 알아듣겠다는 하연의 반응에 껄껄 웃던 주인이 잠시 따라오라며 손짓을 했다.

어두운 표정으로 서 있는 율과 휘에게 책들을 들고 갈 수 있도록 끈으로 잘 묶으라는 지시를 내린 하연은 그 뒤를 따라갔다.

주인이 안내한 곳은 바로 책방의 반대편이었다. 그곳에서도 진열대 위에 책을 놓고 판매하고 있었는데 어째서인지 하나같이 똑같은 책들뿐이었다. 게다가 여인들이 바글바글 모여 거의 전쟁터나 다름없었다.

"빨리! 빨리! 다 팔리면 어떡해!"

"맞아. 무향의 신작은 인기가 많아서 금방 팔린단 말이야!"

무향의 신작이라니, 그냥 듣고 넘어갈 수 없는 말에 하연은 좀 더 가까이 다가갔다. 모여든 인파만 봐도 엄청나게 인기가 많다는 건 알 수 있었다.

"이게 그거야? 요즘 엄청난 인기몰이 중이라는."

"맞아! 여심을 저격한 바로 그 소설!"

"출간되기 무섭게 장안의 화제로 떠올랐잖아. 빨리 사둬야 해. 그나저나 한 사람당 한 권이라니 너무 하지 않아? 이런 건 보통 소장용으로 한 권 더 사야 하는데……."

"얘는…… 살 수 있다는 것만으로도 만족해야지."

"하긴, 그건 그래!"

여인들의 외침을 듣고 있던 하연이 흐뭇하게 웃고 있는 주인을 돌아보았다.

"저기…… 이건……."

"반응들이 너무 폭발적이라 따로 가게 안에 진열해 놓을 공간이 없어서 말입니다. 당분간은 아예 가게 앞쪽은 무향 작가 특별전으로 열어 놓을 생각입니다. 그런데 이 인기를 보니 금방 식을 거 같지는 않군요."

도대체 얼마나 인기가 많으면 그 정도까지. 물론 무향이라는 작가의 글은 원래부터 인기가 많았지만 어쩐지 전보다 두 배 정도는 더 늘어난 거 같았다. 책방 주인이 만족스러워할 만도 하네.

"이번에는 뭔데요?"

"이번에는 제대로 된 연애소설입니다."

"예?"

일전의 부록 형식으로 들어간 편지는 문장이야 좋았지만 엄밀히 말하자면 소설은 아니었다. 그건 돌쇠의 실수로 끼어들어간 연서였기 때문이다.

그런데 이번에는 완벽한 연애소설이란다. 해랑이 연애소설을 쓸리가 없었다. 어울리지 않는다며 고개를 절레절레 젓고 있는 하연에게 주인이 책 한 권을 건네었다.

"교육관과 제자의 사랑 이야기! 캬하. 정말 작가님도 대단하시지 않습니까?"

"……네?"

뭐라고? 내가 지금 잘못 들은 거 맞지?

*　　*　　*

"……책장을 넘기는 그 모습조차도 너무나 아름다웠다. 결국 그
는 눈앞에 앉아 있는 여인에게 첫눈에 반하고 말았다……."

"……."

제 눈높이까지 들어 올린 책을 또박또박 읽던 하연은 웃음을 꾹
참았다. 그녀의 앞에는 열심히 일하던 중인 해랑이 앉아 있었다.

하연이 미처 신경 쓰지 못해서 그렇지 계속해서 치러지는 시험
에서도 이제는 알아서 공동 1위라는 자리를 굳혀 가던 해랑은 다른
대신들에게도 어느 정도 인정받는 경지에 이르렀다.

그 결과 신후왕은 기쁜 마음으로 그에게도 왕자로서 처리해야하
는 일거리를 맡기기 시작했고, 최근의 해랑은 공부와 일, 두 가지를
모두 해 내느라 정신이 없었다.

물론 몸은 힘들었지만 그래도 인정을 받았다는 뜻이니까 기분이
나쁠 리가 없다. 게다가 제 곁에는 이렇게 서하연이 있으니까 뭐든
다 해낼 수 있을 거 같았다.

그래, 분명 그런데…….

지금 해랑은 그녀의 방문이 달갑지가 않았다.

"더 읽어 볼까요?"

생글생글 웃고 있는 하연과 달리 귀 끝까지 새빨개진 해랑은 결
국 책상에 얼굴을 묻고 말았다. 그리고 숨이 끊어질 거 같은 목소리

로 말했다.

"제발 부탁이니까 바로 앞에서 소리 내서 읽지 마……."

쥐구멍이 있다면 들어가고 싶은 심정이었다. 지금 이게 괴롭히는 거지, 뭐야. 어쩐지 하연이 업무 시간에 저를 보러 왔다 싶었다. 열심히 하고 있느냐며 찾아왔을 때부터 수상했는데…….

하연이 싱긋 웃으며 자리에 앉을 때까지만 해도 해랑은 기분이 좋았다. 그러나 그녀가 꺼내든 책의 익숙한 표지를 본 그때부터 그의 기분은 곤두박질치기 시작했다.

거기서 끝이 아니다. 아예 책을 펼치고 한 자, 한 자 읽기 시작하면서 그의 심장은 쪼그라드는 기분이었다.

"크크……."

"안 되겠다. 너 그 책 내놔."

턱하니 앞에 자리 잡고 앉아 책을 읽던 하연이 웃기 시작하자 해랑이 더는 못 참겠다는 듯 책을 압수하기 위해 손을 뻗었다. 그러자 하연이 웃으며 뒤로 도망가더니 책을 등 뒤로 숨겼다.

"어어, 이건 정당하게 제가 제 돈 주고 산 책입니다. 해랑 님께서 빼앗을 권리는 없어요."

"하다못해 혼자 있을 때 읽든가!"

"에이, 그럼 재미가 없잖아요."

도대체 무슨 재미!

결국 해랑은 자리에서 벌떡 일어나 하연에게 달라붙어 얼마간의 실랑이 끝에 책을 빼앗는 데 성공했고 하연은 그의 손에 넘어간 책을 바라보며 울상 지었다.

"……."

상황을 모르는 이들의 눈에는 다정한 연인들의 장난 정도로밖에 보이지 않는 상황이었다. 게다가 어떠한 '오해'까지 하고 있는 사람들이라면 더더욱 그러했다.

안 읽을 테니까 책을 달라고 시위하던 하연이 움찔했다. 아까부터 기분이 이상하다 싶었는데 자세히 보니까 궁녀들이 그들이 있는 정자 주변을 서성이고 있었다.

계속해서 방 안에만 있으면 건강에 안 좋다는 하연의 말에 따라 야외로 나와 일하는 중이었는데 이게 또 이렇게 꼬이는구나.

한숨을 내쉬는 하연과 달리 해랑은 뭐가 좋은지 싱글벙글 웃고 있다. 주위의 이목이 집중되어 있다는 사실에 아무렇지 않은 걸 보니까 이미 알고 있었다는 이야기인데.

그냥 지나가는 척을 하려거든 제대로 하든가. 저렇게 잔뜩 티를 내며 돌아다니는데 오히려 모르는 척해 주는 게 더 힘들 정도였다. 그만 좀 힐끔거리라고!

"어머, 어머. 두 분이서 무슨 대화를 하고 계시는 걸까?"

"해랑 님 웃으시는 거 봐 봐. 그렇게 좋으실까~"

"두 분 정말 잘 어울리시는 거 같아."

궁녀들의 망상이 가득 담긴 눈빛에 하연은 소름이 돋는 거 같았다. 할 수 없이 씩씩거리던 걸 진정하고 다소곳이 자리에 앉았다.

"들어보니까 뒤에서 남몰래 너랑 내 사랑을 응원하는 궁녀들의 모임도 만들어졌다던데."

"확실히 해랑 님의 계획은 효과가 있어 보이네요. 안 좋은 점도 있지만."

청화궁에 가만히 있는 해랑이라면 모를까, 하는 일이 많아 바쁜 하연은 그 단점을 몸소 느끼고 있었다. 궐 안을 돌아다닐 때면 마주치는 궁녀들이 얼굴을 붉히며 저들끼리 수군대는 게 그것이었다.

"신분 상승을 기회로 공부하는 여인들이 늘어났다는 말도 들었어요."

"비슷한 대상이 있으면 저들도 모르게 감정이입을 하게 될 테니까. 책이란 참 대단해."

묵묵히 다시 일하기 시작한 해랑의 눈치를 보던 하연이 조심스럽게 그가 밀어놓았던 책을 되찾는 데 성공했다. 이를 눈치챈 해랑이 그녀를 슬쩍 흘겨봤지만 다행히도 피식 웃으며 넘어갔다.

"그래서 이 둘은 나중에 어떻게 되는데요?"

"응?"

마지막 장까지 다 읽었지만 완결이 아니라는 게 아쉬웠다. 해랑의 교육관이기도 했지만 그녀 역시 무향이라는 작가의 열렬한 독자 중 한 명이니까.

"단편인 줄 알았는데 1권이 끝이 아니더라고요. 다음 권은 언제 나와요?"

"계획에 없어."

"왜요?"

당장 다음 권이 급한데!

하연뿐만 아니라 궐 밖에선 다음 권이 언제 나오느냐며 난리가 아니었다. 덕분에 신이 났던 책방 주인은 끊임없는 재촉으로 인해 다시 울상으로 바뀔 지경이었다.

"그래야 더 궁금해하지."

정작 작가 되시는 분께서는 이리도 태평하시니 그의 독자 중 한 명이기도 한 하연은 싱긋 웃는 해랑이 얄미웠다.

"저도 좀 궁금한데요."

사실은 좀 많이 궁금했다.

"너랑 내 이야기인걸? 지금부터 틈틈이 조금씩 써갈 거야."

"……"

"나중에 왕위에 오르고 넌 왕후가 되고 자식이 태어나고 그 자식에게 자리를 물려주고 나서 어느 정도 노후를 즐기다가 할 일이 없을 때 그때 완결내지 뭐."

나중에 왕위에 오르고 자식이 태어나고 자리를 물려주고 나서 노후를 즐길 때면 까마득하구나.

"이 소설이 끝나려면 몇십 년은 더 걸리겠네요. 이 사실을 모를 독자들이 불쌍하다."

"그리고 마지막에 밝히자. 그럼 아주 재미있을 거야."

천유국 여인들의 마음을 설레게 했던 '무향'이라는 작가의 정체가 이 나라의 왕자라는 걸 알게 되면 아주 뒤집어지겠구나. 하연은 아직도 까마득한 그날이 걱정됐다.

"그런데 이거 뭐예요?"

책을 내려놓은 하연이 해랑이 하고 있던 일에 관심을 보이며 물었다. 그가 열심히 붙잡고 있던 두루마리들 사이에 삐죽 튀어나온 종이 몇 장이 신경 쓰였다. 슬쩍 빼 보니 웬 여인들이 그려진 초상화였다. 그녀의 눈빛이 사납게 변했다.

"간택 후보자라던데."

"누구의?"

"나."

혹시 모를 오해를 막고자 벌벌 떨며 변명을 늘어놓아도 모자랄 판에 해랑은 너무나도 태연했다. 사실은 지금 그녀 손에 있는 것의 수십 배나 되는 초상화들을 이미 처리한 상태였다.

그럼에도 이렇게 몇 장을 남겨둔 건 다 해랑의 계획이었다. 돌쇠는 그러지 말라고 말렸지만 그는 한 번이라도 좋으니 하연이 질투하는 모습을 보고 싶었다.

"……."

제 손에 들려 있던 다섯 장의 초상화를 바라보던 하연이 심각하게 굳었다. 슬슬 위기 상황이 닥칠지도 몰라 불안했지만 기왕 건 싸움에서 물러설 수는 없었다.

한 장 한 장을 뚫어져라 보던 하연이 그의 앞에 종이를 탁 소리 나게 내려놓았다. 그러고는 저에게 질투하기를 기대하는 해랑의 바람과 달리 활짝 웃으며,

"이분이 해랑 님과 가장 잘 어울릴 거 같네요."

"……."

그녀가 싱긋 웃으며 다섯 명 중 한 명의 후보를 콕 집어 주며 추천하자 그의 얼굴이 잔뜩 구겨졌다. 그 반응에 터져 나오려는 웃음을 꾹 참아 낸 하연은 아무 일도 없었다며 다시 책을 집어 들고 읽기 시작했다.

뻔하지 뭐, 어디서 수작이야. 저를 동요시켜 보겠다는 그의 계획이 뻔히 보이는데 굳이 그것에 넘어가 줄 필요는 없었다.

해랑의 계획대로라면 그녀가 화를 내고 자신이 껄껄 웃으며 그 오해를 풀어 나가는 것이었는데 일이 이상하게 꼬여 버렸다. 그녀는 화를 내기는커녕 오히려 나아 보이는 여자를 추천하기까지 했고, 그대로 마무리가 돼 이상한 오해까지 생겨 버렸다. 그렇다고 이제야 사실이 아님을 밝히는 것도 구차했다.

어쩌면 좋을지 모를 해랑의 표정은 어두워졌고, 일하느라 바삐 움직이던 그의 손도 멈추었다.

"……오늘은 뭐했어?"

그래, 아예 없던 일로 하고 아무렇지 않게 대하자.

당황하는 그를 보며 책에 얼굴을 파묻고 웃는 것을 감추고 있던 하연이 고개를 들어 대답했다.

"그냥 밖에 나가서 장 보고 그랬어요. 책이나 붓, 종이…… 뭐 이런 것들이 필요해서."

"혼자?"

"아니요. 신입생들이랑요."

"아, 그 네 명?"

그녀가 아무렇지 않게 대화에 참가하자 잠깐 불안해하던 해랑의 마음이 진정되었다. 그리고 하연과 신입이라는 말에 그녀가 종종 말했던 그 네 명의 여인들을 떠올렸다.

"아니요."

"아니야?"

그런데 아니란다. 제3관에 들어온 신입은 그 여인들밖에 없다고 들었는데? 또 다른 신입들이 존재하는 건가?

어리둥절해하고 있는 해랑을 바라보는 하연이 슬며시 웃으며 대답했다.

"이번에 새로 친해진 신입들이요. 두 명인데 정말 귀여워요. 이상하게 저를 싫어해서 친해지려고 많이 노력하는 중이에요."

"……."

"한동안 계속 붙어 다녀야 하는데 서로 어색해하면 안 되니까요."

그녀가 말을 하면 할수록 해랑의 표정은 점점 굳어져 갔다. 방금 전 자신이 했던 일은 다 잊은 건지 그에게는 확인해야 하는 문제가 한 가지 있었다.

"남자야?"

"에이, 그게 뭐 중요한가요."

소리 내어 웃고 있는 그녀였지만 그는 웃을 수가 없었다. 그러니까 지금까지 그 건방진 후배 놈들이랑 있었다는 거 아니야. 게다가 뭐라고? 귀여워? 친해지려고 많이 노력하는 중?

"서하연."

바로 사나워진 목소리를 들으면서도 하연은 웃음을 잃지 않았다. 정작 그녀가 질투하는 모습을 보려고 했던 해랑이 이렇게 질투를 하고 있으니 말이야.

그러자 하연은 그의 책상으로 바짝 다가와 앉더니 화가 나 보이는 그의 앞에 두 손으로 얼굴을 받치고 정말 예쁘게 웃었다.

"누가 먼저 시작했는데?"

"하, 네가 아주 날 들었다 났다 하는구나."

"그걸 이제 아셨어요?"

그래, 사실 다 알고 있는데 한번 덤벼 본 거야. 하연과 해랑의 사이에 놓인 문제의 초상화를 집어든 해랑이 손짓으로 정자 아래에 대기 중인 돌쇠를 불렀다. 그러자 돌쇠가 이미 예상하고 있었다는 듯 가벼운 걸음으로 폴짝 뛰어왔다.

"이것도 다 갖다 버려라."

"네."

아까 버릴 때 한꺼번에 정리하면 좀 좋아? 돌쇠는 귀찮게 왜 이런 일을 벌이는 건지 이해를 할 수가 없었다. 이제 슬슬 하연 아가씨를 이길 수 없다는 걸 알 때도 되지 않았나?

투덜거리면서 종이를 소각하기 위해 내려가는 돌쇠의 뒷모습을 보고 있던 하연이 잠시 해랑의 눈치를 보기 시작했다. 그러고는 얼마간의 침묵 끝에 조심스럽게 물었다.

"……그런데 그 다섯 명 중에 누가 가장 예뻤어요?"

"……."

마음잡고 일에 몰두하던 해랑은 그녀의 갑작스러운 질문에 눈이 휘둥그레졌다. 지금 내가 제대로 들은 거 맞지? 너무나도 간절히 원하다 보니까 환청이라도 들은 건 아니겠지? 하지만 환청이라고 하기엔 눈앞에 있는 하연이 얼굴을 붉히고 있었다. 설마 환각은 아니겠지.

힐끔힐끔 제 눈치를 보고 있는 그녀가 어쩜 이렇게 귀여워 보이는지. 밖이라는 사실과 저들에게 집중된 시선들이 있다는 사실조차 까맣게 잊은 해랑은 그녀에게 손을 뻗었다. 그리고 손끝으로 그녀의 입술 선을 쓰다듬으며 다정하게 웃었다.

"그대가 눈앞에 있는데 다른 누가 예뻐 보이겠습니까."

주위에서는 숨넘어가는 궁녀들의 비명 소리까지 들려왔다. 이 장면을 목격한 궁녀들의 빠른 입 덕분에 둘에 대한 소문은 더더욱 발전하는 지경에 이르렀고, 이는 궐 안에서 가장 성격이 나쁜 사람으로 유명한 누군가의 처소까지 순식간에 흘러들어갔다.

二十三花
화양연화

"안녕하십니까."

"……싸우자는 겁니까?"

"인사드리는 겁니다."

제 앞에서 쭈뼛쭈뼛 인사하는 두 명의 남자에 하연은 할 말을 잃었다. 일단 오늘도 여느 날과 마찬가지로 예문관에 출근한 것까지는 변함없는 하루였다.

그런데 막상 안에 들어와 보니 분위기가 이상했다. 물론 다른 관의 교육관들에게 '괴짜'라는 소리를 들을 정도로 원래부터 이상한 사람들이기는 했지만 오늘은 더 이상했다.

문 들어서기 무섭게 무언가를 경계하고 있는 선배들을 헤치고 헤치며 안으로 들어선 하연은 제 자리를 떡하니 막고 서 있는 두 개의 그림자와 마주쳤다.

익숙한 얼굴이었다. 3관의 모든 교육관에게 경계의 대상이 되어 있는 둘은 다름 아닌 어제 그녀가 조수로 선택했던 율과 휘였다. 그런데 이 둘 분명 2관의 신입생이라고 하지 않았나? 무슨 일로 여기까지 온 거지?

"여기까지는 무슨 일로 오신 거죠? 강의를 도와주기 위해 온 거라면 괜찮아요. 필요할 때 제 쪽에서 부를 테니까."

그러고 보니까 미리 말해 두는 걸 깜빡했구나. 특별 강의 때만 잠깐 도와주면 되는 거라 아예 3관에 있지 않아도 되는데 말이야.

하연은 미리 말하지 않아서 미안하다며 사과의 선물로 오는 길에 궁녀들에게 받은 약과 몇 개를 그들에게 건네었다.

해랑과의 소문 때문인지 그녀의 주변을 맴도는 궁녀들의 수는 점점 더 늘어났다. 그리고 그들 중에는 이렇게 마주치면 선물이라며 다과를 안겨 주는 궁녀들도 더러 있었다. 그녀들의 망상에 자신이 이용되고 있다는 건 불만이었지만 이런 점에서는 또 좋구나 하며 넙죽넙죽 받아먹었다. 그리고 오늘은 약과를 받았다.

저들 손에 쥐어진 약과를 바라보던 율과 휘의 눈빛이 흔들리는 걸 보며 하연은 괜히 줬나 싶어 다시 달라고 말할까를 고민하다가 돌아섰다.

의자를 빼고 자리에 앉아 오늘 해야 하는 일 목록을 확인하려는데 뒤에 선 둘이 도무지 무시할 수 없는 존재감들이기에 결국엔 돌아봤다.

"……저한테 볼일 있습니까?"

저보다 훨씬 큰 남자가, 그것도 두 명이 이렇게 등 뒤에 서서 자신을 바라보고 있는데 일에 집중할 수 있을 리가 없지. 나란히 서서 내려다보는 것만으로도 이 정도의 압박감을 주고 있는데 말이야.

일해야 하니까 할 말이 있으면 빨리 하라며 시간을 내주자 율이 먼저 입을 달싹이더니 눈치를 보기 시작했다.

덩치에 어울리지 않게 우물쭈물거리는 게 꽤 귀여웠다. 왠지 웃겨서 그 모습을 여유롭게 구경하던 하연이 갑자기 벌떡 일어났다. 지금 눈앞에 있는 그들의 이런 반응은 그녀가 잘 알고 있는 상황 중 하나였다.

"아, 고백은 안 되니까."

"그런 거 아닙니다!"

아니면 말지, 뭘 이렇게 소리를 지른대?

"그런 거 아니라면 빨리빨리 말해 주시겠습니까? 저 바빠요."

"앞으로 잘 부탁드립니다."

"응?"

갑작스러운 인사에 놀란 하연의 두 눈이 커졌다. 그녀는 멍하니 수상한 그 둘을 바라봤다. 제2관의 사람들이 왜 3관에 와서 잘 부탁한다느니 인사를 하고 있는 거지? 설마 어제 했어야 하는 말을 까먹어서 이제 하는 건 아닐 테고…….

지금 이게 무슨 상황인지 설명해 줄 사람을 찾기 위한 하연의 시선이 분주하게 움직였다. 그러나 다들 이곳을 경계심 가득한 눈빛으로 바라보고 있을 뿐이었다.

그때였다. 하연의 머리에 묵직한 종이 더미의 타격감이 느껴졌다. 짜증을 내며 고개를 돌리니 그럼 그렇지, 천하의 서하연을 함부로 상대하는 이는 역시나 강우 형님이었다.

"서하연, 내 직속 후배들 괴롭히지 마라."

"……."

"오늘부터 제3관의 교육관이래."

"네에?"

신입생 이동이 가능하다는 소리를 들어 본 적은 없었는데? 게다가 있다고 해도 이렇게 간단한 거였단 말인가. 이런 좋은 기회가 있었으면서 왜 자신에게는 말해 주지 않은 거지.

"……봐라, 봐라. 서하연 눈빛 흔들리는 거 봐라. 너랑 강우 놈은 절대로 다른 데로 안 보내 줄 거니까 꿈도 꾸지 마라."

언제 어디서 나타난 건지 령이 불쑥 고개를 내밀고는 말했다. 깜짝 놀란 하연은 뒤로 바짝 물러나려다가 책상에 다리를 쾅 하고 부딪치고 말았다. 쳇, 아쉬워라.

부장의 등장에 율과 휘가 바짝 긴장했다. 하긴, 일전의 일도 있고 하고 아무래도 상대하기가 힘들겠지. 아무리 성격이 좋은 령이라고 해도 어색해할 줄 알았는데 그는 웃고 있다.

"신입생이 소속을 바꿔 달라고 한 건 이례적인 일인데 말이야, 아주 재미있는 일들을 벌여 주셨어."

"……예?"

"마음에 들어. 이런 녀석들이 있으면 심심할 날이 없거든. 아, 너희들 자리는 저쪽, 직속 선배는 이 녀석. 성격 나빠 보이지? 보이는 대로 나쁘니까 조심하고."

"아…… 예……."

"그리고 이 제3관에서 가장 조심해야 하는 건…… 그래, 서하연 기분만 안 건드리면 돼. 저 녀석 기분에 따라 3관 전체의 분위기와 일 효율성이 달라지니까."

지금 나만 이 상황을 이해 못 하고 있는 건가?

하연이 고개를 갸우뚱하며 3관에 대한 간략한 설명을 마친 부장을 뚫어져라 바라봤다.

근처에 있던 선배에게 대충 이야기를 들어 보니 율과 휘는 스스로 소속을 바꾸고 싶다고 요청을 했다고 한다. 그리고 아주 이례적이기는 했지만 하연이 선택한 조수이기도 하고 아무래도 같이 일하는 편이 나을 거 같았는지 위에서도 이를 승인해 줬단다.

하연이 신입이었을 때는 강우와 이렇게 단둘, 그리고 최근에는 여성 신입생이 네 명이었다. 원래는 선배 한 명당 두 명 정도의 후배를 맡게 되지만 그들이 여자라는 이유로 부장이 배려해 그들은 모두 하연이 맡게 되었다. 때문에 강우에게는 직속 후배가 없었다.

"우리 3관에서는 일하는 데 별다른 어려움이 없을 거야."

선배 노릇 하는 강우가 신기한 하연은 반짝이는 눈으로 제 소개를 하는 그를 응시했다. 자기소개는 딱 이름 정도만 하고 끝낸 그가 뒤돌아 자신의 자리로 향하던 부장을 가리키며 말을 이었다.

"아까 우리 부장 봤지? 좀 성격이 나빠 보여도 말이야, 사실은 엄청 챙겨 주니까 가끔 해야 하는 일이 너무 많으면 마음껏 투정 부려. 싫은 척하면서도 다 해 줘."

그 말에 하연을 포함한 다른 선배들이 빵하고 터졌다. 물론 이

상황에서 령만은 유일하게 웃을 수가 없었지만.

"……어디서 많이 들어본 말 같다. 이강우?"

"제가 선배들에게 가장 먼저 배웠던 것을 후배들에게 알려주고 있는 것뿐입니다."

그 선배에 그 후배……라고 해야 하나?

첫날 선배님들이 알려 주었던 걸 정확하게 기억하고 있는 강우였다.

"거봐! 너희들이 이상한 거 가르쳐 놓으니까 저 녀석까지 저렇잖아!"

"에이, 하지만 그걸 빼면 부장은 내세울 게 없는걸요?"

"너희들 진짜 너무하는구나. 일이나 해!"

옥신각신하는 부장과 선배의 모습에 하연은 흐뭇하게 웃었지만 여전히 기합이 들어가 있는 두 명의 새로운 신입들은 이러한 광경에 적응하지 못해 어색해했다. 그 모습을 보고 있자니 하연은 옛날 생각이 나는 거 같았다. 하긴, 저도 처음에는 딱 저런 표정이었겠지.

어쨌거나 괴짜 예문관이라 불리는 제3관은 오늘도 평화로웠다. 부장만 빼고…….

*　　*　　*

"선배님, 부장께서 오늘 안에 국시 모의 문제 검토 끝내라고…….."

"아, 그거 여기 있어요. 대신 제출 부탁드릴게요."

"맞다, 선배님. 특별 강의에 대한 안내문에 들어갈 문구 말인 데요……."

"그건 이미 만들어서 필사 부탁했으니까."

하연이 가리킨 곳에는 네 명의 여인들이 커다란 책상에 옹기종기 모여 앉아 있었다. 그들은 똑같은 문서를 필사하느라 정신이 없다.

대답을 끝낸 하연은 뭐 또 물어볼 거 없느냐는 눈빛으로 율과 휘를 바라봤다. 그러나 그들은 놀란 두 눈으로 그녀를 바라보고 서 있을 뿐 누가 먼저 입을 열려고 하지 않았다.

"서하연, 강의 장소는?"

"영희궁에서 하기로 했어요."

"아, 그래."

그녀 옆자리인 강우는 이렇게나 자연스럽게 질문하고 바로 대답이 들려오는 것에 대해 아무렇지 않아 하고 있는데 일일이 놀라는 저들이 바보 같았다.

"저기……."

"응?"

"……저희는 뭘 하면 되는 건지……."

해야 하는 일을 잃은 그들의 눈동자가 흔들렸다. 마치 일의 노예처럼 손에 잡힌 일거리가 없다는 사실이 그들을 이렇게나 불안하게 만들고 있다니.

후배들은 보통 선배들 일을 돕거나 선배들의 개인적인 심부름을 하며 일을 배운다. 물론 나쁜 선배들에게 후배란, 제 일을 대신 처리하는 부하이기도 했다.

하지만 들어오는 일마다 엄청난 속도로 처리해 버리는 하연 때문에 그들은 당황스러웠다. 스스로 뭘 하면 좋을지조차 모르겠다는 율과 휘를 바라보던 하연은 잠시 고민에 빠지더니, 제 옆자리 강우를 바라보며 싱긋 웃었다.

"강우 형님한테 놀아 달라고 하지 그래요?"

"아니, 왜 나야?"

"형님 직속 후배잖아요."

아니, 이 여자가 지금? 짜증을 내기에는 하연이 너무 진지하게 대답했다. 진심인지 농담인지 구분이 안 갈 정도로.

"……그나저나 정말 대단하네요."

결국 방해된다는 하연을 위해 늘 한가한 령이 그들을 데리고 제3관 안에 마련된 휴식처에 앉아 차를 대접했다. 물론 다른 선배들의 강한 째림을 받아야만 했지만 겨우 그 정도에 굴복할 부장이 아니었다.

부장이 끓인 떫고 뜨뜻미지근한 차를 오만상을 찌푸리며 마시던 율이 하연의 뒷모습을 힐끔 바라보며 말했다. 그러자 그 앞에 앉아 있던 부장은 하연 앞으로 들어온 다과를 씹어 먹으며 고개를 끄덕였다.

"서하연이니까."

"저기, 그러고 보니까…… 선배님께서는 그…… 서건우 님의……."

"아, 맞아. 서가(家)의 공주님이지. 서건우 님의 딸."

강우도 그랬지만 그들 역시도 서건우라는 이름이 나오기 무섭게 표정이 확 밝아졌다.

령은 웃었다. 그 이유를 모르는 건 아니다. 하긴, 여기서 예문관 대선인 그를 존경하지 않는 이가 어디 있을까? 자신 역시도 그러했다.

"역시! 저 말도 안 되는 일 처리 속도."

"우리 부에서는 없어서는 안 되는 고급 인력이야. 서하연, 차 좀 끓여 주라. 이거 맛없다."

"고급 인력이라면서요."

지금 고급 인력에게 차를 끓이라는 건가! 안 그래도 바빠 죽겠는데?

"부탁할게."

하연의 강한 째림에도 이제는 아무렇지 않은 건지 껄껄 웃고 있는 령이 후배들의 눈에는 너무나도 대단해 보였다.

*   *   *

내일부터 시작되는 강의 때문에 하연은 눈코 뜰 새 없이 바빴다.

오전 업무를 몰아서 한 데에는 다 이유가 있었다. 강의 장소로 선정된 영희궁에 직접 가 보기 위해서였다. 물론 돌쇠에게 부탁했으니 알아서 잘 정리했겠지만, 그래도 두 눈으로 확인하고 싶었다.

"……."

일단 청화궁에 들렀다가 가야지, 하는 생각에 걸음이 빨라지는데 이상하게도 한 가지가 신경 쓰였다.

잘못 들었겠지 했는데 뒤에서 타박타박 뛰어오는 작은 걸음 소리가 들려오고 있었다. 그러다가 그녀가 걸음을 멈추면 소리 역시도 멈췄다.

누군가가 자신을 쫓고 있다는 사실에 놀란 하연은 결국 뒤를 돌아보고 말았다. 뒤에는 아무도 없었지만 커다란 나무 밑에 미처 숨지 못한 새빨간 치마가 슬쩍 보였다.

뻔하지.

"……저…… 공주님?"

숨어 있는 그녀에게 다가간 하연은 활짝 웃으며 그녀가 놀라지 않도록 최대한 조심스럽게 인사했다. 그러나 하연에게 들켰다는 사실 때문일까. 놀란 연우가 조심스럽게 뒷걸음질을 치기 시작했다.

아니, 피할 거면 따라다니지 말지.

"서하연 교육관님!"

"예."

마치 금방이라도 사랑하는 여인에게 고백하려는 수줍은 사내처럼 연우의 두 볼은 붉게 물들어 있었다. 연우는 손가락까지 꼼지락거렸다. 이런, 완벽하네.

"저도 교육관님 수업이 듣고 싶어요!"

"그런 거라면 예문관에 문의해 주세요. 정식적인 절차를 밟아야 합니다."

하연은 어린아이라고 해도 가차 없었다. 언젠가 환에게 했던 말을 그대로 들려주며 우회적으로 거절했다. 물론 몸이 열 개 정도 된다면 해 주고 싶었지만 안타깝게도 그녀는 한 명이다.

"들었어요! 귀족 가문의 아가씨들을 모아 놓고 특별 수업을 하신다고요. 거기에 저도 들으면 안 될까요?"

아, 그러면 되겠구나……가 아니지!

"죄송합니다, 공주님. 그건 안 됩니다."

물론 하연은 해 주고 싶었지만 분명 다른 사람들은 반대하겠지. 예문관 교육관이라면 그냥 일대일 수업이 가능한 일국의 공주가 다른 아가씨들 틈에 끼어 함께 수업을 받겠다니.

안 된다는 냉정한 대답에 연우는 움찔했다. 뿐만 아니다. 어리고 여린 공주라는 점을 살려 두 눈을 글썽이기까지 했다.

"음……."

안 그래도 바쁜데 곤란한 상황에 빠져버린 하연에게 있어 난감한 상황이 아닐 수 없었다.

공주께서 요구하신 건 확실히 불가능한 일이다. 그건 안 되니까 다른 방법을 찾아야 할 텐데…… 에이, 몰라. 될 대로 되라며 결국 그녀는 그에게 손을 뻗었다.

그리고 지금 예상했던 대로 해랑의 강한 째림을 한 몸에 받고 앉아 있었다.

"……이 녀석은 왜 데리고 온 거야?"

조용히 있겠다는 약속은 했지만 그래도 계속해서 들썩이는 어깨는 주체할 수가 없는 모양이다. 그리고 가만히 앉아 있는 것도 불가능해 보였다. 해랑은 책상에 턱을 괴고 바짝 붙어 앉아 제대로 수업 방해를 하고 있는 연우를 노려봤다.

"특별 강의에 참가하고 싶다고 하셨는데 그게 안 돼서…… 그 대신 수업 견학으로."

"맞다, 그거 언제부터 시작해?"

"내일부터요."

"그럼 시연우, 저쪽에 떨어져 앉아서 얌전히 견학해."

해랑이 들고 있던 붓으로 방의 구석을 가리키며 말했지만 그를 뚫어져라 바라보고 있던 연우는 싱긋 웃으며 고개를 살랑살랑 저었다.

아, 정말 이 작은 아이를 때릴 수도 없고, 돌쇠처럼 대할 수도 없고…….

"그런데 해랑 오라버니…… 왜 갑자기 늘 쓰고 다녔던 이상한 가면을 벗은 거예요?"

그녀의 질문에 하연은 피식 웃어 버렸다. 하연 역시 종종 익숙하지 않을 때가 있었다. 그만큼이나 예전에 해랑이 뒤집어쓰고 다녔던 도깨비 가면의 존재감은 장난 아니었다는 뜻인데.

부담스러울 정도로 제 얼굴에 바짝 붙은 연우를 손으로 밀어내기 바쁜 해랑이 작게 웃었다.

"예쁜 여자 유혹하려고."

애한테 쓸데없는 말 한다, 진짜. 서로 저를 힐끔거리며 의미심장하게 웃고 있는 남매를 바라보던 하연은 집중하라며 들고 있던 책을 높게 들었다가 그대로 책상에 탕 소리 나게 내려쳤다.

그나저나 의외였다. 연우를 동궁에 데리고 오면서도 하연은 만약 그가 환이나 현우에게 대하는 것처럼 그녀에게도 까칠하게 반응하면 어쩌나 하고 걱정했는데. 누가 봐도 훈훈한 남매로밖에 보이지 않았다.

그리고 보니까 현우가 그랬지. 해랑도 이 작은 아이에게만은 꼼짝도 못 한다고.

이제는 앉아 있는 것조차 포기한 것 같은 연우가 배실배실 웃으며 해랑에게 매달리기까지 하는데 그걸 또 귀찮아하면서도 다 받아주는 게 신기했다.

분명 그녀는 현우와 같은 어머니에게서 태어난 여동생이라고 했지. 그렇다는 건 그와는 배다른 여동생이 된다는 건데 현우를 대할 때와는 너무 다른 반응이었다.

"막내의 특권이지, 뭐."

귀찮아 죽겠다는 얼굴로 막내의 특권에 대해 운운하다니…… 마치 이미 모든 것을 포기한 것 같아서 더 불쌍해 보였다.

"그런데 둘은 언제 결혼해요?"

"결혼?"

"에이, 나도 귀가 있다고요. 궁녀들이 지금 그것 때문에 얼마나 들떠 있는데요!"

어느새 해랑의 무릎에 앉은 연우가 그를 올려다보며 말했다. 갑작스러운 질문에 살짝 당황한 하연과 달리 해랑은 웃고 있다. 그리고는 그녀의 머리를 쓱쓱 쓰다듬어 주며 말했다.

"궁금해?"

"뭐 금방 하겠지만."

고개를 까딱이며 자문자답하는 그녀가 귀여워 보였다. 해랑 역시 그렇게 보였는지 연신 웃더니 자신의 이마를 그녀의 이마에 꽁하고 박았다. 그러고는 이건 아주 극비사항이라며 과장되게 주위를 경계하는 연기를 펼쳤다.

"사실 약혼은 벌써 했어."

"……진짜야?"

"대충 그런 셈이야. 아, 비밀이니까 어디 가서 말하면 안 된다."

"응!"

신후왕에게는 벌써 허락을 받았고 그녀의 아버지인 서건우는 딸의 뜻을 따르겠다 했으니 어른들 사이에서는 이야기가 끝이 난 상황이었다. 아직 식을 올리지는 않았지만 절차상으로 보면 한 거나 다름없었다. 딱히 실감은 나지 않았지만.

하연은 혹시라도 연우 때문에 또 다른 소문이 퍼지는 게 아닐까 싶어서 걱정했지만 여기서 더 퍼져 봤자 뭐가 나오겠냐며 걱정을 접었다.

하지만 그것도 잠시, 문틈으로 서늘한 바람이 들어온다 싶어 고개를 든 해랑은 그만 깜짝 놀라고 말았다. 이곳에 있어서는 안 되는 무언가가 지금 저를 노려보고 있다.

"서, 서하연. 그게 무슨……."

그 목소리에 하연 역시 뒤를 돌아 문틈 너머로 등장한 누군가를 바라봤다. 그리고 해랑과는 달리 몰려오는 반가움에 밝게 웃었다.

"아, 오라버니! 오늘부터 출근해도 괜찮은 거야?"

언제 온 건지 이완이 살짝 열린 문틈으로 안을 바라보고 있었으니…… 저를 보며 활짝 웃는 하연의 미소에 그는 금방이라도 막 눈물을 뚝뚝 떨어뜨릴 것만 같았다.

"우리 하연이를, 우리 하연이를……."

글썽이는 눈으로 하연을 꼭 끌어안은 이완은 간간히 해랑을 노려보는 것도 잊지 않았다. 전에는 그저 하연을 귀찮게 하는 귀찮은 남자 정도로 생각했다면 이제는 제 예쁜 여동생을 빼앗아간 나쁜 놈으로밖에 보이지 않았다.

"아, 오셨습니까. 형님."

"혀, 형님?!"

일단 어떻게든 친해지려는 해랑의 노력은 눈물겨웠지만 상대 쪽에서 완벽하게 벽을 쌓고 뒤로 숨어 버려 어쩔 수가 없었다.

"형님이라고 부르지 마세요! 전 해랑 님 같은 아우 둔 적 없습니다. 그리고 앞으로도 그럴 거구요!"

이완이 고래고래 소리를 지르고는 쌩하니 나가 버리자 그가 걱정된 하연은 자리에서 일어나 그 뒤를 따라갔다. 안 그래도 며칠 쉬다 온 사람인데 그냥 두고 볼 수가 없었고, 또 나중을 위해서라도 제대로 말해 두는 편이 나았다. 물론 하연 자신이 직접 말해야 하는 부분이기도 하고.

하연까지 나가자 방 안이 조용해졌다. 여전히 그의 품 안에 안겨 있던 연우가 걱정스러운 눈으로 그를 바라보며 물었다.

"오라버니, 아까 그 사람 누구? 교육관님의 연인?"

"아니. 오라버니."

"아, 가족분이구나. 그런데 오라버니 미움받고 있어요?"

"음……."

고민할 게 뭐가 있겠어. 어린 그녀가 봐도 금방 알겠는걸.

눈앞에서 '이 결혼에는 찬성 못 하겠소' 같은 장면을 본 연우는 아쉽다는 눈빛으로 닫힌 문을 바라봤다.

"우리 오라버니 가끔 이상해서 그렇지, 꽤 괜찮은데 왜……."

"내 말이. 보는 눈이 없다니까?"

그래도 제 오라버니라고 해랑의 편을 드는 연우가 귀여웠던 건지 해랑은 그녀를 꼭 끌어안았다. 그는 연우에게 제 뺨을 비비적거리며 보기 드문 애정 표현까지 선사했다.

"그 점에서는 우리 연우가 백번 낫다."

*   *   *

"정말 같이 가실 생각이세요?"

"그럼."

바쁘지 않느냐며 놔두고 가고 싶었지만 불가능했다. 이미 완벽하게 끝나 책상 위에 쌓여 있는 결과물들을 바라보던 하연은 한숨을 내쉬었다. 안 그래도 긴장되는데 그에게 그런 모습을 들키고 싶지 않았다.

하지만 반대로 해랑은 그녀가 바짝 긴장하는 모습을 보고 싶었고, 그러면서 잘 해내는 당당한 모습도 보고 싶었다. 그래서 지금 이렇게까지 하면서 따라가겠다는 거 아니야.

"돌쇠도 그게 좋을 거야."

"예, 저도 좋습니다."

해랑의 자리에 앉아 그 둘을 올려다보고 있던 돌쇠의 표정이 밝았다. 방 안으로 들어오기 무섭게 해랑이 저를 붙잡고 다짜고짜 옷을 벗으라고 할 때는 이 인간이 드디어 미친 건가 싶어 기겁을 했다.

물론 익숙하지 않은 해랑의 옷까지 걸치고 있어 불편하기는 했
지만 오늘 하루는 온종일 이렇게 방 안에서 뒹굴거리는 게 일이라
니…… 우중충하기만 하던 자신의 일상에도 이런 날이 오는구나!
그래, 이런 날도 있어야지. 그동안 성질 나쁜 주군 밑에서 얼마나
고생했는데!

왕자라는 신분에 걸맞게 재질이 좋은 해랑의 옷을 입은 돌쇠는
불편하다고 했지만 반대로 돌쇠의 옷을 갈아입은 해랑은 아무렇지
도 않아 보였다. 하긴 지금 옷이 불편한지 불편하지 않은지를 따질
때냐.

"어머, 오랜만이네요."

"그러게."

하연의 두 눈이 해랑의 손에 들려 있는 물건에 고정되며 반짝였
다. 그의 손에는 일전에 연우 역시 '이상하다'라고 표현했던 도깨비
가면이 들려 있었다. 한동안 안 보인다 싶어서 버린 줄 알았는데 해
랑이 고이고이 모셔 뒀던 모양이다.

마무리라며 그것을 얼굴에 쓰려던 해랑이 잠시 멈칫했다. 그리
고 자신을 넋 놓고 바라보고 있는 하연을 보고는 피식 웃으며 손을
내렸다.

예전에 처음 만났을 때와 행색이 비슷하다는 생각에 그를 바라
보고 있던 하연은 너무 빤히 쳐다봤다는 걸 뒤늦게 깨닫고 무안해
하며 방문에 다가갔다.

하지만 문은 열리지 않았다.

재빨리 그녀를 뒤쫓은 해랑이 지금 이 방에 돌쇠가 있다는 사실

을 망각한 건지 아니면 알면서도 무시하는 건지, 그녀를 붙잡아 문에 밀어붙이고는 금방이라도 나쁜 짓을 할 거 같은 사람처럼 음흉하게 웃기까지 했다.

"오늘 하루는 내 얼굴 못 볼 텐데 안 아쉽겠어?"

"뭐가 말입니까?"

"뭐겠어."

하, 아쉬울 게 뭐가 있겠어.

너무나도 근접한 거리에 아주 잠깐 흔들렸던 하연의 눈빛이 떨리던 것을 멈추고 침착함을 되찾았다. 하연은 그녀 특유의 미소를 지어 보이며 말했다.

"오늘 하루는 해랑 님이 제 곁에 있다고 해도 신경도 못 쓸 거 같은데요?"

예전이라면 아쉬워할 텐데 그는 이제 그러지 않았다. 하연의 마음속 일 순위는 자신이 어떻게 해도 이길 수 없다는 걸 잘 알았고 받아들이기로 했으니까.

"그래, 사실은 내가 아쉬워서 그랬어."

해랑이 피식 웃으며 말하자 하연은 손을 뻗어 그의 머리 위에 삐딱하게 씌워져 있던 가면을 끌어내려 제대로 씌워주었다. 그러고는 가면의 입에 쪽하고 입을 맞춰 주었다.

"도깨비가 좋아? 그런 거야? 아니, 기왕 해줄 거면……."

"뒤에."

치사하게 그럴 거냐며 하연의 뒤를 쫓으며 투덜거리는 해랑에게 그녀가 뒤를 가리키며 말했다. 그러자 해랑은 그 무서운 도깨비 가면을 쓴 채로 뒤를 돌아봤다. 자신도 좀 생각해 달라는 뚱한 얼굴로 앉아 있는 돌쇠가 보였다.

안 그래도 종종 돌쇠는 자신의 눈과 귀도 좀 신경 써 달라며 그에게 요구했지만 그것은 늘 무시당했다.

"언제는 신경 썼나."

그리고 이번 역시도 무시였다.

"제 인권은 어디에 있는 겁니까?"

급기야는 인권 문제로까지 번졌다. 아니, 솔직히 말하면 그렇지 않은가. 이렇게까지 무시당하면서 일하고 싶지는 않았다. 게다가 그에게 '무향'이라는 이름까지 빼앗기고 '돌쇠'라는 촌티 나는 이름으로 살아가고 있질 않나!

"앉아서 편하게 일하기 싫은가 봐. 이 옷 다시 돌려줄까?"

"아닙니다. 그런데 전 정말 가만히 앉아 있기만 하면 되는 건가요?"

"그래."

시간 되었다며 문을 열고 나서는 하연의 뒤를 따르며 해랑이 말했다. 그러자 아주 잠깐 어두워졌던 돌쇠의 표정이 환하게 밝아졌다. 이번만큼은 정말 제대로 편한 일을 하려는가 보다 싶었다.

물론 그것은 착각이었다.

"서이완이 오면 문 꼭 닫고 무조건 버텨라."

"예? 잠깐만요. 해랑 님!"

뒤늦게 상황을 이해한 돌쇠가 사색이 되었다. 그러거나 말거나 매정한 그의 주군 해랑은 쓰고 있던 가면의 끈을 꼭 조이더니 여유롭게 손을 흔들며 인사했다. 그러고는 잽싸게 문을 닫고 나왔다.

오늘은 하연이 영희궁에서 교육하는 날이다. 전부터 말하면 안 된다고 할 게 분명했기 때문에 해랑은 오늘 아침에서야 갑자기 그녀에게 따라간다고 말했다. 그리고 자신의 자리에 돌쇠를 대신 앉힌 것이다.

"네 오라버니의 감시망이 전보다 더 강해졌으니까."

계단을 내려가며 해랑은 한숨을 내쉬었다. 물론 아팠던 그가 자리를 털고 일어났다는 건 기뻐해야 할 일이었다.

하지만 일을 쉰 만큼 기력이 보충된 건지 최근의 그는 무서울 정도로 하연을 따라다니며 감시하기 바빴다. 거리를 요구하면 '신변 보호'라며 웃는데 뭐라고 할 수도 없었다.

"이렇게라도 하지 않으면 숨이 막힐 거 같아."

해랑은 자유 시간이라며 즐거워했던 돌쇠가 떠올랐다. 아마 그는 자신이 생각했던 것만큼 편하게 있지 못할 것이다. 주기적으로 자신이 방에 있는지를 확인하는 이완에게 엄청 시달리겠지.

예전에 돌쇠가 사용했던 영희궁 호위대장이 지니고 다니는 패를 들어 보이던 해랑은 피식 웃었다. 정말 오랜만이었다. 그녀와 이렇게 영희궁에 가다니…….

물론 추억을 돌아보기 위한 목적도 있었지만 사실 그가 이렇게 고집을 부려가며 하연을 따라나선 데에는 다른 이유도 있었다.

"아, 하연 선배님!"

바로 이것이다.

영희궁에 가까워지자 정문이 보였다. 그리고 해랑의 눈에는 또 다른 무언가가 보였다.

하연을 발견하고는 반갑게 인사하며 달려오던 율과 휘가 그녀의 옆에 서 있는 해랑을 보고는 멈칫했다.

하긴 그들의 눈에는 이상한 가면을 쓰고 있는 이상한 사람으로밖에 보이지 않겠지. 서로 인사를 시켜야 할 거 같은데 뭐라고 설명을 해줘야 할지 모르겠다.

"어…… 음……."

서로 어색하기만 한 상황이 얼마간 이어졌다. 이럴 줄 알았으면 미리 생각해두고 올걸. 첫 수업이라는 압박감에 다른 건 생각지도 못한 게 문제였다.

가면에 가려져 있어 다행히 보이지 않겠지만 지금 해랑은 기분이 별로였다. 아니, 안 좋았다. 나빴다. 안 그래도 최근에 들려오는 소문에 의하면 그녀의 뒤를 졸졸 쫓아다니는 두 명의 사내놈이 있다고 해서 이렇게 온 건데 하연의 이름을 부르며 반갑게 뛰어오는 모습을 보니 또 속이 꼬이는 거 같았다.

아니, 선배님이면 그냥 선배님이지. 그 앞에 이름은 왜 붙이는 건데?

한바탕하고 싶은 마음은 굴뚝같았지만 오늘은 얌전히 있기로 하연과 약속도 했고, 또 그녀에게 있어서 중요한 일을 앞두고 있으니까…….

"안녕하십니까."

당황해하는 하연을 힐끗 바라본 그가 먼저 꾸벅 인사했다.

"오늘 하루 서하연 교육관님의 호위를 맡은 무향이라고 합니다.

잘 부탁드립니다."

"아, 네. 저희야말로 잘 부탁드립니다."

호위라는 말에 율과 휘가 고개를 끄덕였다.

미리 챙겨왔던 돌쇠의 전 영희궁 호위대장 패까지 내보이며 말하니 안 믿을 수가 없겠지.

이 사람이 이 나라 왕자 중 한 명이라는 사실을 알게 되면 이들은 어떤 반응을 보일까나?

아니, 어쨌든 넘어가서 다행이라는 생각이 들었다. 그러나 안도하는 하연과 달리 해랑은 하연 선배님이라며 존경해 마지않는 눈빛을 보내는 게 거슬렸다. 그러니까 이놈들 말고 예문관 안에는 더 많은 사내놈이 있다는 거지?

"안 들어가고 뭐하고 있었어요?"

"하지만……."

먼저 도착했으면 안에 들어가 있지 왜 다리 아프게 문 앞에서 서 있느냐고 하연이 묻자 율과 휘가 덩치에 맞지 않게 우물쭈물거리는 모습이 새롭다.

"어색하지 않습니까."

"안에는 다 숙녀분들이라고요."

이런 귀여운 남자들을 보았나. 하연은 피식 웃었다.

예전에 자신에게 적대감을 드러내던 그 모습들은 다 어디 가고, 분위기상 들어갈 수가 없었다며 달라붙는 이들을 보니 한참은 어린 남동생들 같았다.

그때였다. 하연의 바로 뒤에 달라붙어 뒤따르고 있던 해랑의 손이 찰싹 달라붙어 있는 둘 사이를 날렵하게 갈랐다. 율과 휘가 깜짝 놀라 제 어깨를 툭툭 치고 있는 해랑을 돌아봤다가 깜빡했던 도깨비 가면에 한 번 더 놀랐다.

"무, 무슨……."

"어느 정도 거리 유지해 주십시오."

분노를 꾹꾹 눌러 담은 해랑의 목소리에 겁먹은 그들이 바로 고개를 끄덕이며 옆으로 멀어지자 하연은 안쓰러운 눈빛으로 그들을 바라보면서도 새어 나오려는 웃음을 꾹 참기 위해 노력해야 했다.

율과 휘가 어느 정도 그녀에게서 떨어지는 것을 지켜보던 해랑은 그제야 만족스러운지 고개를 끄덕였다. 그리고 하연에게 바짝 다가가더니 작은 목소리로 속삭였다.

"따라오길 잘했네. 그렇지?"

그렇지는 뭐가 그렇지야. 누구에게서 지키기 위해 온 건데?

하연은 정체불명의 도깨비 호위에게 겁먹은 저들이 불쌍할 따름이었다. 그러지 말라며 그의 배를 팔꿈치로 쿡 하고 찔러 주자 가면 너머로 작은 웃음소리가 새어 나왔다.

여자들이 모여서 그런가? 하연과 해랑의 기억 속에서는 늘 조용했던 영희궁이 오늘은 아주 소란스러웠다. 정문 밖까지 그녀들이 떠드는 소리가 다 들려올 정도였다.

"……."

영희궁 안으로 들어서기 무섭게 소란스럽던 분위기가 순식간에 조용해졌다. 그리고 매서운 여인들의 시선들이 그녀에게로 몰렸다. 잘못한 건 없었지만 왠지 모르게 사람을 움츠러들게 하는 반응이었다.

순서상 첫 수업은 귀족이 아닌 일반인을 상대로 하는 수업이었다. 마음 같아선 둘을 나누어 분류하지 않고 하나로 통합하여 수업하고 싶었지만 그랬다가는 귀족 쪽에서 반발이 심할 테니 불가능했다.

분명 차별이 존재하기는 하지만 그럼에도 불구하고 오늘 이 수업은 그들에게 있어서 어마어마한 기회나 다름없었다. 서하연에게 수업을 받을 수 있다는 것만으로도 만족, 아니, 영광이지!

"서하연."

뒤따라오던 해랑이 얼어붙은 하연을 보고 피식 웃으며 이름을 불렀다. 천하의 서하연도 이렇게 긴장할 때가 다 있구나. 마음 같아선 이런 모습 다른 사람들에게 보여 주고 싶지 않은데…….

"자신감을 가져."

평소엔 보기 힘든 그녀의 얼어붙은 모습을 더 감상하고 싶었지만 이 마음을 알면 그녀가 화를 내겠지.

해랑은 나름대로 그녀를 응원하려고 했던 거지만 오히려 역효과였다.

"지금 누구한테 자신감을 가지라는 거예요?"

"그러게. 내가 괜한 걱정을 했네."

자신을 무시하지 말라며 고양이처럼 파르르 떠는 그 모습에 해랑은 고개를 끄덕였다. 그래, 지금 내가 누굴 걱정하고 있는 거지.

어쨌거나 해랑의 말에 자극을 받은 하연은 자신에게서 자신감을 빼면 시체라고 큰소리를 치며 성큼성큼 여인들 앞으로 나섰다. 그리고 큰 소리로 당당하게 외쳤다.

"안녕하세요. 오늘 수업을 맡게 된 예문관의 교육관 서하연이라고 합니다."

"꺄아아아!"

하연은 깜짝 놀랐다.

서로 눈치를 보며 조용하던 여인들이 일제히 소리를 질렀기 때문이다. 자신이 무슨 잘못이라도 했나 싶어 놀란 하연이 자동으로 해랑을 돌아봤다.

하지만 지금 이 상황에 놀란 건 해랑도 마찬가지였다.

멀찍이 떨어져 수군거리기 바빴던 여인들이 약속이라도 한 것처럼 갑자기 그녀에게 몰려들었다. 너무나도 갑자기 일어난 일이라 호위로 붙은 해랑이나 조수로 붙은 율과 휘 모두 여인들을 막을 수가 없었다.

순식간에 하연은 여인들 무리의 중간에 꽁꽁 갇혀 오도 가도 못하는 꼴이 되어 버렸다.

"저, 저기……."

"서하연 교육관님! 이렇게 직접 만나 뵐 수 있다니! 정말 꿈만 같아요!"

그녀가 당황스러워 하든 말든 신이 난 여인들은 그녀를 붙잡고 말을 하느라 정신이 없었다. 궐 안과 밖에서 유명한 그녀를 이렇게 직접 두 눈으로 보게 되다니!

"이런 기회를 주시다니 정말정말 감사드립니다!"

"맞아요, 안 그럼 저희가 언제 궐 안에 와 보겠어요! 그리고 이런 수업도 받아 보고!"

다들 저에게 감사하다며 인사를 하고 있는데 이런 상황에 놓여 본 적이 없는 그녀로서는 어색하기만 했다. 웃어야 하나? 아니면 이제 곧 수업 시작이라고 엄하게 타일러야 하나?

"어…… 음……."

이런, 안 되겠다. 결국 하연은 제 손으로 얼굴을 가렸다.

이런 눈물 나게 감동적인 경험은 처음이야. 지금이야 모범생이지만 예전에는 말 안 듣는 해랑에게 윽박지르고 강요하기만 했는데…….

하지만 언제까지고 이렇게 멍하니 감동에 빠져 있을 수만은 없지. 진정하자, 진정해. 하연은 자신을 진정시키려 했다.

"크흠. 수업을 시작하겠습니다. 모두들 안으로 들어와 주세요."

"예! 교육관님."

일전의 안 좋은 소문도 있고 또 궐에서 하는 수업이다 보니 반응이 별로면 어쩌나, 다들 어려워하면 어쩌나 걱정했는데 이건 하연의 기대 이상이었다.

바로 고개를 끄덕이며 재빨리 안으로 들어서는 여인들을 보고 하연은 절로 흘러나오려는 흐뭇함을 감추기 위해 부단히 노력했다. 어떡해! 마음이 너무나도 벅차올라서 진정할 수가 없었다.

발을 동동 구르며 어쩔 줄 몰라 하는 하연을 멀찍이서 바라보며 피식피식 웃고 있던 해랑은 결국 어떻게 할 수 없는 그 귀여움에 괜히 옆에 서 있던 율과 휘를 툭툭 치며 넌지시 말했다.

"귀엽지?"

자신이 지금 호위대장이라는 걸 망각한 해랑의 질문이었지만 마찬가지로 멍하니 하연을 바라보던 율과 휘는 이를 눈치채지 못하고 고개를 끄덕였다.

"······예. 귀엽네요."

"그러니까······ 괜히 천유국 제일의 꽃이 아니야."

고개를 끄덕이던 해랑이 문득 이건 아니라는 생각이 들었다. 고개를 돌려 보니 하연의 조수라고 소개받았던 남자 두 놈이 어느새 얼굴을 붉히며 제 여자 하연을 넋 놓고 바라보고 있었다.

이것들이 감히 어딜!

"어디서 얼굴을 붉히고 난리야."

제 신분을 제대로 망각한 해랑이 율과 휘의 머리에 꿀밤을 먹이며 말했다. 갑작스러운 도깨비의 공격에 당황한 율과 휘는 놀란 얼굴로 그를 바라봤다.

어이없다는 듯 쳐다보는 그들의 시선을 무시한 해랑은 빠른 걸음으로 하연의 뒤를 따라 안으로 들어가며 중얼거렸다.

"귀엽긴 누가 귀엽다는 건지, 참."

쌩하니 들어가 버린 도깨비 가면의 뒷모습을 바라보던 그들은 다짜고짜 한 대씩 맞은 머리를 만지작거리더니 어이없다는 눈빛을 교환하기 시작했다.

"방금 뭐야?"

"나도 몰라."

*　　　*　　　*

다행히 수업은 순조롭게 진행되었다. 하연은 생각했던 것보다 특별 강의가 더 수월해서 오히려 기분이 이상했다. 정말 이래도 되는 건가? 괜찮은 건가? 나 지금 잘하는 건가?

간간히 돌아볼 때마다 옆에서 지키고 서 있던 해랑이 자신을 향해 고개를 끄덕여 줬지만 그래도 그녀는 계속해서 불안했다.

수업 내내 의욕에 넘치는 학생들의 반짝이는 눈빛에 마음이 끊임없이 벅차오르는 하연이었다. 마음 같아서는 정말 기간제가 아니라 '특별' 강의로 그녀들을 끝까지 책임지고 가르치고 싶었다.

게다가 지금은 인원수 제한 때문에 스무 명 정도밖에 들일 수 없는 상황이었다. 부장의 말에 따르면 이 수업 공고문이 뜨기 무섭게 지원자가 넘쳐 접수처가 마비되는 지경이었다고 하니, 실제로는 훨씬 더 많은 여인들이 교육에 목말라 있을 것이다. 통과조차 못 했을 지원자들을 생각하니 하연은 슬프기도 했다.

이런 기회 좀 더 많이 만들어 주면 좀 좋아?

물론 학생들 중에는 공부 이외의 목적을 갖고 들어온 사람도 있었지만 열심히 해 주니 불만은 없었다.

일단은 시사(試四)라는 게 어려운 수업임에도 불구하고 잘 따라와 줘서 하연은 너무나도 만족스럽고 고마웠다.

희대의 문제아를 가르친 경험은 무시할 수 없었다. 신후왕조차 포기했던 해랑을 사람으로 만들고 나니 이제 두려울 게 없지.

"오늘 수업은 여기까지 하겠습니다."

하연이 싱긋 웃으며 수업 종료를 알렸지만 방 안 여인들은 누구 하나 일어날 생각을 하지 않았다. 이런 상황에서 먼저 벌떡벌떡 일어날 수도 없고…….

"……저…… 끝내기 전에 뭐 궁금한 게 있으면 편하게 물어봐 주세요."

아쉬운 눈빛으로 저를 보는 그들의 마음을 무시할 수가 없었던 하연은 율과 휘가 수업에 사용한 책을 걷는 동안에 질문을 받기로 했다. 그녀의 말이 떨어지기 무섭게 조용히 앉아 있던 여인들이 단체로 일어났다.

"저요, 저요!"

"네."

"와, 왕자님들을 직접 만나 뵌 적이 있다는 게 사실인가요오?!"

오늘 수업 중에 이해가 안 되거나 모르는 게 있으면 질문하라는 의도였는데 뜬금없는 사적인 질문에 하연은 깜짝 놀랐다. 옆에서 해랑이 킥킥 웃는 소리가 들려왔다.

별로 대답하고 싶지 않은 질문들이지만 이미 받은 걸 어쩌겠어.

"네, 있습니다."

"교육관이시니까 개인적인 일과도 알고 계시겠네요?"

"이 시간에는 청화궁에서 일하시는 걸로 알고 있습니다."

그래, 원래대로라면 지금쯤 동궁에서 열심히 일을 하고 계셔야 했지만, 그 일을 어제 미리 다 끝내놓고는 지금 이렇게 부업으로 호위대장을 하고 계시지.

대답하면 대답할수록 여인들의 눈빛은 걷잡을 수 없이 반짝였다.

하연은 슬쩍 해랑을 바라봤다. 여기서 저 가면을 벗으면 아주 난리가 나겠구나.

"셋째 왕자님은 어떤 분이신가요? 소문에는 무섭게 생긴 분이라고⋯⋯."

"아니야. 난 잘생겼다고 들었는데?!"

하긴, 모를 만도 하지. 어렸을 때부터 영희궁에서 홀로 지내 온 세월이 몇 년인데.

소문의 근원지가 저마다 다른 탓에 장막에 싸인 '시해랑'이라는 남자를 놓고 여인들의 제멋대로 토론회가 펼쳐졌다. 정작 그 대화의 주인공인 해랑은 바로 앞에 있는지도 모른 채.

"하나도 안 무섭고 잘생기셨습니다."

"역시! 그럼 교육관님 보시기에는 어떤 분인 거 같나요? 정말 교육관님도 한눈에 반할 거 같은 분인가요?"

"수업 중에는 단둘이 한 방에 계시는 거지요?"

"⋯⋯."

모든 질문에 쉽게 대답할 수가 없었다. 바로 옆에 당사자가 있는데 자칫했다가는 공개 고백을 하는 꼴이 될 수도 있었다. 반면에 해랑은 두근거리는 마음으로 그녀의 대답을 기다리고 있었다.

"크흠. 담소는 여기까지 하기로 하지요. 다음 수업 때 봐요!"

"교육관님, 잠시만요!"

결국 그녀는 도주를 선택했고, 급하게 방을 나서는 하연의 뒤를 여인들이 줄줄이 따라나섰다. 최대한 빠른 걸음으로 도망쳤지만 아무래도 수가 수다 보니 완벽하게 벗어나기란 불가능했다.

"교육관님! 혹시 지금 유행하는 무향의 소설 '화양연화'를 읽어 보셨나요?"

하연은 질문을 듣자 올 게 왔다는 생각이 들었다. 내가 이럴 줄 알았지. 이 질문만은 안 오길 바랐건만.

"죄송합니다. 잘 모르겠네요. 그럼!"

결국 그녀는 잔뜩 상기된 얼굴로 빽 소리를 치며 후다닥 달려갔고 그 뒤를 도깨비가 재빠르게 따라갔다.

"봐 봐. 쑥스러워하시는 저 모습을. 역시 그냥 소문이 아니었다니까?"

"대박!"

그 모습에 여인들은 얼굴을 붉히며 자기들끼리 상상의 날개를 펼쳐 나갔고 그녀와 해랑의 소문은 점점 더 커져갔다.

"귀여워, 귀여워."

여인들에게 쫓겨 급하게 청화궁으로 향하는 내내 하연은 도깨비 가면 안에서 흘러나오는 웃음소리에 발끈해서는 외쳤다.

"웃지 마세요."

해랑은 무시하려고 했지만 그럴 수가 없었다. 오히려 웃지 말라는 그녀의 말에 해랑은 더 크게 웃기 시작했다.

하연은 이게 다 따지고 보면 그 때문이라는 생각이 들었다. 무향이름으로 출간된 책이 저 여인들에게 이상한 망상을 심어 준 게 분명해. 물론 그 책 내용의 절반 이상은 사실이 맞기는 했지만.

어느 정도 청화궁에 가까워지자 내내 답답했던 해랑은 가면을 벗었다.

"오랜만에 써서 그런지 답답하다."

고작 몇 시간 뒤집어쓰고 있었지만 계속 서 있어서 그런지 해랑의 얼굴은 온통 땀범벅이었다. 갑자기 그가 안쓰러워진 하연은 씩씩거리며 화를 낼 때는 언제고 그에게 다가가 얼굴에 붙은 머리카락을 떼어주었다.

"그러고 보니까 모른다니 너무하잖아. 그걸 누굴 위해 쓴 건데?"

"그렇다고 안다고 할 순 없잖아요. 뭐라고 해요?"

"알고 있습니다. 읽어 봤습니다. 감동받았습니다. 간단하잖아?"

"……."

삐쳤구먼. 그의 기분을 어떻게 풀어주면 좋을지 고민에 빠져 있던 하연이 막 해랑의 팔을 붙잡으려던 그때였다.

"헉헉…… 하연 선배님! 이 책들은 어디에 보관하면…….''

저 멀리서 책을 나눠 들고 헉헉거리며 달려오고 있던 율과 휘가 멈칫했다.

그 자리에서 빠져나와야 한다는 생각밖에 없어 두 사람에게 정리를 맡긴 걸 깜빡한 하연은 뒤늦게 미안하다며 그들에게 다가갔다.

"아, 미안해요. 책은 3관에 보면 자료 정리실이라고 있는데 거기…… 응? 왜 그래요?"

마치 제 뒤에서 귀신이라도 본 사람마냥 놀란 얼굴로 굳어 있는 율과 휘의 반응에 하연은 고개를 갸웃거리며 물었다. 그리고 사태의 심각성을 깨닫는 데에는 그리 오랜 시간이 걸리지 않았다.

"해…… 해랑 님?!"

아, 이런. 깜빡했네.

그들의 시선을 따라가 보니 역시나 자신을 보고 있든 말든 신경도 안 쓰는 해랑이 제 머리를 털며 그들을 노려보고 서 있었다.

"호위대장…… 해랑 님?"

혼란스럽겠지. 하연은 그들의 마음을 다 이해할 수 있었다.

좀 더 참지! 청화궁이 바로 코앞인데…… 하연은 섣부른 판단을 한 해랑을 노려봤다.

그러자 얼어붙은 율과 휘는 불안한 눈빛으로 어쩔 줄 몰라 했다. 분명 저기 서 계시는 분은 셋째 왕자님이신데 그런 그를 아무렇지 않게 노려보다니 이 여인은 도대체 뭐란 말인가.

천하의 서하연이라고 해도 수습하기는 어려워 보였다. 할 수 없이 하연은 해랑에게 알아서 책임지라는 눈빛을 보냈고 이를 알아차린 해랑은 싱긋 웃으며 손에 들려 있던 가면을 다시 썼다.

"그냥 못 본 걸로 합시다, 우리."

협박과도 같은 해랑의 말에 바짝 긴장해 연신 고개를 끄덕이고 있는 율과 휘가 불쌍해 보였다. 책은 자료실에 가져다 놓겠다는 그들을 배웅해 준 하연은 직감했다.

아, 분명 내일 예문관에 가면 저들에게 붙잡히겠구나. 그 전에 뭔가 해명할 거리는 생각해 두는 게 좋을 거 같았다.

그들의 모습이 보이지 않게 되자 해랑이 이제는 대놓고 그녀 곁으로 다가오더니 아직 청화궁 밖임에도 자연스럽게 어깨에 팔을 둘렀다.

"이제 나만 열심히 해서 왕위에 오르면 되나?"

"뭐가요?"

"모르는 척하긴."

그 말에 하연이 웃었다.

"이 나라에서 가장 예쁜 여자를 부인으로 맞이하기 위해선."

"그것보다는 왕이 되는 게 더 힘들 거 같은데요?"

그 말에 해랑은 부정하지 않았다. 정상에 가까워졌을 뿐이지 아직 정상에 발을 들여놓은 건 아니었으니까.

방심은 금물, 어쩌면 지금이 더 위기 상황일지도 모른다.

"그래도 오늘 멋졌어."

이 말만큼은 꼭 해야겠다며 해랑이 하연에게 말했다.

갑작스러운 칭찬에 그녀의 얼굴이 금세 붉게 달아올랐다.

하연은 칭찬에 익숙했지만 이번 것은 확실히 달랐다. 그동안 수없이 들어온 예쁘다는 말보다도 방금 들은 그 '멋졌어'라는 말이 이상하게도 더 설레었다.

"다음은 내 차례야. 스승님."

손을 내밀고는 마치 잡아달라는 듯 흔들거리고 있는 그를 바라보며 하연은 피식 웃었다.

"원래는 안 되는데."

한숨을 내쉰 하연은 그가 내민 손을 잡고 나란히 청화궁 안으로 들어갔다.

오늘의 성공에 대한 기쁨이 너무 컸던 탓일까?

평소 주위 시선에 민감하게 반응하던 하연이 알아차리지 못한 게 한 가지 있었다. 청화궁 근처 커다란 나무에 숨어 그들을 관찰하고 있는 궁녀 한 명이 있다는 사실을.

二十四花
무향

"건방진 것들⋯⋯."

화가 머리끝까지 난 희빈을 진정시킬 수 있는 사람은 이제 아무
도 없었다.

해랑에게 왕자빈 후보자들에 대한 초상화를 보낸 지도 꽤 됐는
데 아무런 대답이 없자 정말 진지하게 보고 있나 보다 생각했다. 그
러던 중 오늘 갑자기 해랑에게서 어떤 물건이 왔다기에 드디어 답
변을 가지고 온 건가 했는데⋯⋯ 도착한 물건은 커다란 상자였다.
그리고 그 안에 가득 들어 있는 건 하나하나 정성 들여 접어야만 완
성되는 종이 꽃이었다.

갑작스러운 '선물'에 아주 잠깐 당황스러워하던 희빈은 곧 그것
이 자신이 일전에 보냈던 초상화라는 걸 알게 되었다. 돌쇠의 정성

이 가득 담긴 선물은 그녀의 화를 불러일으켰다. 그뿐만이 아니었다. 꽃들 사이에 책 한 권이 파묻혀 있었다. 현재 천유국 여인들의 마음을 들썩이게 하는 바로 그 책, 무향의 최신 작품이었다.

이것들이 무엇을 의미하겠는가.

"……내가 소문을 냈다는 걸 다 알고 있다는 뜻인가."

'꼭 한번 읽어 보세요.'라는 문구가 적힌 책을 손에 들고 이리저리 돌려 보던 희빈은 그대로 벽을 향해 던져 버렸다. 어느 정도 성공한 듯 보였던 제 계획을 무너뜨린 그 책을 읽을 마음이 들 리가 없었다. 갈기갈기 찢어서 불에 태워 버려도 모자랄 판에!

"우연인가? 그 무향이라는 작가는 어떻게…… 설마 해랑과 알고 있는 사이인 건가? 아니지, 아니야. 궐 안에만 있던 그 녀석이 그런 친분이 있을 리가 없지. 그렇다면 역시 서하연인가? 아니, 그녀가 이런 걸 직접 부탁했을 리가 없는데……."

어쨌거나 자신에게 있어서 그 '무향'이라는 작가는 걸림돌인 게 틀림없었다.

"무향이라는 작가에 대해 알아 보거라."

"예?!"

희빈이 명령을 내리자 방 안에 모인 궁녀 여럿이 깜짝 놀라 저들도 모르게 큰 소리를 냈다. 이에 막 상자를 옆으로 밀쳐내던 희빈의 눈초리가 사나워졌다.

"뭘 그리 놀라는 거지?"

"……하, 하지만 마마. 무향이라는 작가는 워낙 신비주의라 그의 성별은 물론 나이, 신분, 뭐 하나 제대로 알려진 게 없습니다."

궁녀들이 서로 고개를 끄덕이며 말했다.

하지만 희빈에게 '모른다'라는 말이 통할 리가 없었다. 그뿐만 아니라 그들은 지금 한 가지 실수를 하고 말았다는 걸 깨닫지 못하고 있었다.

"호오…… 다들 어떻게 그렇게 잘 알고 있는 거지?"

"그, 그건……."

"설마 이 책을 읽었다는 건 아니겠지?"

"아닙니다, 아닙니다. 절대 아닙니다!"

"혹시라도 내 눈에 무양인지 무향인지 하는 작가의 책이 발견되는 날에는 가만두지 않을 테니 명심하거라!"

"예, 마마."

궁녀들이 바들바들 떨며 바짝 조아렸다.

최근에 궐 안 궁녀들 사이에서도 엄청난 인기몰이 중인 무향 작가의 글을 읽지 말라니. 울상 짓는 제 궁녀들을 바라보던 희빈은 화를 쉽게 참을 수가 없었다. 제 사람들까지도 그 무향이라는 작가에게 마음을 빼앗기다니, 무슨 대책이 필요했다.

"아무래도 안 되겠어."

*　　　*　　　*

"……예? 금서요?"

"그래."

놀란 하연의 질문에 신후왕은 한숨을 내쉬며 대답했다.

아까 오전에 희빈이 엄청난 기세로 중앙궁을 찾아왔다.

해랑이 저지른 일은 이미 들어 알고 있었기 때문에 신후왕은 당연히 그 이야기를 하겠거니 싶었는데, 그녀가 요구한 것은 뜬금없게도 어떤 책을 금서로 지정해 달라는 것.

신후왕은 어렴풋이 책 이름을 들어 보긴 했지만 대충 인기가 있다는 것만 알고 내용까지는 몰랐다. 희빈이 금서로 요구하는 책이니 당연히 관심이 갈 수밖에 없었다. 때문에 그는 책에 관해 잘 알고 있는 서하연을 불렀고, 이제는 그녀가 가는 곳이라면 아무렇지 않게 따라다니고 있는 해랑 역시도 동석하게 된 것이다.

"무향 작가의 책 말인가요……."

"그래, 하연아. 너라면 알고 있을 거라고 생각해서 말이다. 어떠냐, 들어본 이름이냐?"

알고 있다는 대답을 바라는 신후왕의 눈빛에 하연은 어쩌면 좋을지 난감해졌다. 그가 찾고 있는 무향이라는 작가는 앞에 앉아 있는 제 아들이건만, 이 사실을 알 리가 없는 신후왕은 그저 답답할 수밖에 없었다.

하연과 신후왕이 심각하든 말든 정작 해랑은 자신의 이야기를 하고 있음에도 불구하고 별 관심이 없어 보였다. 하연은 고민에 빠져 있는 신후왕을 힐끔 보더니 옆에 있는 해랑을 툭툭 쳤다. 그러자 그가 입 모양으로 '왜'라고 물으며 그녀를 돌아봤다.

왜? 지금 왜라는 말이 나와?

'설마 말씀 안 드린 거예요?'

'뭘?'

하연은 퉁명스러운 그의 반응이 마음에 들지 않았다. 일단은 턱을 괴고 앉아 있는 삐딱한 자세부터.

그가 무향이라는 사실을 아는 이가 극소수라는 건 알고 있었지만, 설마 제 아버지인 신후왕에게도 알리지 않았을 줄이야.

그래, 비밀로 하는 건 좋아. 그럼 그건 말을 해주든가! 그랬으면 이렇게 난감하지 않았을 거 아니야.

"하연아?"

"아, 네. 네."

"읽어 본 적이 있느냐?"

"아…… 네, 있습니다."

어디 읽기만 했을까요? 필사도 해 보고, 연서도 받아 보고, 최근에 유행하는 책의 주인공이기까지 한걸요.

잠시 고민하던 하연은 일단 사실을 말하지 않는 게 낫겠다는 결론을 내렸다.

해랑이 비밀로 했다면 그 이유가 있겠지……. 설령 별생각이 없었다 하더라도 그가 스스로 밝히는 편이 더 나을 거 같다는 게 그녀의 판단이었다.

"금서로 지정될 만한 책은 아닙니다. 제가 보장합니다."

"그래?"

"예."

사회 질서를 파괴하고 풍속을 어지럽힌다고 하기는 약했다. 선정적이지도 않았고 폭력적이지도 않다. 그저 희빈의 마음에 들지 않는다는 이유만으로 금서로 지정할 수는 없지 않은가.

"그럼 이 이야기는 없는 걸로 해야겠군."

"네, 꼭 그렇게 해주세요. 저 역시 무향의 애독자니까요."

"하연 너마저도? 그렇게 유명한 작가인가?"

"네, 한시라도 다음 작품이 빨리 나오기만을 기다리고 있답니다."

옆에서 들려오는 해랑의 한숨 소리에 하연은 피식 웃었다. 해랑은 당분간 쓰지 않을 거라고 했지만, 조만간 다음 작품을 읽을 수 있을 거 같았다.

볼일이 끝난 거 같으니 이만 가 보겠다며 해랑이 자리에서 일어났지만, 하연은 여전히 자리를 지키고 앉았다. 신후왕의 표정을 보니 아무래도 오늘 자신을 부른 이유는 무향 때문이 아닌 거 같았다.

"먼저 나가 계세요."

분명 또 다른 이유가 있을 거라는 생각에 하연은 잠자코 앉아 신후왕의 다음 말을 기다렸다.

잠시 망설이던 해랑이 결국 다시 자리에 앉자 신후왕이 싱긋 웃었다.

"슬슬 끝을 낼 때라고 생각한단다."

"뭘 말씀하시는 겁니까?"

"왕위 계승 문제 말이다. 내일 조정 회의에서 발표할 생각이다."

"……."

너무나도 차분하게 말해서 알아차리지 못했는데, 방금 신후왕은 엄청난 발언을 한 거나 다름없었다. 해랑 역시도 이번만큼은 그의 말에 놀란 건지 잔뜩 굳어 버렸다.

드디어 이 긴 시험의 연속의 종지부를 찍는 날이 온 것인가! 다른 것보다도 그 사실이 놀라웠다.

"환이 녀석에게는 미리 말했다. 지금쯤 아마 이곳으로 돌아오고 있는 중일 게야."

"……"

"현우 녀석은 머릿수만 채워 주고 있을 뿐 실제로는 참가하지 않을 테니까 제외하고, 그렇게 되면 너와 환이 녀석만 남겠지. 대신들이 누굴 선택할지는 모르겠지만 말이다."

천유국은 철저하게 능력 위주의 사회여서 왕위에 오르는 후계자를 정할 때조차 태어난 순서와 관계가 없었다.

그러나 그것은 어디까지나 형제끼리의 이야기였고, 현 왕의 핏줄이 아닌 환의 경우는 너무나도 특별한 예외이기는 했다.

보통 이럴 때는 괜한 문제가 생길 것을 염려하여 밖으로 보내어 궐에서 멀찍이 떨어뜨려 놓거나, 그나마 관대한 왕이라면 궐 안에 적당한 자리 하나를 얻어 주고는 했다.

하지만 환은 그렇지 않은 데다 심지어 뛰어나기까지 하니 문제가 되었다.

"너무 이른 거 아닐까요?"

하연은 인상을 찌푸렸다.

솔직히 말하자면 자신들이 불리한 감이 없잖아 있다.

최근에야 해랑이 1위 자리를 고수하고 있다고 하지만, 예전의 꼴찌 기록을 무시할 수는 없었다. 거기다 공동 1등을 하다가 최근 단독 1등이 되긴 했지만 그건 환이 자리를 비웠기 때문이었으니 다시 시험 봐서 순위를 검증할 필요가 있었다.

"더 미루어 봤자 좋을 거 하나 없다는 결론을 내렸단다. 게다가 후계자 수업도 해야 하니까 한시라도 빨리 결정하는 게 좋겠지."

"……예."

"왜, 자신 없느냐?"

"……."

생글생글 웃고 있는 신후왕에 하연은 발끈했다.

자신이 없느냐고? 그럴 리가. 누구의 애제자인데.

표정만 봐도 그녀가 무슨 생각을 하고 있는지 추측이 가능한 신후왕은 '그럼 그렇지' 하며 고개를 끄덕였다.

"마지막까지 완벽하게 해 보이겠습니다."

하연이 자신감 넘치는 목소리로 다짐했다. 어떻게든 이 남자를 왕으로 만들고야 말리라.

*　　*　　*

후계자를 선택하겠다는 신후왕의 갑작스러운 발언으로 궐 안은 전에 없던 혼란으로 들썩였다.

자리다툼에서 완벽하게 물러난 현우는 그렇다 치더라도, 왕위에 별생각이 없는 줄 알았던 해랑이 떡하니 등장하면서 문제가 생긴 것이다. 그러다 보니 대신들은 자연스럽게 해랑과 환의 두 파로 나눠져 버렸다.

현 왕의 친혈육인 해랑을 왕위에 올려야 한다는 주장과 그동안의 실적을 내세워 환이 왕위에 오르는 게 당연하다는 주장이 팽팽하게 대립했다.

둘 중 누구 하나가 눈에 띌 정도로 뛰어나면 고민하지 않겠으나 해랑과 환의 실력이 비슷하니 또 문제가 됐다.

그 결과 실력 외의 부분까지 비교하는 지경에 이르렀다.

그리고 그 '실력 외'에는 하연 역시 당연히 포함되었다.

"그래 봤자 여인이지 않습니까. 계집아이에게 배운 해랑 님보다는 유학까지 다녀오신 환 님이 훨씬 나을 거 같다고 생각……."

"그래 봤자 여인이라니요. 아무리 계집아이라고는 하나 그 아이역시 정정당당하게 국시를 통과해 선발된 인재입니다."

"하지만……."

"그러니까 그녀가 여인이기 때문에 문제가 된다는 겁니까? 이래 서야 정말 말뿐만인 평등이지 않습니까!"

"……."

하연에 대해 안 좋게 이야기하던 대신들의 표정이 어두워졌다. 그들은 아무 말도 할 수 없었다.

"아니면 지금 우리 예문관을 무시하시는 겁니까?"

과연 예문관의 대신들이었다. 말싸움에서 그들을 이긴다는 건 불가능했다. 그들은 저들끼리 똘똘 뭉치는 단결력이 다른 부서와 비교해도 월등하게 뛰어났고 꺾을 수 없는 드높은 자신감과 자존감이 있기에 함부로 건들 수도 없다.

바짝 얼어붙은 다른 부서의 고위 대신들을 보며 보좌로 따라나섰던 령은 웃음을 꾹 참았다.

그럼 그렇지, 서하연조차도 꺼리는 저 고집불통들을 무슨 수로

꺾겠어. 이러니 다른 부서에서 찍소리도 못 하지. 평소에 좀 힘들어서 그렇지 이럴 때는 좋다니까?

"하, 하지만!"

첫 시작은 '해랑이냐 환이냐.'로 시작되었던 회의가 어느새 서하연에 대해 찬성하느냐 반대하느냐로 넘어갔다. 딱 봐도 희빈 쪽 사람들에게는 불리한 상황이었다.

하지만 그 마음도 이해가 됐다. 그것 이외에는 달리 제대로 된 후계자인 해랑을 반대할 만한 이유가 없을 테니까.

"일전에 그 교육관에 대해 안 좋은 소문이 돌지 않았나요?"

그나마 희빈이 벌였던 일을 떠올린 그들이 어느 정도 효력이 있기를 바라며 말했지만, 겨우 이 정도에 넘어갈 예문관이 아니었다.

"아닙니다. 오히려 최근에는 그 소문, 긍정적인 방향으로 바뀌었다고 들었습니다."

"......"

"게다가 그녀 덕분에 여성 국시 응시생 수도 늘어나고 있고요. 이것이야말로 그대들이 말로만 하는 평등한 사회에 다가가고 있는 게 아닙니까."

신후왕의 당부로 말을 안 하고 있지만 예문관 고위 대신들은 이미 하연과 해랑 사이의 관계를 알고 있었다. 계속해서 의도적으로 부적절한 관계라는 단어를 사용하는 그들에게 이 사실을 말하고 싶어 입이 근질근질했지만 꾹 참을 수밖에 없었다.

"끝이 보이질 않네요."

계속해서 반복되는 이야기에 령이 한숨을 내쉬며 말하자 뒤로 물러나 그 광경을 지켜보고 있던 서건우가 작게 웃으며 고개를 끄덕였다. 그의 눈빛이 번뜩였다.

"내가 볼 때는 아주 미세한 차이에서 판가름이 날 거 같구나."

"예?"

"먼저 여유를 잃은 자가 실수를 할 거라는 말이지."

*　　*　　*

보이지 않는 결론에 하루가 멀다 하고 회의가 열렸다. 대신들이 지쳐 가고 있을 무렵 피가 바짝바짝 말라 가고 있는 건 희안궁이었다.

해랑에게 불리한 무언가. 뭔가 결정적인 게 있으면 참 좋을 텐데 그게 없으니 미칠 거 같았다.

"상황이 어떻게 돌아가고 있지?"

불안으로 몇 날 며칠 잠을 제대로 못 잔 탓에 희빈의 눈 밑은 까맣게 그늘졌고 얼굴은 푸석푸석했으며 입술은 바짝 말랐다.

"현재 대신들의 반응은 팽팽한 걸로 알고 있습니다."

그 말에 희빈은 화를 참지 못하고 주먹으로 책상을 탕 내려쳤다. 그 바람에 찻잔이 엎어져 바로 근처에 있던 책이 흥건히 젖었다.

꾹 깨문 그녀의 입술에서는 핏기마저도 사라졌다.

"박빙이라니! 이게 말이 돼?! 막판에 그 녀석만 끼지 않았다면 이리되지 않았을 것을……."

이렇게 되고 나니 희빈은 일전에 하연의 제안을 거절한 게 더더욱 후회됐다.

'그래서 말씀드리지 않았습니까. 대신 그 누구의 편에도 서
  지 않겠다고 말입니다.'

그때는 그냥 무시하고 만만하게 생각했는데, 그녀를 적으로 둔
다는 게 이렇게나 위험한 일이었을 줄이야.

"아, 그리고 일전에 말씀하신 무향이라는 작가에 대해서입니다
만……."

보고를 위해 모여 있던 궁녀 중 한 명이 열심히 눈치를 보다가 조
심스럽게 입을 열었다. 안 그래도 은근히 기다리고 있던 소식 중 하
나였기에 희빈도 그녀에게 관심을 보였다.

"여, 역시 정체를 밝히는 건 무리였습니다…… 이곳저곳 다 들쑤
시고 다녔지만 그의 거처를 아는 이는 단 한 명도……. 어쩌면 이
나라 백성이 아닐지도……."

"감히 내 앞에서 무리라는 말을……."

"하, 하지만 한 가지 알아낸 게 있습니다!"

다급해진 궁녀가 바들바들 떨며 재빨리 외쳤다. 자칫 잘못하면
제 목숨이 위태로울 수 있는 상황이었다. 무슨 말이라도 해서 희빈
의 불같은 저 마음을 누그러뜨려야했다.

"그게 무엇이냐."

"무향이라는 작가는 딱 한 곳의 책방에서만 책을 낸다고 합니다.
그러니까……."

"……그 책방 주인이라면 무향을 알고 있을 것이다, 라는 건가?"

"예, 예. 바로 그겁니다."

희빈은 잠시 생각에 잠겼다.

만약 그 정체불명의 무향이라는 작가를 제 사람으로 만들 수 있다면, 그것까지는 아니더라도 일단 접촉만이라도 가능하다면!

"그럼 그 주인을 통해 연락이 가능하겠구나."

"예, 뭐……."

저들이 모시는 이는 정말이지 두려움의 대상이었다.

궁녀들은 어떻게든 심기를 건드리지 않기 위해 바들바들 떨며 숨을 죽이고 있는데, 희빈은 안 그래도 난장판이 된 책상 위를 아무렇지 않게 팔로 쓸어 옆으로 밀어 버렸다.

와장창 소리와 함께 이미 엎어진 찻잔과 같은 다기와 책이 바닥을 뒹굴었다. 희빈은 엉망이 된 바닥은 아랑곳하지 않고 새로운 종이와 붓을 들어 뭔가를 다급히 적어 내려갔다.

"서신을 써 줄 테니 그 책방 주인에게 전하거라. 최대한 빨리! 그 무향이라는 작가에게 전해 줘야 한다고 단단히 이르고!"

"무, 무엇을 하시려고……."

무향은 분명 백성들의 마음을 움직일 정도로 어마어마한 작가라고 했다. 실제로 서하연의 그 소문조차도 간단하게 뒤집는 걸 눈앞에서 보지 않았나.

"마음 같아선 회의에 참석하는 대신들과 은밀히 이야기를 나누고 싶지만, 그것은 금지되어 있으니 어쩔 수가 없다. 할 수 없이 다른 방법을 쓸 수밖에."

희빈은 지금 이 상황에서 사용할 수 있는 건 다 사용하기로 마음

먹었다. 기왕이면 우리 편으로 만드는 게 아무래도 유리하겠지. 게다가 지금과도 같은 시점이라면 더없이 필요한 패가 될 듯했다.

"우리가 먼저 선수를 쳐야겠다."

붓을 쥔 희빈의 눈빛은 이성을 잃은 사람처럼 초점이 없었고, 그 손은 흥분을 감추지 못하고 덜덜 떨렸다.

"그를 잡는다는 건 곧 백성들의 마음을 잡는다는 뜻과 같지."

희빈은 자기 생각에 꽤나 만족스러워 보이는 눈치였다.

그러나 그녀가 모르고 있는 게 한 가지 있었다. 그녀가 그렇게 애타게 찾고 있는 어마어마한 작가님 역시도 서하연에게 마음을 빼앗겨 버렸다는 사실을.

* * *

"하아……."

곤란한 표정의 신후왕은 높은 왕좌에 앉아 격양되어 있는 대신들을 내려다보며 한숨을 내쉬었다. 끝이 보이지 않는 후계자 문제를 갖고 며칠을 더 끌 생각인지 궁금했다.

후계자 문제가 쉽게 결정 나지 않으니 궐 안은 거의 살얼음판이었다. 대신들은 두 파로 나뉘었다. 이 상황이 장기화되어 봤자 좋을 건 하나도 없었다.

왕이 자기 마음대로 후계자를 선택할 수 있는 선택권을 갖고 있던 예전이었다면 이런 문제가 발생하지 않았겠지만 그 절대적인 선택권을 스스로 반납한 지금, 왕은 목소리를 낼 수는 있어도 높일 수는 없었다. 지금까지 대립이라고 해봤자 형제들 간의 싸움이 전부였지만 이번은 달랐다. 현 왕의 핏줄이냐 아니면 선왕의 핏줄이냐 하는 문제였다.

대신들에게 있어서도 줄을 잘 타야 하는 눈치 보이는 상황이었다.

"스물여덟 명 대 스물여덟 명, 그리고 기권이 여덟 명…… 또 무효인가."

며칠째 반복되는 같은 결과에 신후왕마저 서서히 지쳐 갔다.

예상외의 접전에 하루라도 빨리 결정이 나기만을 바라고 또 바랐다. 물론 제 아들인 해랑이 선택을 받는 행복한 결말로 말이다.

"안 되겠다."

둘로 나뉘어 앉아 서로를 열심히 노려보고 있던 대신들이 신후왕의 말에 고개를 들었다.

"삼 일 후 신시에 마지막 회의를 열겠다. 그때는 왕족은 물론 귀족, 그리고 당사자들까지도 출석을 해야 하며 그 자리에 참석하지 않는 이는 그냥 기권으로 처리하겠다. 알겠느냐?"

"예, 알겠습니다."

신후왕이 밖으로 나가자 무거운 공기에 잔뜩 눌려 있던 대신들이 한숨을 토해내며 하나둘 밖으로 나왔다.

모두들 지친 얼굴이었지만 희빈 쪽에 섰던 사람들은 특히나 피가 마르는 몰골이었다.

"이게 뭡니까? 환 님이 우세할 거 같아서 희빈마마 쪽에 섰는데……."

"그러게 말입니다. 이제라도 선택을 바꿔야 하는 게 아닌지……."

환을 지지했던 세력은 서서히 그를 향하던 확신을 잃고 있었다. 시간이 지나면 지날수록 희빈 쪽이 불리한 상황임이 틀림없었다.

*　　*　　*

"……해랑 님."

문을 열고 안으로 들어온 돌쇠가 울먹이는 목소리로 말했다. 그러자 방 안에서 여유롭게 독서 삼매경이던 해랑은 불안하다는 눈빛을 한 그를 슬쩍 올려다보다가 다시 책으로 시선을 내렸다.

지금 누구 때문에 이 지경이 되었는데, 당사자라는 인간은 이렇게나 여유롭게 있다니……. 괜히 억울해진 돌쇠가 그의 앞에 털썩 앉았다.

저를 봐달라는 돌쇠의 몸짓에도 해랑은 아랑곳하지 않았다.

이렇게까지 책 읽는 데에 집중하다니 정말 예전과 비교해 보면 엄청난 변화 중 하나였다. 스승을 닮아 가는 걸까? 이제는 그에게 하연의 모습이 보일 지경이었다.

그럼에도 돌쇠 역시 할 말은 해야 했다.

"다음 작품은 언제 쓰실 건가요? 책방 주인이 절 볼 때마다 다음 작품 언제 나오느냐고 장난이 아닙니다."

워낙 큰길가에 있는 책방이다 보니 궐을 나서 시전 쪽으로 갈 때나 돌아올 때나 어떻게든 그 길목은 지나야만 했다. 문제는 그럴 때마다 해랑과 함께 동행한 적 있는 돌쇠의 얼굴을 기억한 책방 주인이 붙잡는다는 거였다.

덕분에 돌쇠는 그 길목을 지날 때마다 주인이 보이건 안 보이건 긴장되고 눈치가 보여서 미칠 거 같았다.

"아까도 해랑 님께 할 말 있으니 꼭 데리고 오라고…… 내용이야 뭐 불 보듯 뻔하지만요."

"아, 안 그래도 이따가 하연이랑 밖에 나가기로 했는데 그때 가서 확실히 말해 둬야겠군."

"뭘요?"

"당분간은 활동 계획 없다고."

그 말에 돌쇠는 기겁했다.

지금 이 방 안에서 나누는 대화의 흐름에 따라 저 궐 밖 독자들의 눈에서 눈물을 뽑아낼지 그들이 미소를 짓게 할지가 결정된다.

많은 사람을 위해서라도 자신이 어떻게든 이 제멋대로인 작가님의 마음을 돌려놓아야만 했다.

"저, 정말 그러실 겁니까? 지금이 한창 인기 절정인데……."

"하지만 후계자 수업을 받으려면 글 쓸 시간이 없을 테니까."

'후계자 수업'이라는 말에 돌쇠는 바짝 굳었다. 너무나도 아무렇지 않게 말해서 그냥 넘어갈 뻔했으나 후계자 수업이라는 건 일단 왕위를 물려받을 후계자로 인정받은 뒤에나 하는 수업이 아닌가.

그런데 벌써부터 그 걱정을 하고 있다니, 김칫국을 마신다고 해야 하나? 비웃어야 하나? 아니면 포부가 크다며 박수를 쳐줘야 하나? 돌쇠는 어찌해야 할지 당황스러웠다.

"그러고 보니까 오늘도 무효로 끝이 났다던데……."

돌쇠가 오늘 아침에 있었던 회의의 투표 결과를 떠올리며 말했다.

초반에야 짜증이 나고 답답했지 이제는 다들 그러려니 하는 반응이었다. 심지어 당사자인 해랑은 결과 따위 아예 관심이 없어 보였다.

"생각했던 것보다 엄청 질질 끄네."

"고위 대신들도 이제는 지친 것인지 점점 기권 수가 늘어나고 있습니다."

"어떻게 되려는 건지."

해랑이 고개를 절레절레 저었다. 잠시 말없이 그를 바라보던 돌쇠는 의아했다.

중앙궁에서는 매일 같이 두 명의 왕자를 두고 긴장감 넘치는 투표를 하느라 대신들 기가 쪽쪽 빨리고 있는데…….

"……생각보다 침착해 보이십니다?"

왕위에 대한 집착을 보일 때는 언제고, 이제 와서는 또 될 대로 되라는 식이니 돌쇠로서는 어느 장단에 맞춰야 할지 난감했다.

걱정을 해줘야 하나? 잘될 거라고 말해 줘야 하나? 아니면 그냥 저도 신경을 쓰지 말까?

"만약에 말입니다…….'

"그래."

"……만약에 안 되면 어쩌실 생각이십니까?"

돌쇠의 물음에 해랑이 고개를 들었다. 아무리 만약이라고 해도 그렇지 상당히 불만스러운 가정이었다.

"만약에 내가 왕위에 오르지 못한다…… 그럼 할 수 없지."

웃는 얼굴로 '할 수 없지'라니…….

돌쇠의 생각만큼 해랑의 의지가 강하지 않았던 걸까? 아니면 예상했던 것보다 점점 더 길어지는 싸움에 슬슬 지쳐 가고 있는 걸까……라는 건 어디까지나 돌쇠의 착각이었다.

"빼앗아야지."

그 눈은 포기한 사람의 눈빛이 아니었다.

"나는 왕이 되어야만 하니까."

모든 것을 포기하고 받아들여? 오히려 반대였다. 그는 자신이 왕이 된다는 것을 너무나도 당연하게 생각하고 있었다.

"……그것보다 서하연을 갖는 게 더 힘들 거 같아."

"그건 그렇지요."

쉽게 넘을 수 없는 벽이기는 하지요. 돌쇠는 속으로 수긍했다.

*　　*　　*

다들 교육관 지도 수업 때문에 나가 있어 빈 제3관에는 특별 강의라는 개별적인 일정을 소화 중인 하연과 율, 휘밖에 없어 조용했다.

"……."

"……할 말이 있으면 말을 하세요."

수업이 끝나고 오늘 가르쳤던 부분에 대한 복습과 앞으로의 계획을 새로 수정하고 있던 하연은 한숨을 내쉬었다.

아까부터 계속 자신을 뚫어져라 바라보고 있는 율과 휘가 무엇을 물으려는 건지 대충 짐작이 가기 때문에 더 난감했다.

분명 그걸 물어보겠지? 그럴 거야.

"······정말 셋째 왕자님과 연인 사이이신 겁니까?"

역시나. 어떻게 대답하면 좋을지 모르겠다. 지금이야 존경하는 선배님을 잘 따르는 착한 후배들이지만, 얼마 전까지만 해도 자신과 해랑 사이를 부정적인 시선으로 바라보며 안 좋게 말하던 이들이었는데······ 그래도 할 수 없지.

언제까지고 숨길 수는 없는 일이었다. 게다가 이제 슬슬 끝도 보이기에 몇몇에게는 알려도 괜찮다는 생각이 들었다.

아주 살짝 고개를 끄덕인 하연은 놀란 그들에게 가까이 다가오라며 손짓했다. 어리둥절한 표정으로 그녀의 말에 따라 바로 코앞까지 온 율과 휘에게 하연은 작게 말했다.

"사실 아직 공표를 안 해서 그렇지, 전하께는 허락도 다 받았어요."

하연이 이는 비밀이니 절대 말하면 안 된다는 말을 하려는데, 충격을 꽤 받은 건지 그들은 덜덜 떨기 시작했다.

지금 농담하는 거지? 그렇지? 장난치는 거지?

율과 휘의 눈에는 사실이 아니라고 말해 주길 바라는 눈빛과 '분명 장난이겠지' 하며 절대 속아 넘어가지 않겠다는 불신의 눈빛이 공존하고 있다.

"하하······ 에이······."

"에이? 못 믿나 보네?"

"······."

"궁금해요? 좀 더 자세하게 말해 줄까요?"

그렇게 말하면 더 신경 쓰이잖아!

사실 그들은 못 믿는다는 반응을 보였지만 안 믿을 수가 없었다. 호위대장 옷으로 위장하고, 또 그 이상한 가면까지 뒤집어쓴 왕자님을 두 눈으로 직접 보지 않았는가! 그때 일을 머릿속으로 다시 떠올려 버리고만 그들이 기겁하며 손을 저었다.

"아닙니다! 됐습니다!"

마치 알아서는 안 되는 엄청난 것을 알게 된 거 같았다. 차라리 모르는 편이 편하지. 모르는 게 약이다. 이제는 될 대로 돼라. 그게 그들의 심정이었다.

"실망하셨나요?"

물론 그 소문이 완벽하게 사실은 아니었지만, 그들이 자신을 경멸 가득한 눈으로 바라볼까 두려워진 하연은 조심스럽게 물었다.

"뭐……."

그야 물론 놀라지 않았다면 거짓말이겠지요. 바로 눈앞에서 왕자를 호위로 부리는 걸 봤는걸요.

"여전히 2관에 있었다면 모를까, 교육관님을 바로 옆에서 지켜봤는걸요. 공과 사는 지키는 분이시라고 믿습니다."

"감사합니다."

하연이 활짝 웃었다. 걱정했는데 훈훈하게 마무리가 되어 참으로 다행이다.

이야기도 잘 풀렸겠다, 본격적으로 잡담이 시작됐다. 율과 휘가 아예 의자를 끌어다가 그녀 옆에 앉고는 그 신기한 도깨비에 대해 궁금한 것들을 다 꺼내 놓기 시작했다.

"그런데 그분 셋째 왕자님이신 해랑 님 맞으시죠? 아, 이제는 첫 번째이신가? 어쨌든 평소에도 그러고 돌아다니시는 건가요?"

"'그러고'라는 건?"

"그 이상한 가면이요."

이제는 웃으면서 말할 수 있지만, 당시에는 얼마나 놀랐던가. 더더욱 놀라운 건 웬 무섭게 생긴 도깨비 가면을 쓴 남자가 졸졸 쫓아다니는데도 불구하고 아무렇지도 않아 하는 그녀다.

'이상한 가면'이라는 말에 하연은 피식 웃었다.

"저도 처음에는 가면 때문에 놀랐어요."

"맞아. 심지어 넌 나한테 손에 잡히는 건 죄다 던졌지."

갑작스러운 목소리의 등장에 하연을 포함한 다른 이들이 깜짝 놀랐다. 호랑이도 제 말 하면 온다더니, 언제 온 건지 도깨비 가면을 쓴 해랑이 떡하니 그들 뒤에 앉아 있었다.

"물건을 집어 던져요?! 아니, 그 전에……."

"안녕하십니까, 해랑 님!"

벌떡 일어나 직각으로 인사하는 그들과 달리 해랑은 그 인사에 관심이 없어 보였다. 그것보다도 중요한 일이 있다며 하연의 앞으로 다가오더니 떡하니 책 한 권을 내밀었다.

"다 외웠어. 오늘 이거 다 외우면 같이 놀아준다고 했잖아."

"빠르네요."

저 둘이 이상한 건가, 아니면 우리 둘이 이상한 건가? 아무렇지도 않게 대화를 나누고 있는 둘을 바라보던 율과 휘가 점점 더 뒤로 물러났다.

"그런데……."

역시!

"왜 아무도 없는 예문관에 달랑 이렇게 셋만 있는 거지? 괜히 질투 나게."

그럴 줄 알았어! 하지만 어쩔 수 없잖아. 같은 일을 하고 있으니, 같이 행동하고 같이 다니는 건 당연하지.

어느새 가면을 벗고 자신들을 노려보고 있는 해랑의 눈빛에 겁먹은 율과 휘는 하연에게 도움을 요청했지만, 안타깝게도 그녀에게까지 그 도움 요청이 닿지는 못했다.

"자, 잠깐 바깥바람 좀 쐬고 오겠습니다!"

"저도요!"

"어? 잠깐만요. 정리는 같이 해야지!"

"다녀와서 저희가 하겠습니다!"

갑자기 다급히 뛰쳐나가는 그들의 뒷모습을 멍하니 바라보던 하연이 싱긋 웃고 있는 해랑을 쏘아봤다. 마치 자신은 아무 짓도 하지 않았다는 결백한 미소였지만 그녀가 그에 순순히 넘어갈 리가 없다.

"왜 괴롭혀요."

"안 괴롭혔는데?"

어쭈, 거짓말을 해?

그녀에게 자신의 거짓말이 통하지 않는다는 건 그 역시 잘 알고 있었다. 때문에 불리한 상황이다.

결국 해랑은 하연의 눈치를 보며 슬그머니 화제 전환을 시도했다.

도망친 율과 휘가 남기고 간 의자에 앉은 그가 책상에 엎드리며 중얼거린다.

"나도 예문관 교육관이었으면 좋았을 텐데…… 그럼 하루 종일 너랑 같이 있어도 눈치 안 보고 좋잖아."

"지금 이게 눈치를 보고 계시는 거였나요?"

눈치를 본다는 사람이 이제 알 만한 사람은 다 알고 있는 눈에 띄는 가면을 쓰고, 예문관에 당당히 들어와 옆자리에 엎드려 있는 거야?

"어차피 소문이 나도 안 믿을걸? 내가 이곳에 왔다는 거."

"너무 확신하는 거 아니세요? 자신만만한데?"

"너한테 배웠지."

"이런 거까지 가르친 기억은 없거든요."

"그러고 보니까 부부는 닮는다더라고."

그의 능청스러움에 웃음이 터진 하연이 한참을 웃다가 멈칫했다. 잠깐, 뭔가가 이상한데? 지금 웃을 때가 아니었다.

"응? 왜?"

갑자기 하연이 자신을 뚫어져라 쳐다보자 처음 들어와 본 3관이 신기한 건지 안을 쭉 둘러보고 있던 해랑이 물었다.

"……아니……."

원래 이랬나? 말로서 그를 이기는 건 식은 죽 먹기보다 더 쉬웠는데?

그녀가 그를 처음 만났을 때부터 생각했던 거지만, 그는 천재가 아니었다. 솔직히 처음 봤을 때는 말 그대로 바보였지, 바보.

하지만 정정한다. 확실히 해랑은 천재는 아니었지만, 바보도 아니었다. 머리가 백지 상태인 덕분인지 가르치면 가르치는 대로 죄다 흡수하는 게 무서울 정도였다.

　이러다가는 나중에 전세가 역전될 것만 같아 하연은 처음으로 불안해졌다.

*　　*　　*

　"교육관님, 교육관님!"

　졸졸졸 따라다니기까지 하며 모르는 문제를 묻는 여인들을 보고 있자니 하연은 뿌듯했다. 귀찮기는커녕 타오르는 학구열이 감동스러웠다.

　귀족이든 서민이든, 나이가 많건 적건 그녀의 눈에는 다들 귀엽고 멋져 보였다.

　하지만 이렇게 좋은 날만 계속될 수는 없겠지.

　각각 보름으로 잡혔던 수업 일정은 정말 눈 깜짝할 새에 흘러가 결국 마지막 날이 찾아왔다.

　그동안 정이 참 많이 들었는데…….

　애초에 목표로 삼았던 건 시사의 한 과목을 끝내는 거였지만 역시나 무리였는지 원하는 진도를 빼지는 못했다. 적어도 배우던 건 끝낸 뒤에 보내고 싶다며 수업 연장을 요구했지만 최근 궐 안이 소란스러운 탓에 하연의 제안은 받아들여지지 않았다.

　"수업은 이렇게 끝나지만…… 여러분들은 언제까지고 제 마음에 남을 것이며……."

　"……."

"그렇게 대놓고 지루하단 표정 짓지 말아 줄래요. 지금 우리는 나름대로 진지하거든요."

진지하게 작별 인사를 나누고 있는데 그 마음을 몰라 주다니. 하연은 눈물겨운 이별을 이해 못 하고 어이없다는 얼굴을 하고 있는 남자들에게 말했다.

웬만하면 무시하려고 했지만 셋이서 나란히 서서 바라보는 그 시선을 그녀는 무시할 수가 없었다. 물론 오늘도 따라 나온 해랑은 가면을 쓰고 있었지만, 분명 그도 같은 표정을 짓고 있을 것이다.

"밖에 나가서도 열심히 할 거예요. 그래서 꼭 국시를 봐서 합격할 겁니다!"

"저도요!"

"저도요! 꼭 교육관님이 계시는 예문관에 들어갈 거예요!"

정문까지 배웅하겠다며 따라나선 그녀를 둘러싼 여인들이 하나같이 목소리를 높이며 다짐을 말하자 하연은 또다시 눈물샘이 터질 거 같았다. 이러다가 울보 되겠어.

"알려드린 저희 집 위치 잊지 않으셨죠? 앞으로 주말에는 집에 가 있을 거니까 혹시 모르는 게 있으면 언제든지 찾아오세요."

그 말에 해랑이 그녀의 어깨에 턱 손을 얹고 힘주어 잡았지만 하연은 아랑곳하지 않았다.

"네, 교육관님!"

그래, 그래. 이 맛에 교육관을 하는 거지!

끊임없는 감사 인사에 하연은 마음이 벅차올랐다. 오히려 고맙다는 말은 제가 하고 싶었다. 자리 잡고 앉아 차라도 한잔하며 더 이야기를 나누고 싶었지만, 그러기에 하연은 너무 바쁜 몸이었다. 결국 뿌듯한 마음을 뒤로하고 정말로 헤어져야 할 때가 다가왔다.

정문을 사이에 두고 안에 있는 하연이나 밖에서 차마 걸음을 못 떼고 있는 제자들이나 슬프기는 매한가지였다. 그들 중 누군가는 분명 이 수업으로 인해 희망을 갖게 되었으리라. 희망과 노력만이 있다면 나중에라도 궐에서 만날 수 있겠지. 자신은 이곳에서 그들을 기다리며 더 나은 환경을 만들어 나가면 된다.

그렇게 생각하니 마음이 조금은 나아지는 거 같았다. 그래, 지금은 이별에 슬퍼할 때가 아니라 바빠야 할 때다. 정신없이 바빠야 할 때였다. 일을 하자, 일을!

힘겨운 이별을 끝내고 돌아선 하연은 잠시 멈칫했다. 언제 다가온 건지 멀찍이 뒤에 있던 해랑이 바로 앞에서 두 팔을 쫙 벌리고 섰다.

"안아 줄까?"

"됐거든요."

지금 이곳은 정문이었고, 바로 뒤에는 율과 휘가 겁먹은 눈으로 서 있는데.

하지만 요즘 해랑은 은근히 그녀의 말을 듣지 않았다.

하연이 분명 됐다고 했는데 그 말을 싹 무시하고 다가온 해랑은 그녀의 한쪽 어깨를 끌어당겨 안았다. 그러고는 그녀의 머리에 제 볼을 비비적거렸다.

"기분이 어때?"

"……끝까지 지켜보고 싶었는데 아쉬워요."

"걱정 마. 네가 예문관의 교육관인 이상 앞으로도 기회가 많으니까."

청화궁으로 돌아가는 길, 앞서가던 해량의 말에 하연은 잠시 생각에 잠겼다. 물론 그의 말이 틀린 건 아니었다. 예문관의 교육관으로 있는 이상 계속해서 누군가를 가르치겠지.

하지만…….

"글쎄요?"

"응?"

"제 생각은 좀 다른데요. 뭐랄까, 오히려…… 이 '예문관의 교육관'이라는 이름이 저를 묶어 두고 있는 거 같아요."

물론 예문관 일도 보람 있다. 천유국의 모든 교육과 관련된 정책 및 문제가 거론되는 곳이 바로 예문관이다. 예문관 교육관으로서 국시와 기타 승급 시험 문제를 출제 및 검토하는 것 역시 보람찬 일이다.

하지만 어째서일까. 이것만으로는 모자라다는 생각이 들었다. 지금 이 기분을 정확하게 설명할 수는 없겠지만 한 가지 확실한 건 이 정도 선에서 만족할 수 없다는 것, 그리고 예문관에 있으면 좀 전에 느꼈던 마음이 벅차오를 정도의 뿌듯함을 느낄 수 없다는 것이었다.

*   *   *

"아, 벗어 던지고 싶어."

해랑이 손가락으로 가면을 톡톡 치며 말하자 하연은 피식 웃었다. 아마도 짜증 난다는 얼굴이겠지. 인간은 적응하는 동물이라더니 안 쓰고 다니니까 이제는 또 가면이 불편하구나.

하지만 그 얼굴을 내놓고 밖을 돌아다닐 수는 없는 노릇이다. 게다가 책방에 볼일이 있다고 했으니 더더욱 써야만 했다.

"아!"

멀리서부터 알아보고 달려오는 책방 주인의 모습에 해랑은 차라리 다시 궐로 돌아가고 싶어졌다.

급하게 달려오는 저 모습을 보니 분명 또 당장 다음 작품 내놓으라고 한바탕 할 게 분명했다.

생각만으로도 피곤한 해랑이 슬그머니 뒷걸음질을 쳤지만, 필사적으로 매달리는 책방 주인으로부터 벗어나기란 불가능했다. 애초에 하연을 내버려 두고 혼자만 도망칠 수도 없었다.

결국 붙잡혀 버린 그는 주인의 손에 이끌려 어느새 책방 안으로 들어가게 되었고, 그 모습을 여유 있게 구경하고 있던 하연은 고민에 빠졌다.

그가 없는 지금은 혼자 느긋하게 시전을 돌아다닐 수 있는 절호의 기회였지만…….

"하아……."

역시 그를 혼자 내버려 둘 수는 없었다.

결국 그녀도 안에 들어가 그새 떨어져 있었다고 안절부절못하는 해랑의 옆자리에 자리를 잡고 앉아 그의 손을 가볍게 잡았다.

이곳이 설령 그대에게 지옥일지라도 함께하겠나이다.

"저기…… 내가 온 이유는……."

한눈에 볼 수 있는 곳으로 하연이 들어오자 그제야 마음이 놓인 해랑은 자신이 이곳에 온 목적을 떠올렸다.

그래, 당분간 활동이 없을 거라고 말하기 위해 온 것이다. 아주 오랫동안 계약을 한 만큼 주인은 충격이 꽤 크겠지만 어쩔 수 없다.

선왕들을 살펴봤을 때 보통 후계자 수업에는 5년이라는 시간이 걸렸다. 해랑은 밝게 웃으며 아무렇지 않게 5년 후에 다시 보자고 인사한 뒤 바로 자리를 뜰 생각이었다.

"무향 님, 그것보다 이거."

앉기 무섭게 차 한 잔의 대접도 없이 다음 작품에 대한 이야기를 할 줄 알았던 책방 주인은 예상을 깨고 새하얀 서신 하나를 그의 손에 쥐어주었다.

"이게 뭐지?"

지금까지 책 쓰고 받는 돈을 제외하고는 그에게 받은 게 없었던 해랑은 갑작스러운 서신에 당황스러웠다. 도대체 이게 뭘까. 왜 저 인간이 나에게 이런 걸 주는 걸까. 해랑은 제 손에 들린 새하얀 종이를 뚫어져라 바라봤다. 그 짧은 순간 수많은 생각이 떠올랐다. 예를 들면 평생 계약서라든지…….

"이게 뭔가요?"

결국 하연이 궁금한 걸 참지 못하고 해랑보다도 먼저 말했다.

그러자 책방 주인이 열린 문틈으로 밖을 살핀 뒤 고개를 돌려 그들에게만 들릴 정도의 작은 목소리로 말했다.

"사실 며칠 전에 어떤 아가씨가 왔는데, 자신이 희빈마마를 모시는 궁녀라고 하더군."

"……예?"

상기된 책방 주인과는 다른 이유로 하연과 해랑의 얼굴 역시 놀라움으로 가득했다. 지금 자신들이 잘못 들은 거겠지? 왜 갑자기 여기서 희빈 이야기가 나오는 건데?!

"희빈마마요?"

"그렇다니까 그러네! 하하. 자네도 참 대단하구만."

아니, 그건 절대 아닌 거 같은데? 그럴 리가 없었다. 여러 가지 이유가 있겠지만, 가장 큰 이유는 무향이라는 존재가 희빈에게 있어서 '걸림돌'일 테니까.

일전에 희빈이 하연을 모함하기 위해 퍼트렸던 소문이 무향 때문에 단번에 뒤집혀 버렸다. 희빈 성격에 무향을 욕하면 욕했지, 절대 그 글에 반하거나 할 리가 없다.

"이것만 전해주고 간 건가? 다른 이야기는 없고?"

"그래. 자네에게 이걸 꼭 전해 달라고 했지. 되도록 빠른 시일 안에."

물론 희빈의 궁녀가 단순히 무향의 애독자일 수도 있겠지만, 그렇다면 굳이 자신을 '희빈을 모시는 궁녀'라고 밝힐 필요가 없었을 터.

해랑이 다급한 손길로 서신을 펼쳤다. 그리고 읽었다.

"무슨 내용이에요?"

안에 적힌 길지 않은 글을 읽어 내려가던 그의 반응을 기다리던 하연은 초조한 나머지 그 가면을 벗겨버리고 싶었다. 해랑의 얼굴이 안 보이니 도통 무슨 내용인지 감을 잡을 수가 없다.

할 수 없이 그가 무슨 말을 하기만을 기다릴 수밖에 없었다.

대충 보니 몇 자 안 적힌 거 같은데 그는 꽤 오랫동안이나 그 서신을 읽고 또 읽었다.

한참 뒤에야 고개를 든 해랑은 뜬금없이 책방 주인에게 종이와 붓을 요구했고, 주인은 책방에 없을 리가 없는 그것들을 재빨리 대령했다.

그는 바닥에 종이를 펼치고, 붓을 들었다.

그것이 도대체 무엇이고, 그가 뭘 하려는 건지 말이라도 해주면 좋을 텐데 그러지 않으니 하연은 답답해 미칠 거 같았다.

곧 작업이 끝난 건지 해랑은 방금 쓴 서신을 원래 서신이 들어 있던 봉투에 집어넣고는 봉했다. 그리고 주인에게 그것을 내밀었다.

"곧 그 궁녀가 또 찾아올 걸세. 그럼 이걸 전해주게나."

"아, 알았네."

고개를 끄덕인 주인이 정중하게 그것을 받아 들더니 수많은 책장 사이에 있는 작은 서랍장에 고이고이 모셔놓았다.

"그나저나 역시 대단하네! 최근 들어 인기가 하늘을 찔러! 지금 같은 절정기일수록 더 많은 작품을 내야지. 그래, 다음 권 작업은 잘 되고 있는가?"

"아, 그거. 안 그래도 그것 때문에 온 거였는데……."

"그랬구먼! 자, 자. 앞으로의 일에 대해 말해보게."

활짝 웃는 얼굴로 구석으로 간 주인이 이제야 차를 준비하기 시작했다. 곧 저 미소가 어떻게 변할지 상상하니 하연은 괜히 자신의 마음이 아팠다.

"나 이제 안 쓰려고."

결국 말해버렸다.

동시에 분주히 움직이던 주인의 손이 우뚝 멈추었다. 그러고는 환청이라도 들은 사람처럼 멍하니 해랑을 바라보며 아무 말도 하지 않았다.

놀랍게도 아무 일도 일어나지 않았다.

예상했던 것보다 심심한 반응에 오히려 하연이 실망할 쯤에서야 책방 안에는 다기가 떨어지며 와장창 하는 소리와 놀란 주인이 뒤로 넘어지면서 무너져 내린 책의 우당탕 소리가 울려 퍼졌다.

*   *   *

"하아…… 죽는 줄 알았네. 뭐 이리 끈질겨?"

"그래도 그게 어디예요."

볼일을 끝내고 다시 궐에 돌아온 후에야 가면에서 해방된 해랑이 한숨을 내쉬며 중얼거렸다. 당분간은 바빠서 글을 못 쓸 거 같다는 그의 설득에도 불구하고 조금이라도 좋으니 어떻게든 작품을 내라는 책방 주인 때문에 그는 그 나름대로 진땀을 뺐다.

결국 그 바쁜 일이 끝나면 반드시 자신의 책방과 재계약을 해줘야 한다는 약조를 한 후에 그곳에서 벗어날 수 있었다.

물론 그 바쁜 일이라는 게 끝나려거든 최소 5년은 기다려야겠지만, 책방 주인은 이 사실을 모르겠지.

"그런데…… 도대체 희빈마마께서는 무슨 생각을 하시는 걸까요."

"글쎄."

오는 길에 해랑이 보여 준 서신에는 날을 잡아 그를 만나보고 싶다는 말이 적혀 있었다.

무향의 책을 금서로 지정하려고 했던 것을 생각해 보면 일전의 그 '소문'에 대한 일을 보복할 생각인 건가? 아니, 만약에 그것 때문이라면 굳이 이렇게 만나지 않고도 얼마든지 보복할 수 있었을 텐데 그게 아니라면…….

"무향을 자신의 편으로 만들려고 한다든가?"

해랑의 입에서 그 말이 나오자 하연은 깜짝 놀랐다.

"어머, 저랑 같은 생각을 하셨네요?"

"나도 이제 머리 잘 돌아간다니까?"

해랑이 눈을 찡긋거리며 자신 있게 말했다.

하연은 그를 이제 정말 혼자 두어도 불안하지 않을 거 같았다.

"훌륭한 제자를 두어 이 스승님은 기쁘답니다."

"그럼 칭찬은?"

아, 딱 조금 전까지만 해도 아주 기특하고 예뻤는데.

"……칭찬은 스승이 알아서 주는 거지, 그런 식으로 요구해서 받는 게 아닙니다."

"우리 스승님께서는 칭찬에 박하셔서 말이야. 총명한 제자가 알아서 챙겨야 해."

이제는 아예 제 입으로 '총명하다'라는 말을 사용하는구나. 예전 같았으면 뭐라고 한마디 했겠지만, 그녀는 이제 그것을 부정할 수가 없었다. 문제는 그래서 더 열 받는다는 것이다.

대부분의 상황에서 꽤 유용하게 사용되는 '아직 멀었다.'라는 마법과도 같은 말을 사용할 수가 없으니.

"……"

하연이 한참 그를 노려봤지만 해랑은 물러서기는커녕 제자리에 우뚝 멈췄다. 그러더니 그녀를 붙잡고는 여유로운 표정으로 웃으며 '칭찬'이라는 것을 기다리고 있었다.

아, 진짜. 뭐든 해주지 않으면 그가 이대로 계속해서 멈춰 서 있을 거라는 걸 하연은 너무나도 잘 알고 있었다. 그렇다고 해서 너무 쉽게 물러나는 것도 만만하게 보일 게 뻔했다.

이런저런 고민에 빠져 있던 하연은 주위를 두 번 정도 확인한 뒤에 조심스럽게 그의 손을 잡았지만 반응은 별로였다.

결국 손등에 입을 맞춰 주고서야 그는 말도 안 되는 고집을 버리고 만족스럽게 웃으며 걸음을 재촉했다.

물론 그것도 아쉬워하는 해랑 때문에 청화궁에 가는 내내 '볼이 더 좋았을 텐데~' 또는 '아니면 꼭 한 번 안아 준다든가~' 따위의 중얼거림을 끊임없이 들어야만 했지만.

"응?"

청화궁 안으로 들어서려던 하연은 활짝 열려 있는 정문을 보고는 멈칫했다. 누군가가 막 안에 들어갔나 싶어 슬쩍 안을 들여다보자 익숙한 뒷모습이 눈에 들어왔다.

"어, 환 님?"

"뭐?"

그녀의 입에서 '환'이라는 말이 나오기 무섭게 해랑이 하연의 팔목을 붙잡아 제 쪽으로 이끌며 민감하게 반응했다.

그러고 보니까 전에 신후왕이 환을 불렀다고 했지, 참. 하연은 지난번 신후왕의 말을 뒤늦게 떠올렸다.

"급하게 돌아 오셨나 보네요."

"그나저나, 안 들어가?"

물론 청화궁은 환이 지내는 곳이기도 하지만 하연과 해랑이 지내는 곳이기도 했다. 오늘 오전만 해도 당당하게 들락날락했던 문턱을 넘지 못하고, 마치 남의 집을 엿보듯 문에 바짝 붙어 있는 하연을 바라보던 해랑이 물었다. 큰 목소리를 내며 안으로 들어서려는 해랑을 하연이 다급히 막았다. 그러고는 조용히 하라며 그의 입을 막았다. 그녀가 왜 이러는 건지 그 이유를 알 수 없었지만, 일단 하연을 따라 슬쩍 고개를 빼고 안을 들여다봤다.

예전 그 모습 그대로인 환이 제 궁 앞에 서 있는 게 보였다. 여기까지는 이상할 게 하나도 없었지만 문제는 바로 그 옆이다. 가는 선에 호리호리한 몸매 그리고 긴 머리카락…… 분명 여자였다.

환 옆에는 한 여인이 커다랗고 웅장한 청화궁의 안을 두리번거리느라 정신이 없었다.

"여자를 데리고 왔어?"

해랑과 하연이 지켜보고 있다는 걸 알 리가 없는 그들은 그 상태로 한동안 밖에 서서 다정하게 이야기를 나누었다. 그리고 잠시 뒤 둘은 함께 서궁 안으로 들어가 버렸다.

二十五花
아무래도 안 되겠다

"오랜만에 뵙습니다."

바로 앞에 앉아 있는 이의 눈치를 보던 하연은 조심스럽게 인사했다.

이 방 안에 신경 쓰이는 것들이 한두 가지가 아니었지만 지금은 일단 예의를 갖추는 게 중요하다고 생각했다.

"그동안 잘 지내셨습니까?"

하연의 인사에 환 역시 밝게 웃으며 화답했다.

지금 그들이 있는 이곳은 다름 아닌 서궁, 환의 방 안이었다.

바로 어제 특종거리를 보게 된 해랑과 하연은 동궁으로 돌아가서도 한동안 그에 대한 이야기를 늘어놓기 바빴다.

공부하러 떠났다가 여자를 데리고 온 거 아니냐며 기뻐하는 해랑과 반대로 하연은 누구처럼 환이 공부 중에 연애할 사람이 아니라고 주장했다. 이 이야기는 아침 식사 시간까지 계속됐는데, 식사 후 하연은 환이 그녀를 찾는다는 전갈을 받았다.

"그런데 너는 왜 이곳에 있는 거야?"

분명 하연을 부른 건 맞지만, 그녀 뒤에 딸려 있는 해랑은 부른 적이 없다며 환이 인상을 찌푸렸다.

하지만 해랑은 오히려 당당했다.

"그럼 내가 너랑 하연을 단둘이 있게 내버려둘 거 같았어?"

"……."

"……물론 다른 여자도 함께 있을 줄은 몰랐지만."

그렇게 말하며 해랑이 옆으로 시선을 돌렸다. 그의 말대로 방 안에는 어제 그들이 봤던 것으로 추정되는 여인이 싱긋 웃으며 차를 홀짝이고 있었다. 왜 여기에 있는지는 모르겠지만, 저를 바라보는 눈빛에도 굴하지 않고 당당한 걸 보면 분명 그럴 만한 이유가 있다는 건데.

"공부하러 가셨다가 첫눈에 반해서 바로 식을 올려 버렸다든가?"

"예?"

"그런데 그걸 공표할 자신이 없어서 저에게 도움을 요청하기로 했다든가?"

"아니……."

하연은 자신이 할 수 있는 한에서 가장 아름다운 상상의 나래를 펴며 말했다. 그러자 잠시 놀란 얼굴로 그녀를 바라보던 환이 큰소리로 웃기 시작했다.

"하하. 그럴 리가 없지 않습니까. 해랑이라면 모를까."

"……."

거기에 왜 저를 끼워 넣느냐며 해랑이 환을 노려봤지만 사실 그는 정곡을 찔려 뭐라 할 말이 없었다.

평소라면 발끈해서 대꾸하고도 남았을 그가 아무 말도 못 하자 환이 수상하다며 눈을 가늘게 뜨고 해랑을 바라봤다.

"오늘 교육관님을 부른 이유는 이분을 소개시켜 주고 싶었기 때문입니다."

그렇게 말하며 환은 활짝 웃고 있는 여인을 가리켰다.

소개라는 것에는 여러 가지가 있고, 사랑하는 여인을 소개하는 자리일 수도 있겠지만 분명 그는 '이분'이라며 상대를 높여 말했다.

"깜짝 결혼 발표가 아니었어요?"

"예?"

"사실 저희가 어제 두 분이 서궁에 들어가는 모습을 봤거든요. 그래서 오늘 아침에 저를 찾으시기에 분명 '그 이야기를 하려나 보다.'라고 생각했는데……."

어제 서궁으로 들어가는 모습을 봤다는 말에 환은 피식 웃었다. 어쩐지 방에 들어올 때부터 하연이 답지 않게 긴장한 모습으로 눈치를 보고 있다 싶었더니 다 이유가 있었구나.

설마 그게 다 알고 있지만 일부러 모르는 척을 해 주느라 애쓰는 모습이었을 줄이야.

"어제는 밖에서 교육관님을 기다리고 있었는데, 오시질 않으셔서…… 그리고 서궁에는 빈방이 많으니까요. 누구처럼 부인을 두고 있는 것도 아니고 누구처럼 교육관을 끼고 사는 것도 아니고."

"……."

왜 자꾸 나를 바라보는 건데?!

괜히 또 움찔거리는 해랑에게 하연은 정신 사납다며 주의를 줬다. 해랑은 자꾸 저 녀석이 시비를 걸지 않느냐며 억울하다는 눈빛으로 그녀를 바라봤지만 먹힐 리가 없다.

"꽤나 낭만적인 상상을 하신 거 같지만 오늘 이렇게 부른 건 다름이 아니라……."

"제가 당신을 만나고 싶다고 부탁드렸습니다. 서하연 교육관님."

문제의 원인이기도 한 여인이 잔에 남은 차를 단숨에 들이키고는 환의 말을 가로챘다.

"저를요?"

"예. 정식으로 인사드리겠습니다. '주혜국'에서 온 '아시라'라고 합니다. 이렇게 만나 뵙게 되어 영광입니다."

예의를 갖춰 인사하는 모양이 꽤나 몸에 밴 거 같았다. 그녀에게서는 기품이 느껴져 왔다. 보통 사람이 아님이 틀림없었다.

"반갑습니다. 저는……."

인사를 받았으니 자신도 해야겠다는 생각에 하연이 막 고개 숙여 자기소개를 하려는 그때였다.

"교육관님에 대해서는 잘 알고 있습니다."

"예?"

단호하게 말을 끊은 '아시라'라는 여인이 하연의 손을 덥석 붙잡았다. 그러고는 부담스러울 정도로 반짝이는 눈으로 그녀를 바라봤다. 익숙한 반응과 눈빛이었다. 이와 같은 반응을 본 적 있는 거 같은데, 설마.

"천유국 최초의 여성 국시 합격생! 그것으로도 모자라 당당히 수석! 지금은 예문관 교육관으로서 왕자의 정식 교육관!"

역시나.

가만 생각해 보니 일전에 그녀가 가르쳤던 아가씨들의 반응과 똑같았다.

하지만 분명 '주혜국'이라는 타국의 사람인데 어떻게 자신을 알고 있는 거지? 아니, 소문이라는 건 워낙 멀리 퍼지는 거니까 그건 그렇다 치고, 그녀는 너무 자신에 대해 잘 알고 있는 눈치였다.

"저기, 누가 좀 설명 좀……."

하연의 머리로 이해가 되지 않는 게 몇 가지 있었다. 우선 주혜국 사람이 왜 천유국에 있는지, 그리고 왜 환과 함께 온 것인지 알 수가 없었다.

평범한 유학생이라면 몰라도 그는 이 나라의 왕자 중 한 명이다. 타국의 왕자와 알고 지낼 사이면 꽤 높은 집안의 사람이라는 건가?

복잡한 하연의 표정에 아시라가 싱긋 웃었다.

"환 님이 우리나라에 유학 오셨을 때 제가 안내 담당이었기 때문에 친분을 쌓게 되었습니다. 천유국으로 돌아가신다는 말을 들어 이렇게 실례를 무릅쓰고 데려가 달라고 부탁드렸습니다. 당신을 만나고 싶었거든요."

"왜 저를……?"

"교육관님께서는 우리나라에서도 유명하셔서요. 저 역시 교육관님 이야기에 푹 빠져 있답니다."

하연은 아시라가 제 손을 붙잡고 흔드는 모습까지도 일전의 아가씨들과 똑같다는 생각을 했다. 아니, 더하면 더했지 덜하지는 않다.

아무리 경계심이 강한 사람이라도, 며칠이나 되는 먼 거리를 오직 저를 보기 위해 왔다는 그녀에게 마음이 안 열릴 리가 없었다. 뿐만 아니라 관심 있는 분야 역시 일치했기 때문에 친해지는 건 순식간이었다.

"우와. 주혜국에는 예문관 같은 교육기관이 없어요, 그럼?"

"국시 같은 문제를 만드는 기관은 있지만, 딱히 교육관이라 불리는 사람들은 없어요. 물론 왕족들을 가르치는 스승님은 한두 분 계시지만요. 하지만 그분들은 절대 다른 제자를 두지 않지요. 저희 아버지 역시 왕족의 스승으로 궐에 계십니다."

어느새 펼쳐진 다과상을 사이에 두고 하연과 아시라는 담소를 나누느라 자신들을 바라보고 있는 환과 해랑을 잊은 지 오래였다.

"그럼 국민들은요?"

"궐 밖에 서당 같은 개념의 공부방이 많이 있습니다. 다들 그곳에서 배웁니다. 귀족들도 마찬가지고요. 하지만 여인들 학구열은 천유국의 반에도 미치지 못합니다. 다들 시작도 전에 포기해 버려서요."

"우리나라와는 아주 조금 다르네요."

물론 모든 나라가 같을 수는 없겠지만, 천유국에서 태어나 이 나라를 단 한 번도 벗어난 적 없는 하연에게는 그야말로 흥미로운 이야기가 아닐 수 없었다.

"사실 제가 당신을 만나고 싶다고 한 건 어떤 제안을 하기 위해서입니다."

"제안이요?"

"예."

갑자기 짙어진 그녀의 눈빛에 하연은 바짝 긴장했다.

아까부터 지루해 죽겠다는 얼굴로 둘의 대화보다는 웃고 있는 하연의 얼굴만 뚫어져라 바라보고 있던 해랑 역시도 처음으로 아시라에게 시선을 옮겼다.

"저와 함께 주혜국에 가지 않으시겠습니까?"

"……예?"

"현재 주혜국은 천유국의 예문관을 본뜬 기관을 만들 계획입니다. 하지만 누군가의 도움 없이는 불가능한 일이라서 말입니다."

"……."

"왕께서 교육관님만 괜찮으시다면 그곳에서 유학 겸 새로 만든 기관의 임시 교육관직을 맡겨 보고 싶다고 하셨습니다."

생각지도 못한 제안이었지만 하연 입장에서 생각해 보면 아주 엄청난 제안이었다. 궐에 들어오기 전이었다면 바로 고개를 끄덕이며 수락했을지도 몰랐다.

하지만 지금은 걸리는 게 너무 많았다.

"저 말고도 예문관에는 훌륭한 교육관들이 많은데요?"

"일종의 상징성이랄까요. 교육관님께서 오시면 주혜국 여인들도 분명 생각이 바뀔 거라는 게 전하의 생각이십니다."

"음……."

"분명 교육관님께서도 배우실 게 많이 있을 겁니다. 우물 안의 개구리라는 말이 있듯……."

"이봐."

꾹 참고 어느 정도 이야기를 들어주고 있던 해랑이 결국 참지 못하고 끼어들었다.

감히 제가 보는 앞에서 하연을 데리고 가려고 하다니, 간이 배 밖으로 나온 여자로군.

절대 맘대로 데려갈 수는 없을 거라며 그가 아시라를 노려보고 있자 그녀를 데리고 온 장본인이자 이 방의 주인인 환이 끼어들었다.

"주혜국은 재미있는 나라랍니다."

"……."

"앞으로도 계속해서 누군가를 가르치실 생각이라면, 한 번쯤 유학을 떠나 견문을 넓히고 오는 것도 나쁘진 않겠지요."

환까지 이렇게 나오자 해랑은 난감했다. 분하지만 그의 말이 맞았다.

어쩌면 하연에게 이것은 기회일지도 몰랐다. 여인들도 국시를 치를 수 있고 나라에서 일할 수 있게 되었다고는 해도 여자의 몸으로 유학을 다녀온 경우는 아직 들어 본 적이 없다.

아직까지 사람들의 머릿속에 '계집아이를 굳이 그렇게까지 해서 공부시킬 필요는 없다.'라는 사고방식이 남아 있기 때문이었다.

서로를 위해 좋은 선택이라며 자신의 손을 붙잡고 눈으로 호소 중인 아시라를 바라보고 있는 하연은 여전히 조용했다. 그녀는 혼자 나름대로 진지하게 생각에 잠겨 있었다.

바로 거절의 대답이 들려오지 않자 해랑은 긴장했다. 정말 따라 가겠다고 하면 어쩌지? 이상하게 자꾸만 머릿속에 하연이 기뻐하며 당장이라도 가겠다는 답변을 하는 모습이 떠올랐다.

그녀 성격이라면 충분히 그러고도 남았다. 하연은 이 세상에서 자신을 제일 우선적으로 생각하니까. 어찌 보면 이기적이라고도 할 수 있지만 그렇기 때문에 지금의 그녀가 존재하는 거겠지.

깊은 생각에 잠길 때나 나오는 무표정으로 아시라를 바라보던 하연이 싱긋 웃었다. 이는 고민이 끝났다는 신호였다.

"정말 놓치고 싶지 않은 기회네요. 제안해 주셔서 정말 감사합니다."

하연이 고개를 돌렸다. 그리고 살짝 울상을 짓고 있는 해랑을 바라봤다. 그녀가 슬그머니 웃자 잠시나마 불안에 떨던 그의 심장이 놀랍게도 금세 진정됐다.

"하지만 저는 아직 이곳에서 해야만 하는 일이 있어서요."

"……"

고민했던 것치고는 하연은 밝게 웃고 있었다.

아주 망설이지 않았다면 그건 거짓말이겠지만, 그래도 결론 내리는 건 어렵지 않았다. 지금 자신이 우선적으로 생각하고 있는 게 무엇인지 너무나도 잘 알았기 때문에.

"하아, 그런가요……."

거절당했다며 울먹이는 아시라를 달래는 게 꽤 어렵기는 했지만, 괜찮아. 이번을 놓쳐도 그런 기회는 얼마든지 주어질 테니까.

"……"

웃고 있는 하연과 달리 해랑의 표정은 어두워졌다.

분명 자신이 원하는 대답을 들었음에도 불구하고 이상하게 기쁘지 않았다. 그렇다고 가겠다는 대답을 바란 건 절대 아니지만.

분명 하연은 자신의 일이 아닌 다른 일에는 관심이 없었다. 그런 그녀이기 때문에 일순 유학길에 오르겠다고 대답해 버리는 게 아닐까 걱정했다.

하지만 그녀는 자신이 위한 길을 선택하지 않고 이곳에 남겠다며 그 기회를 포기했다.

생각해 보면 이번뿐만이 아니지.

해랑은 자신이 하연을 위해 이곳에 있고 그녀를 위해 왕이 되는 거라고 생각했는데, 사실은 그녀가 자신을 위해 곁에 있는 것이나 다름없었다. 그런 그녀에게 이기적이라는 단어가 맞을까? 지금 누가 더 이기적인 거지? 자신을 위해 언제까지고 제 곁에 남아 달라는 내가 더 이기적인 거 아닌가?

"해랑 님? 왜 그러세요?"

갑자기 멍하니 생각에 잠긴 해랑이 걱정된 하연은 재빨리 그의 이마에 손을 얹었다. 다행히 열은 없는 거 같았다. 혹시 졸려서 그러는 거냐고 물으니 해랑은 그저 고개만 절레절레 저을 뿐이었다.

"너무 저희들만 들떠서 이야기를 했나 보네요."

해랑의 모습이 식사 후의 포만감과 지루함에서 몰려온 졸음이라고 판단한 하연은 아직까지도 울먹이고 있는 아시라를 바라보며 말했다.

그녀는 이만 돌아가 보겠다며 해랑을 데리고 자리에서 일어났다.

"서하연 교육관님! 제가 한 제안은 언제까지든 유효하니까요! 혹시 나중에라도 마음이 바뀌시면 언제든지 말씀해 주세요!"

"네, 알겠습니다."

방을 나서 다시 동궁으로 향하는 하연의 걸음은 가벼웠지만, 그 뒤를 따르는 해랑의 걸음은 이상하게도 무거웠다.

*　　*　　*

눈앞의 환을 바라보는 희빈의 눈빛이 예사롭지 않았다.

"듣자 하니 여자 한 명을 궁에 데리고 있다던데?"

"아, 네. 제 손님입니다."

환은 한숨을 내쉬었다.

돌아왔다는 인사를 드리기 위해 희안궁에 왔는데 다짜고짜 그 질문부터라니. 안 그래도 이럴까 봐 더 꽁꽁 숨겼다. 확실히 아시라와는 하연과 희빈이 생각하는 그런 관계가 아니었지만, 그래도 자신 때문에 누군가가 불편해지는 건 절대 싫었으니까.

"손님? 손님이건 무엇이건 간에 어쨌든 계집이지 않느냐. 지금이 어떤 때인데! 조금이라도 허점을 보이면 저쪽에서 바로 물고 늘어질 텐데 정신을 똑바로 차리지 못하고!"

"어머니, 다시 한 번 말씀드리지만 아시라는 단순한 지인일 뿐입니다. 서하연 교육관을 만나고 싶다고 해서 돌아오는 길에 데리고 와준 겁니다."

"뭐? 서하연 교육관?!"

주먹 쥔 희빈의 손이 부들부들 떨리기 시작했다.

듣는 것만으로도 화가 치밀어 오르는 그 이름, 서하연! 제 인생에 있어서 몇 안 되는 치명적인 실수 중 하나. 책상 모서리에 올려져 있던 희빈의 손에 힘이 들어갔다.

"아무래도 네가 왕이 되면, 그 여자는 가장 먼저 처리해 두는 게 좋겠구나."

"예?"

"서하연 말이다! 분명 네 앞길을 막을 거야. 어떻게든, 어떻게든……."

희빈의 중얼거림에 뭐가 웃긴 건지 환이 웃기 시작했다. 그 반응에 희빈이 놀란 얼굴로 제 아들을 바라봤다.

"하하. 확실히 서하연 교육관님이라면 감당하기 어렵죠."

"그러니까 말이다. 그러니 애초에 싹을 잘라 버리는 게……."

"때문에 전 서하연 교육관님과는 대립하지 않을 겁니다. 어차피 질 게 뻔하니까요."

희빈을 바라보는 환의 눈빛이 날카롭게 번뜩였다.

소리 내서 웃을 때는 언제고, 그는 이제 잔뜩 굳은 얼굴로 제 어머니를 바라보고 있었다.

"……뭐?"

희빈이 놀란 얼굴로 자리에서 일어서는 환을 응시했다. 이만 돌아가 보겠다며 방을 나서던 환이 마지막으로 경고하듯 그녀에게 말했다.

"그러니까 어머니, 아무것도 하지 마세요."

"……."

"결정은 대신들이 하는 겁니다."

대신들에게 선택권을 준다는 건, 저들이 섬길 사람을 스스로 고를 수 있다는 뜻. 즉, 대신들에게 선택을 받지 못한다는 건 사람들의 마음을 얻지 못했다는 것과 같았다.

아무것도 하지 말라고? 흥. 아무것도 하지 말라니, 그게 어디 말처럼 쉽나. 제 아들이 어쩌다 저리 무른 인간이 되었는지, 참!

"희빈마마."

환이 돌아가고 얼마 지나지 않아 그녀의 방에 두 번째 손님이 찾아왔다. 다급한 걸음으로 등장한 궁녀 한 명이었다. 숨을 헐떡이는 그 모습을 보자 얼마나 급한 상황인지 예측할 수 있었다.

"무향에게서 답신이 왔습니다."

"그래?!"

환이 돌아가고서부터 내내 어두웠던 희빈의 얼굴에 그나마 밝은 빛이 돌아왔다. 워낙 신비주의로 유명한 사람이다 보니 답신도 못받으면 어쩌나 걱정했는데.

"아무것도 하지 말라니…… 그게 가능할 리가 없잖아?"

피식 웃으며 궁녀가 건넨 종이를 받아 든 희빈의 표정은 처음처럼 밝지만은 않았다.

"……뭐라고 적혀 있나요?"

원래 아랫사람이 윗사람에게 먼저 질문을 해서는 안 됐지만, 어쩔 수가 없었다. 그 무향이 남긴 답신이라니!

"……쯧. 건방지긴."

"희빈마마?"

희빈이 짜증을 내며 종이를 집어던지자 눈치를 보던 궁녀가 그것을 들어 내용을 읽었다.

희빈마마께서 저를 만나고 싶어 하신다니 그야말로 영광입니다만, 사정이 있어 그것은 불가능할 거 같습니다. 하오나 혹시 제가 마마께 도움이 될 수 있는 부분이 있다면 언제든지 말씀해 주십시오.

"……직접 만날 수는 없다는 건가."

"그, 그래도 마마, 무향에게 답신을 받아낼 정도면 대단한 겁니다. 협조도 하겠다고 적혀 있고……."

궁녀의 말에 희빈이 작게 고개를 끄덕였다.

그 말이 맞다. 솔직히 무향에게서 답신을 받아낼 수 있을지조차도 불확실했는데 이렇게 답신이 오지 않았는가. 게다가 시간이 얼마 남지 않은 이 상황에서 더 조심하다가는 손도 못 쓰고 늦어 버릴 게 분명하다.

"한번 도박을 해보는 것도 나쁘진 않겠군."

답신을 쓰기 위해 붓을 든 희빈은 중얼거렸다.

물론 확신은 없지만, 만약에 서하연이 무향과 연결되어 있다면 이는 자신들에게 악수로써 작용할 것이다. 그러니 반드시 반대의 경우여야만 한다.

순식간에 새하얀 종이를 검은 글자로 채운 희빈은 굳은 얼굴로 그 서신을 궁녀에게 건네주었다.

절대 무향이 아닌 다른 사람이 읽어서는 안 된다고 신신당부하며, 그녀는 궁녀에게 지금 당장 책방에 다녀오라고 명령했다.

＊ ＊ ＊

"해랑 님."

"……."

다급한 걸음으로 등장한 돌쇠였지만, 방 안에 있는 해랑의 반응은 조금 이상했다. 책은 펼쳐져 있는데 멍하니 전혀 다른 곳을 바라보고 앉아 있었다.

"아, 미안."

제 앞에 돌쇠가 있어도 바로 눈치채지 못할 정도로 정신 못 차리고 있던 그가 깜짝 놀라며 뒤늦게 그를 반겼다.

"어디가 안 좋으신 건가요? 하연 님을 불러올까요?"

보기 드문 얌전한 그의 반응에 놀란 돌쇠가 부산을 떨며 지금이라도 당장 방을 뛰쳐나갈 기세로 묻자, 고개를 숙이고 있던 해랑은 어이가 없다는 표정으로 돌쇠를 노려보기 시작했다.

"……왜 서하연이 해결책이 될 거라고 생각하는 건데?"

어디가 안 좋으면 어의를 부르는 게 정상이잖아. 왜 자연스럽게 서하연이 나오는 건데?

"그야 해랑 님에게 하연 아가씨만큼이나 잘 먹히는 만능 치료약은 없으니까요."

"반론을 못 하겠군."

하지만 그래, 다른 사람들이 보기에도 역시 자신에게 있어서 서하연이 만능 치료약이라는 거지.

"……역시 내가 너무 내 생각만 하는 건가……. 너는 어떻게 생각하지?"

다시 또 침울해진 해랑이 한숨을 내쉬며 돌쇠에게 물었다. 그러자 문가에 서 있던 돌쇠는 마치 들어서는 안 될 말을 들었다는 듯 깜짝 놀라더니 토끼 눈을 하고는 해랑을 바라보았다.

"왜."

"아니요. 그게……."

그게?

"그걸 이제야 깨달으셨다는 게 놀라워서 말입니다."

"……."

매를 벌어요, 매를.

결국 돌쇠는 웃는 얼굴의 해랑에게 복부 한 대를 강하게 맞고서야 자신의 잘못을 깨달을 수 있었다.

배에 몰려오는 고통에 눈물을 찔끔 흘리던 그는 뒤늦게 자신이 이 방에 들어온 목적을 떠올리며 챙겨온 물건을 해랑에게 내밀었다.

"책방에서 희빈마마의 답신이 왔습니다."

돌쇠에게 분풀이를 해서 그런지 조금 나아진 기분으로 다시 자리에 앉은 해랑의 눈빛이 바뀌었다.

솔직히 아까 돌쇠가 하연을 불러오겠다는 말에 '그래 줄래?'라고 말할 뻔했는데, 그러지 않아서 참으로 다행이란 생각이 들었다. 만약 지금 이 자리에 하연이 있었다면 이 편지 내용에 엄청난 관심을 보였을 테니까.

그녀가 맡았던 특별 강의 학생들과 헤어지던 날, 그는 하연의 눈빛에서 무시할 수 없는 '아쉬움'을 보았다. 그리고 이어지는 건 '결심'이었다.

분명 하연은 지금 자신의 일을 생각하는 것만으로도 머리가 복잡할 텐데 거기에 희빈의 일까지도 추가시키고 싶지 않았다.

물론 그녀가 알게 된다면 말하지 않았다고 화를 내겠지만.

"뭐라고 하십니까?"

신경 안 쓰려고 했는데, 서신을 읽어 내려가는 해랑의 입가가 씰룩거리는 게 너무나도 신경 쓰여 돌쇠는 결국 묻고 말았다.

"하하. 별거 아니야. 희빈마마께서 무향에게 소재거리 하나를 툭 던져주셨네."

"소재거리요?"

"그래."

역시나 예상했던 대로이다. 희빈이 해랑을 찾은 건 보복이 아닌 제 힘이 필요하기 때문이었다. 일전에 썼던 '화양연화'과 같은 효과를 기대하는 거 같은데…….

"어떤 내용인데요?"

다른 이도 아니고 그 희빈께서 무향에게 알려준 소재라니. 쉽게 말하자면 무향에게 글을 의뢰한 셈이다. 돌쇠도 안 궁금할 리가 없었다.

"……한 나라의 왕이 어떤 여인에게 푹 빠져, 결국에는 나라가 망해버린다는 밑도 끝도 없이 가라앉기만 하는 이야기랄까."

"……안 쓰실 거죠? 설마 쓰실 건가요?"

"안타깝게도 현재 무향은 휴재 중이어서 말이야."

아무리 희빈이라고 해도, 설마 해랑이 무향일 줄은 상상도 못 했겠지. 그도 그럴 것이 일국의 왕자가 유명한 글쟁이라니.

"그래서 답신을 하실 겁니까?"

방금 다녀왔는데, 설마 또 그 책방에 다녀와야 하느냐며 돌쇠가 묻자 다행히도 해랑은 고개를 저었다.

"뭐하러 해. 이미 그쪽 꿍꿍이를 알았는데."

꼬리가 길면 밟힌다. 이미 원하는 걸 손에 넣은 지금, 굳이 더 들쑤시다 밟힐 필요는 없지.

"무향을 찾아 이런 걸 부탁할 정도라면 언제 무슨 짓을 할지 모르겠네. 조금 더 경계해야겠어."

"……."

"왜."

"……아니요."

종이를 팔랑이며 씨익 웃고 있는 해랑을 넋 놓고 바라보던 돌쇠가 깜짝 놀라며 허둥지둥 시선을 피했다.

"뭐랄까…… 듬직해지셨습니다."

"언제까지고 서하연한테 의지할 수만은 없잖아. 게다가……."

해랑은 웃으며 말했다.

"나한테는 만능 치료약이 있는걸."

어느새 하루라는 시간이 또 흘렀다.

궐 안은 표면상으로 조용했지만 사실은 그렇지 않았다. 청화궁을 제외한 나머지 궁 및 기관들은 바짝 긴장한 상태였고, 특히 이곳 희안궁은 그 긴장이 최고조에 달해 있었다.

"아직도란 말이냐!"

"예…… 예, 희빈마마."

화가 단단히 난 희빈 앞에 바짝 조아리고 있는 궁녀는 금방이라도 울 거 같았다. 마음 같아선 지금 당장에라도 이곳에서 뛰쳐나가고 싶은데 몸이 움직여 주질 않았다. 그만큼이나 경직되어 있었다.

"도대체 무향은 뭘 하고 있는 거야!"

처음 그에게서 답신을 받았을 때는 정말 답이 올까 하는 생각에 반 정도는 포기하고 있었다지만 지금은 다르다. 이미 한 번씩 주고받았으니 두 번은 더 쉬울 터. 하지만 그 뒤로 무향에게서는 답신이 없었다.

"회의가 내일인데!"

맨 처음에 서신을 넣었을 때 역시 어찌 보면 늦었다고 할 수 있었다. 하지만 무향의 실력이 그렇게나 대단하다고들 하니 하루 이틀 정도면 어느 정도 짧은 글이나마 완성할 수 있을 거라고 생각했는데 답신조차 없었다.

혹시나 이미 다른 의뢰를 받아 글을 집필 중인 건가 하고 여기저기 조사해 봤지만 장에는 무향의 신작과 관련된 소문 하나 돌고 있지 않았다.

계속해서 책상을 내리치는 희빈의 손은 이미 붉게 달아올랐지만, 정작 그녀는 끓어오르는 분노에 아픔을 느끼지 못했다.

"아무래도 안 되겠다."

입술을 꽉 물던 희빈은 생각에 잠겼다.

지금 이럴 때가 아니었다. 더는 시간을 지체할 수가 없어.

불확실한 무향에게만 기대하는 것보다 다른 방법을 찾는 게 더 나을 거 같았다.

한참을 고민하던 희빈이 잠시 멈칫했다. 바짝 긴장하고 있던 궁녀는 그녀의 움직임에 또다시 불안해졌다. 분명 안 좋은 무언가를 떠올린 것이다. 그리고 자신은 저 입에서 나오는 말 한마디에 의해 또 죽자고 움직이겠지.

바로 명령을 내릴 줄 알았던 희빈이 의외로 아무 말이 없자 궁녀는 용기를 내어 고개를 들어 올렸다. 무슨 계획을 떠올린 건 맞는데, 아무래도 그 계획을 실행하기에는 어떤 문제점이 있는 모양이었다.

"혹시 청화궁에 아는 궁녀가 있느냐?"

"아, 아니요. 없습니다."

"쯧. 일전에 투입시킨 궁녀는 금방 티가 날 텐데……."

어떤 일을 맡길 사람을 찾고 있는 게 분명했다.

희빈 앞에 무릎 꿇고 앉아 있던 궁녀는 일단 안도했다. 청화궁과 연이 없는 자신이라면 이번만큼은 빠져나갈 수 있을 거 같았으니까.

"청화궁에 소속되어 있는 궁녀들 관리는 누가 하고 있지?"

"분명…… 현재는 '유한'이란 이름의 궁녀가 하고 있습니다. 첫째 왕자님의 왕자빈마마를 모시는 아이입니다."

"현우의 왕자빈?"

"예……."

대답이 떨어지기 무섭게 희빈의 입가에 무서운 미소가 지어졌다.

"그나마 잘됐군. 지금 당장 그 아이를 불러오거라."

희빈의 말에 궁녀가 다급히 물었다.

"청화궁의 궁녀를 말씀하시는 건가요?"

청화궁의 궁녀를 희안궁으로 불러들이면 다른 사람들에게 오해를 살 게 분명한데…….

걱정 가득한 궁녀의 조심스러운 질문에 희빈은 한숨을 내쉬었다. 이렇게 답답할 수가 있나! 척하면 척이지.

"말귀를 못 알아듣는구나. 왕자빈 말이다."

차라리 궁녀를 불러오는 일이 더 나을 거 같았다.

"왕자빈마마요?"

"그래. 가서 내가 보자고 했다고 전해라. 그 아이라면 예전에도 몇 번 대화를 한 적이 있으니 다른 이들이 이상하게 보지 않겠지. 물론 중앙궁에서는 주시하겠지만 말이야."

"예. 알겠습니다, 마마."

* * *

"유학? 좋겠다."

그 말에 하연은 놀란 얼굴로 바로 옆을 바라봤다.

웬만해서는 저렇게까지 대놓고 부러워하는 일 없는 강우 형님이건만, 이번만큼은 달랐다. 하고 있던 일에서 손을 떼기까지 하며 멍하니 자신을 바라보고 있다.

"다른 나라로 유학이라. 아무래도 보통 일은 아니지. 환 님처럼 왕족이라면 모를까."

"하긴…… 다른 나라 사람들에 대한 경계심은 어디에나 있으니까 그만큼이나 검증된 신분이 아니면 안 된다는 건데……."

"뭐, 서하연 정도면."

"그래서, 가겠다고 했어?"

그래, 역시 이게 가장 중요하지.

부장이 노골적으로 '아니요'라는 답변을 원하는 눈빛을 쏘아대기 시작했다. 물론 하연이 할 답 역시 '아니요.'였지만 그 얼굴을 보니 왠지 해 주고 싶지가 않았다.

"네가 없으면 안 된단 말이야."

"그런 말씀은 나중에 부장이 결혼하고 싶은 여성에게 하세요."

"결혼하고 싶은 여성이라……."

갑자기 령이 말끝을 흐리자, 국시 문제를 논의하느라 머리를 맞대고 있던 하연과 강우 뒤에 서 있던 율과 휘가 그를 바라봤다.

"왜."

"솔직히 말씀드리면 부장이 예문관 밖에서 여인을 만난다는 게 상상이 안 됩니다."

매일 예문관에 있는 모습만 봐서 그런가? 궐 밖 그의 사생활에 대해서는 아무리 생각을 해 보려고 해도 떠오르지 않았다.

　　"그래? 너희가 그렇게 좋아하는 서하연 선배님이랑 맞선도 봤는데, 뭐."

　　"네?! 그게 정말입니까?"

　　삐딱하게 의자에 앉은 령이 추억 하나 풀어놓듯 툭 하고 말하자 놀란 율과 휘의 목소리가 높아졌다. 두 사람은 부장의 말은 믿을 수가 없다며 하연에게 달라붙어서 확인을 요구했다.

　　"아, 그러고 보니까 그런 일도 있었네요."

　　사실이라니, 사실이라니!

　　하연과 부장이라……. 뭔가 오묘하게 어울리는 거 같으면서도 상상이 되지 않는 조합이었다.

　　"하연 선배님, 왜 그러셨어요?"

　　"잠깐. 뭐냐, 너희들? 그 '왜 그러셨어요?'라는 말 참 거슬린다?"

　　둘이 동시에 같은 말을 외치자 령이 상처받았다며 구시렁거렸다. 그러거나 말거나 율과 휘는 여전히 이해가 안 간다는 표정으로 하연을 바라보고 있었다.

　　"물론 부장이 유명한 명문 가문의 장남이라고는 해도 말입니다. 돈이 전부는 아니지 않습니까. 그…… 왜…….."

　　"성격이라든가?"

　　"그래요, 그거."

　　강우의 도움으로 말을 끝낸 율이 싱긋 웃었지만, 이 이야기를 듣고 있는 이들 중 딱 한 사람은 기분이 좋지 않았다.

"뭐라고?"

누가 봐도 화가 난 령이 들고 있던 책까지 덮어 놓고는 자리에서 일어났다. 그러자 율은 뒤늦은 후회와 반성을 하며 도망치기 시작했다.

안 그래도 바빠 죽겠는데.

예문관을 배경으로 펼쳐진 추격전에 하연은 너무나도 정신이 없었다.

결국 얼마 못 가 령에게 붙잡힌 율이 울상을 지으며 그의 손아귀에서 벗어나기 위해 발버둥 치는 걸 마지막으로 둘의 추격전은 막을 내렸다.

"그러고 보니까."

"응?"

열심히 문제 풀이를 적어나가던 강우가 입을 열자, 이번에는 또 무슨 말을 하려는 거냐며 령의 불안한 시선이 그를 향했다.

"해랑 님께서는 부장이 하연과 맞선을 본 적이 있다는 걸 알고 계시나요?"

강우의 말에 율을 괴롭히던 령이 조용해졌다. 서서히 얼굴이 창백해진 그는 어느새 바짝 긴장해서 얌전히 자리에 앉으며 말했다.

"……모르실걸."

"그렇군요. 그럼 해랑 님이 아시면 큰일 나겠네요."

"……."

암. 큰일 나겠지.

예전에 하연에게 포옹과 칭찬을 받았다는 이유만으로 화를 냈던 해랑인데, 결혼을 전제로 하는 맞선을 본 적 있는 령에게는 어떤 반응을 보일까.

강우가 다시 풀이 과정 쓰는 일에 집중하자 그 문제에 대한 대화는 끝이 났다. 그러나 령은 왠지 모르게 불안했다. 너무나 깔끔하게 이야기가 끝났다는 것이 더더욱.

"아, 부장. 거기서 혼자 놀고만 있지 말고 좀 도와주시지요?"

"……."

싱긋 웃으며 말하고 있는 강우를 바라보는 령의 눈이 흔들리기 시작했다. 저 녀석 지금 분명 협박하고 있는 거야! 틀림없어!! 좋은 건수를 잡았다며 마음속에서는 쾌재를 부르고 있을 거야!

"하……하하. 사랑하는 후배가 도와달라는데 당연히 도와줘야지, 암."

불쌍하다, 불쌍해.

율과 휘가 찍소리도 못 하고 하연과 강우 사이에 자리 잡고 앉는 령을 보며 피식 웃었다. 그를 무서워하고 불편해하던 율과 휘는 언제부턴가 령을 피하거나 하지 않았다. 좋게 말하면 부원들과 거리감 없이 지내는 훌륭한 부장이라고 말할 수 있겠지만, 나쁘게 말하면 부인에게 잡혀 사는 남편이라는 느낌이랄까.

말 잘 듣는 부장을 슬쩍 바라본 강우가 만족스러운지 피식 웃었다. 그러고는 금방 웃음기 지운 얼굴로 율과 휘를 바라보며 충고했다.

"혹시 몰라서 해두는 말인데 너희들 너무 하연의 뒤를 졸졸 쫓아다니지 마라. 무서운 사람한테 잡아먹힐지도 모르니."

'무서운 사람한테 잡아먹힐지도 모른다.'라는 말이 끝나기 무섭게 율과 휘의 머리에는 동시에 무언가가 떠올랐다.

"아, 도깨비……."

도깨비라는 말만 듣고도 강우는 모든 상황을 파악했다.

"뭐야, 벌써 만난 거야?"

"그분 원래 그러십니까? 심장 떨어지는 줄 알았다고요!"

호위대장이라고 알고 있었는데 알고 보니까 왕자님이었다거나, 또는 그 일을 이야기하는 도중에도 불쑥불쑥 나타나 자신들의 심장을 위태롭게 했던!

너무나도 아무렇지 않게 그런 도깨비를 데리고 다니는 하연은 모르는 긴장감을 이해해주는 이가 등장했다며 율과 휘가 울먹이는 얼굴로 강우에게 달라붙었다.

"아마 너희들이 생각하는 것보다 더 심할걸?"

"예?"

"애초에 그분이 왕위 경쟁에 참가한 계기가 서하연 때문이니까."

"……."

놀라 아무 말도 못 하고 있는 그들을 바라보며 강우가 피식 웃었다.

"너희들이 생각하는 것보다 더 대단한 녀석이야. 여기 앉아 있는 서하연이라는 여자는."

"잠깐, 자꾸 우리 해랑 님 나쁘게 말하지 말아 줄래요?"

그 말에 강우에게 붙잡혀 반강제로 일을 하고 있던 령이 막 점검이 끝난 문제 풀이들을 따로 모으며 혀를 찼다.

"'우리'라는 말이 아주 자연스럽게 붙네. 안 그래? 우리 강우 부원."

"그러게요, 우리 부장님."

자신을 놀리고 있는 둘을 흘겨보던 하연이 싱긋 웃었다. 이대로 당하고만 있을 서하연이 아니지.

"부러우세요? 그럼 오늘부터 그렇게 불러드릴까요? 우리 강우 형님, 우리 부장님?"

"야, 진짜 하지 마."

령과 강우가 정색하며 대답했다. 지금 자신들이 감히 누굴 건드린 건지, 참. 정신을 못 차렸지.

깊게 반성하는 둘을 보며 만족스럽게 웃은 하연이 율과 휘를 돌아보고 말했다.

"저 둘이 괴롭히면 언제든지 이 선배에게 말하세요."

"예……."

방금 전 대화만 봐도 알 수 있었다. 이곳 예문관의 실세는 눈앞의 아름다운 여인이었으며, 그녀의 영향력은 아마도 예문관을 넘어서 궐 안 전체까지 뻗쳐 있을지도 모른다는 걸.

二十六花
믿습니다

하연이 돌아올 시간에 맞춰 마중 나온 해랑의 눈에 저 멀리에서 걸어오고 있는 그녀가 눈에 들어왔다.

반갑게 손을 흔들며 그녀를 부르려고 했지만, 하연에게 달려가는 누군가의 뒷모습을 알아보고는 손을 내렸다.

"서하연 교육관님!"

"아, 안녕하세요. 아시라."

인사에 답을 해 줬지만 하연은 표정이 밝지 않았다. 곧 있으면 자신에게 닥칠 상황을 너무나도 잘 알고 있었기 때문이었다.

역시나. 오늘도 저를 보기 무섭게 다짜고짜 와락 껴안은 아시라였다. 그 품 안에서 벗어나기 위해 하연이 열심히 꼬물거리고 있는 걸 모르는 아시라가 평소보다 한층 가라앉은 목소리로 하연에게 말했다.

"아직도 마음 안 바뀐 거예요? 저 곧 있으면 돌아간단 말이에요."

"그 일이라면 예전에 말씀드린 대로……."

또다시 그녀를 설득해야만 하는 하연이 난감한 미소를 보였다. 차분한 목소리로 또 한 번의 거절을 시도하자, 아시라가 하연의 어깨를 붙잡고는 흔들기 시작했다.

"가고 싶지 않아요? 이런 기회 흔치 않은데?"

"그야…… 가고는 싶지요."

당연히 가고 싶지. 아까 예문관에서 부장과 강우 형님이 말했던 것처럼 이런 기회는 흔치 않았으니까. 하물며 여인에게는 더욱 그러했다.

"그런데 정말 중요한 일이 있어요. 그래서 안 될 거 같습니다. 죄송합니다."

뒤로 몇 걸음 물러선 하연이 꾸벅 허리를 숙이며 미안하다고 말하자 아시라도 더는 뭐라 할 수가 없었다.

"흑. 난 절대 교육관님을 포기하지 않을 거예요!"

그 말에 하연은 한숨을 내쉬었다. 아마 아시라가 돌아갈 때까지 이러한 일상이 계속될 거 같다는 생각이 들자 그것만으로도 벌써부터 피곤해지는 거 같았다.

"아, 해랑 님."

궐 안 산책이나 하고 오겠다는 그녀를 뒤로하고 막 청화궁 안으로 들어서던 하연은 우두커니 서 있는 해랑을 발견하고는 반갑게 웃으며 그의 앞으로 달려갔다.

"기다리신 거예요?"

"어…… 응."

그의 대답에 하연은 기분 좋은 미소를 지으면서도 안에 들어가 있지 뭐하러 나왔느냐며 중얼거렸다. 그리고 그들은 나란히 동궁 안으로 들어갔다.

"그게 뭐야?"

저녁 식사 후 자신의 방에서 낮에 이완이 전해 준 서신들을 보고 있던 하연이 인상을 찌푸리며 문가를 바라봤다.

"오라버니가 갖다 준 서신이요."

"흠……."

아무렇지도 않게 숙녀의 방문을 벌컥 열고 들어온 해랑에게 무슨 말을 하면 좋을까 고민하던 그녀는 한숨을 내쉬며 그냥 넘어가기로 했다. 어차피 말해 봤자 들을 사람이 아니라는 거 잘 알고 있으니까.

"뭐가 이렇게 많아? 누구한테서 온 거야?"

해랑이 허락도 구하지 않고 방 안에 들어와서는 너무나도 자연스럽게 자리를 잡고 앉아 쌓여 있는 서신 중 한 장을 집어 들며 말했다.

"예전에 그 특별 강의 때 가르쳤던 학생분들이요."

"……."

서신 한 장, 한 장을 소중하게 다루며 읽고 있던 하연이 싱긋 웃으며 대답하자 해랑은 또다시 입을 다물어 버렸다. 최근 들어 자주 있는 일이었다. 요즘 해랑은 기분이 좋은 듯 보이다가도 갑자기 안

색이 안 좋아진다거나, 혼자 생각에 잠긴다거나 하는 일이 잦았다.

"뭐라고 적혀 있는데?"

"대부분 그냥 안부 인사예요. 몇몇은 그때 함께 수업을 받은 사람들끼리 모여서 뒤에 미처 끝내지 못한 걸 공부하고 있대요."

서신들을 정리해 상자에 담은 하연이 방 한쪽 구석에 그것을 갖다 놓으며 말했다. 슬쩍 그녀의 어깨너머로 바라본 곳에는 조금 전 그 상자와 비슷한 상자가 네다섯 개 정도 쌓여 있었다.

"그것도 다 제자들에게 받은 거야?"

"네."

뿌듯한 미소를 보이며 하연은 상자를 쓱쓱 문질렀다.

누군가는 비웃겠지만 이 상자 속에 들어 있는 종이 쪼가리들이 바로, 하연에게는 보석이니 옷이니 그런 것보다도 더 소중한 보물이었다.

"그나저나 해랑 님, 일찍 주무시는 게 좋지 않아요?"

"왜?"

"왜긴요. 내일 중요한 날이잖아요."

어쩜 이렇게 긴장감이 없을까. 어쩌면 내일의 몇 시간짜리 회의로 인해 그의 인생이 판가름 날지도 모르는데.

하지만 해랑은 예전에 돌쇠에게도 말했던 것처럼 정말 아무렇지 않게 생각하고 있었다. 다만 내일 결과에 따라 조금 편한 길과 멀고 험한 길이 나뉘겠지만.

"아…… 어차피 오후인데 뭐. 왜, 설마 늦잠 자느라 회의 시간 놓칠까 봐 걱정 돼?"

"실수라도 할까 봐 그렇지요."

"네가 있으면 실수 같은 거 안 해."

아차, 해랑은 방금 한 말을 후회했다. 할 수만 있다면 말하기 전으로 돌아가고 싶을 정도였다.

하지만 스스로 놀란 그와 달리 하연의 표정은 한없이 밝았다.

"하하. 해랑 님 곁에 꼭 붙어 있어야겠네요."

예전이었다면 분명 자신은 저 말 한마디에 감격해 그녀를 꽉 끌어안았을지도 몰랐다. 하지만 지금은 다르다. 물론 기쁘기야 하지만……

자신을 뚫어져라 바라보는 그에게 왜 그러느냐 물으려던 하연은 멈칫했다.

해랑이 걱정된 하연이 그의 이마에 손을 얹으려던 그때였다. 멍하니 그녀를 바라보던 해랑이 자신을 향하고 있는 그 손을 덥석 붙잡더니 그 상태로 바닥에 벌러덩 누워버렸다.

"……왜일까? 네가 네 입으로 내 곁에 있을 거라고 말해 주게 되었는데, 마냥 기쁘지만은 않아."

알아들을 수 없는 그 말의 의도를 파악하기 위해 눈을 굴리던 하연이 인상을 찌푸리더니 해랑의 바로 옆자리에 털썩 누웠다.

"……뭐, 이미 잡은 물고기니 뭐니 그런 건가요?"

"그게 뭐야, 물고기?"

"아니면 말고요."

무슨 말인지 이해 못 하는 해랑을 응시하던 하연이 고개를 홱 돌리며 퉁명스럽게 말했다.

"서하연."

"왜요."

"나한테 하고 싶은 말이 있지 않아?"

"예?"

하고 싶은 말이 없냐는 말에 하연은 오히려 더 입을 닫아버렸다. 지금 그가 말하고 있는 그 '하고 싶은 말'이라는 것이 예의 '칭찬'과 관련 있는 대사인지 아니면 정말 순수하게 하고 싶은 말을 하라는 건지 알 수가 없었다.

하연이 아무런 말도 하지 않고 눈만 깜빡거리며 자신을 바라보고 있자 해랑은 한숨을 내쉬었다. 그러고는 그녀의 허리에 팔을 둘러 제 품 안에 꼭 끌어안았다.

"너 솔직하게 말해 봐. 역시 가고 싶은 거지."

이런, 무슨 이야기를 하려는 건가 했더니 그거였나! 해랑의 말에 하연은 문득 돌쇠가 했던 이야기가 떠올랐다. 해랑이 요즘 멍하니 있는 시간이 늘어났다며 누가 이기적이니 뭐니 그런 말들을 중얼거리는데 도통 원인을 모르겠다, 그렇게 투덜거린 적이 있었다.

하연은 설마 해랑이 그녀보다 더 그 일에 대해 신경 쓸 줄은 몰랐다. 바로 내일 중요한 회의가 있는데 그를 이렇게 불안하게 만들다니, 자신의 실수였다며 자책했다.

"정말 괜찮다니까요?"

"내가 안 괜찮아."

괜찮다고 하는데도 절대 괜찮을 리 없다 확신하고 있는 그를 보자 하연은 꾹 참았던 짜증들이 한꺼번에 몰려오는 거 같았다.

아, 정말. 본인이 괜찮다는데 왜 이리 말이 많은지!

"보내 달라고 하면 보내 줄 수 있기는 해요?"

"……."

거 봐, 대답 못 하면서. 기껏 원하는 대답을 들려줬는데 왜 대답을 못 하느냐며 그를 쏘아봤다. 그러자 해랑이 한 팔로 자신의 눈을 가리며 중얼거렸다.

"아, 상상해 보니까 진짜 절망적이기는 하다. 아무리 생각해도 난 너 없이는 이 궐 안에서 하루도 못 버틸 거 같아."

"거 봐요, 그러니까……."

"하지만 앞으로 남은 시간까지 생각해서 따지자면 아주 잠깐일 테니까, 나는 괜찮을 거야."

언제 징징거렸냐는 듯 그가 또렷한 눈으로 진지하게 말했다.

"게다가 네가 없는 1, 2년 사이에 무너질 정도면 애초에 왕위에 오를 그릇이 못 되겠지."

"그래도……."

"그리고 제 여자가 하고 싶은 걸 하지 못하게 하거나 포기하게 만드는 것만큼 못난 남자는 또 없을 테고. 사랑한다고 말할 때마다 양심이 찔릴 거 같아."

조용히 그가 말하는 걸 듣고 있던 하연은 손을 들어 꽤나 기특한 소리를 하고 있는 그의 얼굴을 감싸 쥐었다. 그러고는 더 이상 흔들림 없는 그의 눈동자를 똑바로 응시했다.

"……정말 혼자서도 괜찮겠어요?"

하연이 마음속 깊은 곳에 꾹 감추고 있었던 마음을 은근슬쩍 드러내며 말했다. 그러자 해랑은 자신의 얼굴에 닿아 있는 그녀의 손에 제 손을 포개며 고개를 끄덕였다.

"부인께서는 하고 싶은 걸 마음껏 하셨으면 좋겠어. 아, 물론 그러려면 내가 제대로 된 남편이 되어야겠지만."

"……."

"망설이다가 결국에는 다른 사람 때문에 포기해 버리는 건 서하연답지 않아. 네가 날 포기하지 않았던 것처럼."

그 말에 하연이 웃으며 그의 품 안에서 고개를 끄덕였다.

"하긴, 영희궁에서 한 발자국도 안 나가려고 했던 해랑 님도 이렇게나 훌륭하게 바꾸어 놓았는데, 이제 뭐 다른 웬만한 일들은 식은 죽 먹기죠."

'영희궁에서 한 발자국도 안 나가려고 했던'이라는 말에 해랑은 얼굴을 붉혔다. 그리 오래된 이야기가 아니었음에도 불구하고 어쩐지 이제는 그때의 자신을 떠올릴 때마다 괜히 창피했다.

아마 이 이야기는 나중에 심심할 때마다 종종 등장하겠지.

"그래서? 내가 왕위를 물려받은 이후에는 뭘 할 생각이야? 생각해 둔 게 있기는 하지?"

"아— 너무 거창해서 말하는 것도 두려운데요?"

"거 봐, 네 목표는 앞으로도 계속해서 자라날 거라고 내가 말했잖아."

이미 그럴 거라 예상했다며, 자신도 마음의 준비라는 걸 해둬야 하니 알려 달라는 그의 재촉에 하연은 끝까지 입을 다물고 있을 수 없었다.

오히려 재미있는 일을 꾸미는 악동처럼 두 눈을 반짝이며 말하는데, 그 모습이 너무나도 생기가 넘쳤다.

"우선 예문관에서 나갈 거예요."

"이런, 시작부터 파격적이네."

벌써부터 놀라면 재미가 없을 텐데?

"주혜국이라는 나라에 가서 교육기관을 설립하는 과정을 보고 배울 생각이에요. 좋은 기회라고 생각해요."

"좋아, 그 다음은?"

"그 다음은 천유국에 새로운 교육기관을 만들 거예요."

"……새로운?"

자신이 생각했던 것보다 훨씬 큰 그녀의 꿈에 해랑은 깜짝 놀랐지만, 애써 내색하지 않았다. 그래, 깜빡했네. 서하연은 욕심쟁이였지.

"내가 해 보고 싶은 건 다 할 수 있는 그런 교육기관이요. 가르치고 싶은 대상, 과정 그리고 기간까지 아무런 제약 없이 펼칠 수 있는 기관."

하연이 원하는 것을 이루기에 예문관은 가르쳐야 하는 대상이 반드시 왕족 아니면 귀족으로 한정되어 있는 등 제약이 너무나도 많았다.

"널 따라가려면 내가 더 정신을 바짝 차려야겠구나."

"바짝 정신 차려서 쫓아와 주세요!"

새롭게 각오를 다지는 해랑을 흐뭇하게 바라보던 하연이 그의 손을 꼭 잡았다.

"저는 당신은 믿습니다."

그다지 설레거나 하는 말이 아니었지만, 그럼에도 해랑은 갑자기 심장이 쿵쾅쿵쾅 뛰고 어린애처럼 붕 떠오르는 거 같았다. 지금 이 상황에서 '믿는다.'라는 말만큼이나 그를 기쁘게 할 단어는 찾기 어려울 거 같았다.

"그야말로 최고의 칭찬이네."

그렇게나 기분 좋았던 건지 한참을 실실 웃던 해랑이 기쁨을 주체하지 못하고는 하연의 이마에 입을 맞췄다. 그것으로도 모자라는 건지 이제는 자연스럽게 그 다음을 탐내기 시작했다. 결국 머뭇거리던 그는 입술까지 입맞춤을 남기고는 살짝 고개를 들었다. 그러자 살짝 눈을 감아주었던 하연이 눈을 떴다. 그런 그녀를 향해 한번 싱긋 웃어 준 해랑은 고개를 돌려 문가를 주시했다.

물론 이 시간이면 퇴근하고 없겠지만, 언제 또 등장할지 모르는 게 그녀의 오라버니 아닌가.

"너희 오라버니가 너한테 이상한 짓 하면 가만 안 둔다고 했는데."

쯧쯧. 한 여인의 오라버니 되는 남자에게 꽉 붙잡혀 사는 그가 왕자라니. 그를 불쌍해해야 하나, 아니면 이완을 대단하다고 해야 하나?

"제가 말 안 하면 되지요. 게다가 이런 건 이상한 짓에 포함되지 않는걸요."

"그렇지? 네 오라버니는 너무 과잉보호라니까?"

그가 웃으며 다시 한 번 고개를 숙였다. 이번에는 어린아이 같은 입맞춤과는 확실히 다른 느낌이었다. 짙은 입맞춤이 끝나고 잠시 서로를 바라보는 둘의 입가에는 미소가 지어져 있었다.

한동안 하연 때문에 고민이 이만저만 아니었던 해랑과 마찬가지로 하연 역시 여러 가지 문제 때문에 제대로 자지 못했지만, 오늘은 머리 아픈 생각 하지 않고 푹 잘 수 있을 거 같았다.

*　　*　　*

불이 꺼진 청화궁과 달리 늦은 시간임에도 불구하고 어렴풋이 불빛이 새어 나오고 있는 곳이 있었다.

어둠 속에서 재빠르게 움직이던 그림자 하나가 벽에 바짝 붙었다. 바로 옆 살짝 열린 창 너머로 불 켜진 방 안의 광경이 어렴풋이 보였다.

방 안에는 짜증 가득한 얼굴로 앉아 있는 희빈과 그 앞에 불안에 떨고 있는 한 여인이 앉아 있었다.

곧 방문을 열고 궁녀 한 명이 재빠르게 안으로 들어섰다.

"왜 이리 늦었느냐."

막 안으로 들어선 궁녀를 보며 희빈이 말했다.

"죄송합니다, 마마."

"말한 건 잘 구해 왔겠지?"

그 말에 궁녀가 작게 고개를 끄덕이더니, 이곳까지 오는 내내 제품 안에 품고 있던 작은 병 하나를 상 위에 올려놓았다. 눈앞에 놓인 작은 병을 흥미로운 시선을 바라보고 있던 희빈이 그것을 집어들었다. 그 병을 보며 만족스럽게 웃던 희빈이 웃음기를 싹 지우고는, 제 앞에서 벌벌 떨고 있는 한 여인에게로 시선을 옮겼다.

"……아까도 말씀드렸다시피 저를 좀 도와주셔야겠습니다, 빈."

"하, 하지만 희빈마마……."

희빈이 작은 병을 창백한 그녀의 손에 쥐어주며 나긋나긋한 목소리로 부드럽게 미소 지었다.

"걱정하지 마세요. 말했다시피 이건 조금 강한 수면제일 뿐입니다. 의료용으로도 사용되고 있지요. 적정량을 넣으면 깊은 잠에 빠지게 될 뿐 생명에 위협이 되지는 않습니다."

"……저, 정말인가요?"

"예. 빈께서는 그냥 청화궁의 궁녀를 시켜 서하연 교육관과 해랑에게 이 약을 탄 차를 마시게 하면 되는 겁니다. 그렇게 되면 둘은 회의 때 참석할 수 없게 되겠지요."

차분한 그녀의 목소리 덕분인지 계속해서 떨리던 빈의 손이 서서히 진정을 되찾아 갔다. 그러자 희빈의 입가에 슬며시 날카로운 미소가 지어졌다.

"그래요, 빈. 이 일만 잘 끝나면 제가 책임지고 현우가 평생 빈만을 바라보도록 만들겠습니다. 빈도 여인이니 남편에게 사랑받으며 살고 싶겠지요, 안 그런가요?"

그 말에 여인이 굳은 결심을 한 눈빛으로 고개를 끄덕였다.

밤이 늦었으니 어서 처소로 돌아가 쉬라며 그녀를 내보낸 희빈은 작게 한숨을 내쉬었다. 되도록 이 방법만큼은 쓰고 싶지 않았지만, 상황이 상황이다 보니 어쩔 수가 없었다.

"쯧쯧. 불쌍한 것. 제 남편 사랑이 그렇게나 목말랐나."

닫힌 문을 보며 중얼거리는 희빈의 말에 방 안에 모여 있던 궁녀

중 한 명이 걱정스러운 눈빛으로 조용히 입을 열었다.

"……마마, 괜찮으시겠습니까?"

"뭐가 말이냐."

"아무리 수면제로 잠재워 회의 때 참석하지 못하게 한다고 해도 잠에서 깨어나시면 다 들통이 나는 게…….."

조심스러운 궁녀의 말에 희빈이 큭 하고 작게 웃기 시작했다. 한참을 웃던 그녀는 자신이 이상한 걸 물었나 싶어 당황하고 있는 궁녀에게 말했다.

"걱정하지 말거라. 한번 마시면 영영 깨어나지 못할 잠에 빠져들 테니."

그 말에 희빈의 명령을 받고 약을 갖고 왔던 궁녀를 제외한 방 안의 다른 궁녀들은 깜짝 놀랐다.

"……예? 하지만 분명…….."

"그렇게 말하지 않으면 저 겁 많은 것이 못 하겠다고 할 게 뻔하지 않느냐."

"그, 그럼…….."

"걱정 말거라. 혹여 일이 잘못된다고 해도 저 바보 같은 왕자빈이 다 뒤집어쓸 테니까. 그래, 제 남편인 현우를 왕위에 올리기 위해 경쟁자를 제거하려 했다…… 뭐 이 정도의 이야기가 딱 좋으려나? 하하."

궁녀들은 너무나도 쉽게 말하는 그녀를 바라보며 굳었다. 내일 중요한 일이 있으니 자신은 이만 잘 거라며 물러나라는 말에 자리에서 일어나기는 했지만, 이건 뭐가 잘못되었다는 생각이 들었다.

하지만 잘못되었다는 걸 알면서도 그들은 아무 말도 할 수가 없었다. 궁녀란 그런 것이었으니까.

불안해서 어쩔 줄 몰라 하는 궁녀들과 달리 방 안에 홀로 남은 희빈은 아주 여유로워 보였다. 걱정거리 하나 없는 사람처럼 밝은 얼굴로 이불 위에 누워 내일을 기대하며 두 눈을 감았다.

"오늘은 푹 잘 수 있겠구나."

그렇게 마지막까지 켜져 있던 희안궁의 불이 꺼졌다.

                    *   *   *

"사람들이 많이 몰려드네요."

어제까지 정리한 국시 모의시험 문제들 필사본을 옮기고 있던 휘가 걸음을 멈추고 중얼거리자 하연은 그가 바라보는 곳을 바라봤다. 그 말대로 궐 안은 평소보다 더 많은 사람들로 북적이고 있었다.

"전하께서 이번 회의에는 귀족들도 참가시키겠다고 하셨거든요."

대신들만 모인다고 해도 대략 일흔 명 정도가 되는데, 이번에는 귀족들까지 투표에 참가시키겠다니. 물론 귀족의 수는 그것보다는 적었지만 그래도 둘을 합치면 백은 족히 넘었다.

"아, 원래 귀족들은 회의에 참석 못 하는 건가요?"

"아니요. 둘은 따로 회의를 하거든요. 귀족은 귀족끼리, 대신들은 대신들끼리. 예를 들면 나라의 법을 고치는 문제에 그쪽 분야와는 전혀 관계가 없는 귀족들이 참석할 필요는 없잖아요. 아, 물론 귀족과 대신 둘 모두에 해당되는 사람은 양쪽 회의 모두 참석."

"그럼 대신들이랑 귀족들이 한자리에 모이는 건 보기 드문 광경이겠군요."

그녀의 말에 이해가 됐다며 휘가 고개를 끄덕였다. 그 말이 맞았다.

"그러니까요. 장관일 텐데……."

"선배님께서도 참석하시잖아요. 셋째 왕자의 정식 교육관이라는 입장으로."

앞서가던 하연이 살짝 아쉽다는 목소리로 말하자 뒤따르던 휘가 고개를 갸웃거리며 물었다. 분명 예문관 선배들이 아직 자신들도 못 가는 회의에 하연이 출석하게 되어 부럽다며 징징거렸는데.

휘의 질문에 하연은 고개를 절레절레 저었다.

"안타깝게도 전 일이 있어서 참석하지 못해요."

일? 일이라니, 무슨 일?

오후에 있을 회의에 참석해야 하는 고위 대신들 때문에 오늘은 예문관도 오전 근무가 다여서 이 서류만 갖다 놓으면 끝인데? 게다가 그 도깨비보다도 더 중요한 일이 있다는 뜻인가? 계속해서 그녀를 쏘아보며 무슨 생각을 하는 건지 알아내려던 휘는 한숨을 내쉬며 포기했다. 도저히 저로서는 하연의 생각 따위 읽어낼 재간이 없다.

*　　　*　　　*

오늘은 회의가 있기 때문에 예문관에 남아 있는 사람은 몇 사람 없었다.

"다 했다. 수고했어요."

"선배님도요."

"둘 다 수고."

다른 사람들은 이 기회를 놓칠 수 없다며 조기 퇴근을 하거나 밖으로 나갔는데, 오직 부장인 령만은 밖을 돌아다니는 것보다 남아서 일을 하는 편이 낫다며 이곳에 남아 있기를 희망했다.

사실 이제부터 그가 해야 하는 일이 하연이 가장 싫어하는 일 중 하나인데, 그 이유는 바로 눈이 아프기 때문이었다.

필사라는 게 사람의 손으로 베껴 쓴 것이다 보니 어쩔 수 없는 오류가 적지 않게 발견되고는 했다. 만약 문제에 오류가 있을 경우에는 시험에도 영향을 끼치기 때문에 이렇게 하나하나 제대로 잘 필사되었는지를 확인해줘야 했다. 물론 그런 일들은 대개 각 부서의 말단들이 하는 일이었지만.

"안 가고 뭐해. 혹시 너희들도 같이 하고 싶은 거냐?"

"그럴 리가요."

하연이 정색을 하며 아니라 말하자 막 첫 장 검토를 끝낸 령이 웃으며 한쪽에 그 종이를 내려놓았다.

"하긴. 너는 이런 단순하게 틀에 박힌 작업은 싫어하지."

부장의 말대로 문제를 만들면 만들었지, 그것을 확인하는 작업은 하연이 치를 떨었다.

가만히 서서 부장의 앉은키 절반까지 올 정도의 서류 더미를 바라보는 하연의 눈빛이 흔들리고 있었다. 물론 부장은 혼자 하겠다고 했지만, 아무리 생각해도 그 양이 너무나도 많은 거 같았다. 조금은 도와주고 갈까 하는 마음에 이렇게 서 있었지만, 쉽게 끼어들 틈이 보이지 않아 망설이고 있던 그때였다.

"서하연, 슬슬 가 봐야 하지 않아? 지금쯤 불안해하고 계실 거 같은데, 너라도 곁에 있어야 하는 거 아니야?"

서류 더미에 얼굴을 파묻고 있던 령이 고개를 들며 말하자, 막 그의 앞자리에 앉으려던 하연이 멈칫했다.

"괜찮아요."

"응?"

"그분은 이제 더 이상 예전의 해랑 님이 아니시거든요."

"……."

알아들을 수 없는 말을 하고는 묵묵히 일하기 시작한 그녀에게 령은 아무 말도 할 수가 없었다.

예전의 해랑 님이 아니라라니, 서하연이 직접 그렇게 말할 정도면 믿어도 되는 건가?

"그래도 혹시 모르니까 돌아가. 내가 불안해서 그래. 급해지면 내일이라도 너한테 다 떠넘길 거니까, 오늘은 일단 돌아가."

"에이, 후회하실 텐데?"

"겨우 그런 거로 후회 안 해."

'그럼 할 수 없지요.'라고 말하며 하연이 자리에서 일어났다. 나가는 그녀에게 시선도 주지 않고 무심하게 손만 흔들어 주는 령이었다.

*　　　*　　　*

"어쩌죠. 어쩌죠. 어쩌지요!"

점점 다가오는 시간에 돌쇠는 심장이 터져 버릴 거 같았다. 어제는 그냥 조금 긴장될 뿐이었는데, 막상 당일이 되니 미쳐 버릴 거 같았다.

"그만해라. 정신 사납다."

바람 쐬러 나가자는 하연의 말에 정자에 나와 있던 해랑이 정신없이 제 주변을 뱅글뱅글 돌던 그에게 인상을 찌푸리며 말했다.

"어떻게 그렇게 평온하실 수 있으신 겁니까?!"

"안달해 봤자 소용없잖아."

이렇게나 긴장되는 사람은 나밖에 없는 건가?

돌쇠는 곧 있으면 회의가 시작되는데도 불구하고 긴장은커녕 지루함에 오락거리를 찾다가 막 장기를 두기 시작한 해랑과 하연의 머릿속이 너무나도 궁금했다.

"아직 한 시진이나 남았으니 진정해. 할 거 없으면 차나 한잔 내오든가."

그의 말에 알았다며 자리에서 일어난 돌쇠가 터덜터덜 정자에서 내려갔고, 그 모습을 바라보던 하연은 흐뭇하게 웃으며 자신의 말을 옮겼다.

요즘 시대에 차를 타 주는 남자는 드물었다. 돌쇠는 영희궁에서 해랑과 단둘이 지내왔기 때문에 그런 일이 몸에 익숙해졌다며 불만이었지만, 여자 입장에서 보면 왠지 나중에 자상한 남편이 될 거 같았다.

"아, 혹시 몰라서 준비해 두었습니다."

"어?"

언제 준비한 건지 때 마침 다과상을 들고 오는 중이던 궁녀와 마주친 돌쇠가 놀란 눈으로 그녀를 바라봤다.

다과상을 든 궁녀는 돌쇠의 시선에 숨 쉬는 것을 멈출 정도로 바짝 긴장했다. 다과상을 쥐고 있는 그 손에 저도 모르게 힘이 들어가 새하얗게 변할 정도였다. 그러거나 말거나, 궁녀가 아닌 오로지 다과상에만 관심이 있는 돌쇠는 싱긋 웃으며 그 상을 받아 들었다.

"이거 참 감사합니다. 덕분에 잔소리 들을 게 하나 줄어들었네요."

분명 왜 이렇게 늦었느냐며 한소리 할 작정을 하고 있을 텐데, 오히려 이렇게 빨리 돌아가면 어떤 표정으로 자신을 볼지 너무 궁금한 돌쇠는 얼른 그 상을 대신 받아 들려고 했다. 하지만 상을 들고 있던 여인은 어째서인지 그에게 그것을 넘기려 하지 않았다.

"아, 아…… 제가 하겠습니다. 호위 무사님께 이런 일을 맡길 수는 없지요."

어차피 맨날 하던 일이지만 돌쇠 역시 앞으로는 이런 일에서는 손을 떼야겠다고 다짐하던 차였다. 만약 해랑이 정말 왕위를 물려받아 왕이 된다면 그때까지도 제가 끓인 차를 마시게 할 수는 없지 않은가. 돌쇠가 알겠다고 웃으며 상에서 손을 떼자 순간 창백해졌던 궁녀가 조용히 안도의 한숨을 내쉬었다.

'혹시 모르니까 말이다, 반드시 네가 직접 따라 준 차를 마시는 걸 두 눈으로 확인하고 와야 한다.'

굳은 얼굴로 작은 병을 내밀며, 자신에게 신신당부하던 빈의 모습이 떠올랐다.

분명 추궁을 당하기는 하겠지만, 빈께서 잘 빼내어 주겠다고 말씀하셨으니 걱정 없었다. 게다가 죽는 것도 아니고 잠깐 잠에 빠지게 하는 수면제라는데 그리 큰 문제는 없겠지 싶었다.

돌쇠의 뒤를 따르던 궁녀가 슬쩍 고개를 돌렸다.

저 멀리 떨어진 나무 그늘 아래에서 이 모든 걸 지켜보고 있던 희빈의 궁녀가 만족스러운 미소를 지으며 고개를 몇 번 끄덕이는 게 보였다.

"어, 빨리 왔네."

아주 잠깐 사이에 하연에게 완벽하게 지고 있던 해랑이 놀란 듯이 말했다. 그러자 돌쇠는 괜히 자신이 뿌듯해져 활짝 웃으며 궁녀를 위로 올려 보냈다.

곧 정자 위로 올라가 상을 내려놓은 궁녀는 뜨거운 김이 모락모락 나는 차를 찻잔에 따라 해랑과 하연 앞에 각각 두었다.

"아, 감사합니다."

너무나도 쉽게 해랑을 제압하고 있던 하연이 궁녀에게 웃으며 인사하고는 찻잔을 들어 올렸다. 그 모습을 지켜보며 궁녀가 회심의 미소를 짓고 있던 그때였다.

"참 여유롭구먼."

"아, 안녕하세요. 환 님."

갑자기 등장한 환이 정자 위로 올라오자 하연과의 단둘의 시간을 방해받은 해랑이 불만스러운 눈빛으로 그에게 저리 가라며 손을 휘저었다.

"신경 끄시지."

"재미있어 보이네. 교육관님, 이 녀석 끝나면 다음은 저와도 한 판 두시지요."

"환 님과 둘 때는 정신을 바짝 차려야겠네요."

환까지 자리를 잡고 앉자 바로 곁에서 지켜보고 있던 궁녀의 표정이 사색이 되었다. 환이 끼어들 줄은 생각지도 못한 일이었다.

어쩌면 좋겠냐며 뒤에 조용히 따라붙은 희빈의 궁녀를 바라봤지만, 그녀 역시도 예상치도 못한 사태에 당황한 눈빛이었다.

"……뭐야, 나는 안 주는 건가?"

해랑과 하연의 경기를 구경 중이던 환이 옆을 슬쩍 돌아보며 얼어붙어 있는 궁녀에게 말했다.

제대로 교육을 받은 궁녀라면 알아서 챙겼어야 할 텐데, 예상치 못한 상황이 당황스러운지 궁녀는 정신이 없어 보였다.

분명 해랑 님과 서하연 교육관에게 이것을 먹이라고 했지만, 환에 대한 이야기는 없었다. 희빈의 목적이 이 둘을 회의에 참석하지 못하게 하는 거라면 환이 이 차를 마셔서는 안 됐다.

하지만 그렇다고 달라는데 안 줄 수도 없었다. 궁녀로서 윗사람의 명령을 무시할 수는 없었으니까.

저 멀리서 이 모습을 지켜보고 있던 희빈의 궁녀는 머릿속이 텅 비는 거 같은 기분을 느꼈다. 왕자빈과 그녀의 궁녀들은 그 약을 단순한 수면제 정도로 알고 있는데, 만약 저것을 환이 마시게 되면 그들의 계획이 무너지는 것은 물론 희빈은 모든 것을 다 잃을 꼴이다.

어떻게든 막아야 한다며 저를 바라보는 궁녀에게 격렬하게 고개를 저었다.

'알아서 그 상황을 잘 넘겨야 해!'

"이봐."

"그, 그게…… 차가 다 떨어져서 새로 끓여오겠습니다. 환 님께서는 잠시만 기다려 주시면……."

"이렇게나 많이 남아 있는데?"

환이 재빨리 궁녀가 들고 있던 주전자의 뚜껑을 열고 안을 들여다보며 말했다.

"이, 이건 그러니까…… 식어서……."

"괜찮다. 난 원래 뜨거운 거 잘 못 먹으니까."

"하지만……."

더는 물러날 곳이 없었다. 궁녀는 이 상황을 무사히 넘길 방법이 떠오르지 않아, 그저 주전자를 꼭 쥐고 버티고 있을 뿐이었다.

"……."

"……."

그들이 있는 정자에 무거운 침묵이 내려앉았다. 바람 부는 소리와 새가 지저귀는 소리만 들릴 뿐 숨소리조차 들리지 않는 거 같았다.

궁녀의 바로 앞에 자리 잡고 앉아 있던 환과 장기판에 집중 중이던 해랑의 시선이 허공에서 마주쳤다. 잠시 아무 말 없이 해랑을 바라보고 있던 환이 비릿한 미소를 지으며 궁녀를 돌아봤다.

"나는 마시면 안 되는 이유라도 있나?"

"예, 예?! 아닙니다, 아닙니다. 그런 게 아니라……."

정곡을 찔러오는 환의 질문에 궁녀가 기겁을 하며 고개를 저었지만, 이제 와서 통할 리가 없었다.

"서이완."

제 앞에 놓여 있던 찻잔을 옆으로 밀어낸 해랑이 차분한 목소리로 자신의 말을 옮기며 이완을 불렀다.

해랑의 부름에 그의 곁에 서 있던 이완이 고개를 끄덕이며 궁녀에게로 다가가더니 그녀를 강제로 일으켜 세웠다.

"자, 잠시만요!"

여자가 놓지 않으려는 주전자를 힘으로 빼앗은 이완이 그것을 돌쇠에게 넘겼다. 질질 끌려가는 궁녀를 힐끔 바라보던 해랑이 한숨을 내쉬었다.

"먹는 거로 장난치지 마."

"잠시만요! 해랑 님! 환 님!"

청화궁 안에 궁녀의 처절한 목소리가 울려 퍼졌다.

"……하아."

그 모습을 지켜보고 있던 환이 무거운 한숨을 내쉬며 고개를 돌렸다. 그의 표정에 복잡한 감정들이 뒤섞여 있었다.

이런 일을 벌인 게 누구겠는가. 뻔하지, 뭐.

"이봐, 네 잘못이 아니라는 건 알고 있으니까."

해랑의 말에 환은 살짝 놀랐다.

"너 지금 고맙다고 말하고 있는 거냐?"

"알아서 받아들여라."

그의 성격이라면 불같이 화를 내며 날뛸 줄 알았는데 너무나도 침착했다.

"하지만……."

"피해를 본 사람은 없으니까 됐잖아. 혹시 모르지, 네가 아니었으면 내가 마셨을지도. 안 그래, 서하연?"

"해랑 님……."

이런 상황에서는 늘 시원스러운 대답을 들려 주고는 했던 하연이 꽉 잠긴 목소리로 해랑의 이름을 불렀다.

안 좋은 예감이 든 해랑과 환이 동시에 하연을 바라봤다. 하연이 놀란 눈으로 제 손에 들려 있는 찻잔을 바라보고 있었다.

"……안 마셨지? 그렇지?"

몰려오는 불안감에 그가 물었지만, 어찌 된 일인지 하연은 바들바들 떨기만 할 뿐 아무런 대답도 하지 않았다. 결국 대답을 기다리는 것에 치진 해랑은 그녀의 손에서 찻잔을 빼앗듯 낚아챘다.

이런.

찻잔은 어렴풋이 바닥을 드러내고 있었다.

"마셨어?"

해랑과 환이 깜짝 놀라 그녀를 바라봤다.

사시나무 떨듯 몸을 떨던 하연의 얼굴이 새파랗게 질리더니, 그녀의 다른 손에 들려 있던 장기 말이 힘없이 떨어졌다.

"서하연!"

그리고 제 몸을 못 가누고 휘청거리던 하연은 해랑과 환이 어떻게 손을 쓸 새도 없이 바닥에 쓰러졌다.

二十七花
정말 긴 하루

중앙궁의 정문 밖. 곧 있으면 회의가 열릴 시간이었다.

회의 시간 내에 출석하지 않으면 투표권을 주지 않겠다는 신후 왕의 당부 때문인지 다들 문턱을 넘어 안으로 들어가기 바빴다.

얼마 남지 않은 시간 때문에 서두르고 있는 사람들과 달리 한 여 인만큼은 정문 앞에 굳은 채로 안에 들어서지 못하고 있었다.

"희빈마마, 이제 곧 시간이……."

"시끄럽다."

오히려 더 조바심이 난 궁녀가 걱정스럽게 말했지만, 그럼에도 불구하고 희빈은 걸음을 뗄 생각을 않고 있다.

그녀는 초조하게 누군가를 기다리고 있었다. 아까 청화궁에 보 낸 궁녀에게서 전달받은 문제가 있어, 들어가기 전에 확인이 필요했다.

이제 출석할 사람들은 대부분 입장을 끝내 중앙궁 앞에 적막감이 맴돌던 그때였다.

"희빈마마 아니십니까."

그렇게나 기다리고 기다리던 이의 목소리가 들리기 무섭게 희빈이 고개를 들었다. 그리고 제 앞으로 다가오는 해랑을 노려봤다.

쉽게 끝낼 수 있었을 일을 어렵고 복잡하게 만든 걸림돌.

"들어가지 않으시고 뭐하십니까?"

"……시해랑."

영희궁에 틀어박히기 전과는 확실히 다른 모습. 제 눈만 보면 바로 도망치거나 피하기 바빴던 작은 아이는 어디로 간 건지, 그는 더이상 피하지 않았다. 오히려 똑바로 응시했다.

건방진 것.

해랑을 노려보던 희빈의 시선이 그의 옆으로 옮겨졌다.

"……환?"

어째서 제 아들이 해랑과 나란히 오는 거지? 오는 길에 만났나? 아니, 그건 상관없지. 희빈은 부드럽게 미소 지으며 제 쪽으로 오라고 환에게 손을 뻗었다.

해랑과 하연에게 먹여야 하는 약을 하마터면 그가 먹을 뻔했다는 말을 듣고 어찌나 심장이 철렁했는지.

"……먼저 들어가겠습니다. 너도 늦기 전에 빨리 들어와라."

"……."

하지만 환은 그녀를 한 번 바라봤을 뿐 그 손을 잡지 않고 먼저 안으로 들어가 버렸다. 차가운 그의 반응에 놀란 희빈은 멍하니 그 뒷모습을 바라보고 섰다.

"그럼 저도 이만."

"……늘 데리고 다니던 교육관님은 어디에 두고 오셨습니까?"

환의 뒤를 따라 안으로 들어서려던 해랑이 그녀의 말에 멈칫 돌아섰다. 그러자 희빈이 싱긋 웃으며 그를 바라봤다.

당연히 몰라서 묻는 게 아니었다. 아까 받은 보고에 따르면 분명 서하연이 그 차를 마시고 쓰러졌다고 했다. 한 잔을 전부 비웠다고 했으니 목숨에 치명적이겠지. 아마 그녀는 영영 눈을 뜨지 못할 것이다. 일이 꼬여 버리기는 했지만, 긍정적으로 생각해 보면 그것만으로도 만족스러운 성과였다.

서하연이 없는 시해랑은 이빨 빠진 호랑이나 다름없었으니까.

다만 한 가지 마음에 걸리는 건 잡혀갔다는 그 궁녀…… 만약 그 궁녀가 입을 열기라도 하면 왕자빈은 물론이요, 자신까지 연루되었다는 사실이 탄로 날 게 분명했다. 물론 발뺌을 하면 그만이지만.

"……서하연이라면 오늘 바쁜 용무가 있어서 참석하지 못한다고 합니다."

한참 동안 뜸을 들인 후에 흘러나온 해랑의 말에 희빈은 터져 나오려는 웃음을 꾹 참아야 했다.

바쁜 용무라……. 흥, 웃기지도 않는 소리군.

"아, 그래요? 그것참 아쉽군요."

감추려고 하는 모양이지만, 서하연의 부재가 밝혀지는 건 이제 시간문제였다. 그렇게 되면 해랑에게는 하연이 있다며 목소리 높이던 이들이 찍소리도 못 하겠지.

슬며시 피어오르는 미소를 꾹 참으며 희빈은 한결 가벼워진 걸음으로 해랑의 뒤를 따라 중앙궁 안으로 들어섰다.

*   *   *

"기권표를 제외하고, 해랑이 여든한 표. 환이 마흔세 표라…….."

또다시 접전이 될 줄 알았던 투표가 너무나도 확연히 차이를 보이며 끝이 나자 신후왕과 해랑, 그리고 환을 제외하고 회의장 안에 모여 있던 이들은 깜짝 놀라 서로 눈치를 보기 바빴다.

주먹을 쥔 희빈의 손에 힘이 들어갔다. 어째서? 어째서 표차가 이렇게까지 벌어진 거지?

그녀가 한 가지 미처 생각하지 못한 게 있었다. 신후왕이 이번 투표에 귀족들을 참가시키겠다고 했을 때 정말 단순히 표결이 나지 않아서 그러는가 했는데 사실은 그게 아니었다.

'그러고 보니까 서하연은 서가의 여식이었지……!'

너무나도 화려한 그녀의 이력 때문에 가려져 있던 기본 배경을 생각하지 못한 탓이다. 그녀는 귀족 가문의 아가씨였고 그런 그녀가 해랑의 총애를 받고 있다는 걸 모르는 이는 없었다. 그렇다면 서하연이 지지하는 해랑을 선택하는 편이 자신들에게 득이 되면 득이 되었지, 해가 되지는 않을 터.

희빈이 제 입술을 깨물며 신후왕을 노려봤다.

"……설마 노린 건가."

그러나 지금쯤 승리의 노래를 부르고 있을 신후왕에게는 미안하지만, 희빈에게도 한 가지 수가 남아 있었다. 그대들이 그렇게나 기대를 걸고 있는 서하연이 눈을 뜨지 못한다는 걸 알게 되면 표가 어떻게 변할까?

"이 결과에 이의가 있는 자는 지금 말하거라. 시해랑, 시환. 너희는 어떠냐."

신후왕이 양쪽에 나뉘어 앉은 해랑과 환을 바라보며 묻자 환이 먼저 차분한 목소리로 대답했다.

"저는 불만 없습니다."

다른 사람도 아니고 환 본인이 불만 없다는 말을 하자 그를 지지했던 대신들이 술렁이기 시작했다. 역시 자신들이 선택을 잘못한 건가!

"잠시만요!"

환의 대답에 다급해진 희빈이 그를 똑바로 바라보며 자리에서 벌떡 일어나 외쳤다. 그녀가 이렇게 나올 것을 어느 정도 예상한 신후왕은 표정에 별다른 반응 없이 고개를 끄덕였다.

"……희빈께서는 이의가 있으신 겁니까?"

회의장 안 많은 사람들의 시선이 일어선 희빈에게로 모아졌고, 침묵으로 그녀의 말을 기다렸다.

"……."

"희빈?"

신후왕의 재촉해 희빈의 머릿속은 백지장처럼 새하얗게 변했다.

일단 선고를 막기는 했는데 어쩌지? 어떻게 하면 되지?

그녀가 재빨리 해랑을 바라봤다. 여유 있는 미소를 짓고 있는 그를 보니 희빈은 머리가 어떻게 되어 버릴 것만 같았다.

애초에 그가 서하연의 변고를 알리기만 했어도 이렇게 되지 않았을 텐데, 아무렇지 않은 얼굴로 바빠서 못 왔다는 거짓말을 하다니! 서하연에게 문제가 생겼다는 걸 알게 되면 표가 다시 움직일 게 뻔했다.

하지만 해랑은 그 사실을 알릴 생각이 없어 보였고, 그렇다고 제 입으로 그 사실을 말하게 되면 당연하게 의심의 화살이 자신을 향하겠지.

선택을 해야만 했다.

"……예, 있습니다."

여기서 물러설 수는 없다는 생각에 희빈은 결의에 찬 눈으로 해랑을 노려보며 말했다.

"사실은 이곳에 오는 길에 우연히 들은 건데, 서하연 교육관님께 어떤 문제가 생겼다고 들었습니다만……."

자신도 어디까지나 지나가는 말로 들었다는 걸 강조하며 희빈이 말하자 회의장이 다시 한 번 술렁이기 시작했다.

특히 하연의 아버지이자 예문관의 대선으로서 그 자리에 참석해 있던 서건우와 하연을 제 딸처럼 생각하는 신후왕이 놀라 해랑을 바라봤다.

"아, 그리 큰 문제는 아니니 걱정 안 하셔도 됩니다."

"큰 문제가 아니라니요. 제가 얼핏 듣기로는 쓰러지셨다고……."

"단순한 과로입니다. 그래서 오늘 회의에 오지 말고 쉬라고 한 거구요."

"……."

끝까지 하연에게 아무런 문제가 없다고 말하는 해랑 때문에 희빈은 속이 다 뒤집어질 거 같았다. 큰 문제가 아니라고? 단순한 과로? 하지만 여기서 뭐라고 더 딱 집어서 말할 수도 없고.

게다가 조금 전 해랑의 발언은 그가 서가의 여식을 매우 아끼고 있다는 소문에 더더욱 강한 확신을 심어 주는 꼴이 되어버렸다.

"나중에 희빈마마께서 걱정이 이만저만이 아니셨다고 전해 드리겠습니다."

"……어, 어느 안전이라고 거짓을 고하는 겁니까!"

결국 희빈은 폭발하고 말았다. 자신을 바라보는 해랑이 기다렸다는 듯 미소를 짓든 말든 지금 그런 건 상관없었다.

그녀의 머릿속에는 오직 해랑에게 왕위를 물려주겠다는 최종 선고만은 막아야 한다는 생각밖에 없었다.

이후에 서하연의 문제가 알려진다고 해도 이미 내려진 결과는 뒤집기는 어려웠으니까.

지금 이렇게 결론이 나 버리면 기껏 고생한 보람이 없었다. 설령 자신을 희생하는 한이 있더라도 그것만큼은 막아야만 했다.

"서하연 교육관은 독살당했습니다. 그렇지 않나요, 해랑?"

"……."

"뭐라고? 이게 무슨 말이냐. 서하연이 어떻게 돼? 해랑아, 설명을 해 보거라!!"

'독살'이라는 말이 나오기 무섭게 회의장 안이 난리가 났다. 그 서하연이 독살을 당했다니 이게 무슨 말인가!

해랑이 아무 대꾸도 하지 못하자 희빈의 입가에 비열한 미소가 지어졌다.

어느새 왕좌에서 내려온 신후왕은 갑작스러운 충격에 어지러운 건지 비틀거렸고, 그의 근처에 앉아 있던 서건우가 사람들을 뿌리치고 회의장에서 빠져나가는 등 희빈의 말 한마디에 그야말로 회의장이 충격의 도가니가 되었다.

모든 사람들이 갑작스러운 이 소식의 진실을 요구하는 눈빛으로 해랑을 바라봤다. 한숨을 내쉬던 해랑은 희빈을 바라보며 말했다.

"희빈마마께서 그 사실을 어떻게 알고 계시는 건지 여쭤 봐도 되겠습니까?"

"이런, 말씀드리지 않았습니까. 스쳐 지나가는 이야기로 들었다고요. 그나저나 지금 중요한 건 그게 아닌 거 같은데요?"

주도권을 잡은 희빈이 싱긋 웃으며 주변을 쓱 둘러보았다.

"변수가 생겼으니 재투표를 해야 한다고 생각합니다만, 다들 어떻게 생각하시는지요?"

"……."

그녀의 말에 대신들이며 귀족들이 다시 웅성이기 시작했다.

하지만 신후왕은 아직도 제정신을 차리지 못했고, 그를 대신해서 해랑이 말했다.

"재투표에 찬성합니다."

재투표에 찬성한다는 해랑의 말에 희빈은 마음을 놓으며 자리에 앉았다.

"하지만 그 전에 해결해야 하는 문제가 한 가지 있습니다."

"해결해야 하는 문제?"

재투표만 하면 이야기는 끝이었다. 물론 나중에 하연의 사인에 대한 조사를 할 때 의심을 받기는 하겠지만 제 아들이 왕위에 오르는데 뭐가 두렵겠는가.

그런데 정말 이상하게도 해랑의 표정은 낭패를 봤다거나 실패했다는 그런 절망적인 표정이 아니었다. 오히려 평소보다 더 여유로워 보이는 게 마치 승리를 앞둔 자와 같은 얼굴이었다. 그 미소에 희빈은 다 이겼음에도 불구하고 이상하게 불안했다.

그때였다.

회의장의 문이 열리고 익숙한 인물들이 안으로 들어왔다. 그들을 가장 먼저 알아본 해랑이 환하게 웃으며 중얼거렸다.

"오래 걸렸네."

그의 말에 현우와 함께 등장한 이완이 짜증 가득한 얼굴로 한숨을 푸욱 내쉬며 고개를 저었다. 그 짧은 사이에 몇 년은 더 나이 들어 보일 정도로 꽤나 고생을 한 모양이었다.

"생각보다 좀처럼 입을 열지 않아 애 좀 먹었습니다."

갑작스러운 그들에 등장에 어리둥절해하던 희빈은 곧 그 뒤를 따라 안으로 들어온 두 명의 여인들을 알아보고는 경직됐다.

"이게 다 무슨 일이냐."

하연의 소식에 심장이 철렁하고 내려앉았던 신후왕이 갑자기 한두 명도 아니고 여러 사람들을 줄줄이 이끌고 나타난 현우에게 물었다.

"이완과 네 부인까지 데리고……."

현우가 이완을 바라보며 고개를 끄덕이자 이완이 알았다는 눈빛으로 포박되어 있던 궁녀와 왕자빈 아힌을 끌고 와 신후왕의 앞에 꿇어앉혔다.

바들바들 떨고 있는 두 여인이 놀란 눈으로 그들을 바라보고 있는 희빈을 향해 도와 달라는 눈빛을 보냈지만, 희빈은 매몰차게 그들의 눈빛을 무시했다. 그러자 아힌과 궁녀의 얼굴은 안쓰러울 정도로 새하얗게 질렸다.

"이 아이가 해랑 님과 교육관님의 차에 약을 탔다는 사실을 시인했습니다. 또한 그 일을 지시하신 게 왕자빈마마라는 것까지도 실토했습니다."

"뭐야? 그게 사실이냐!"

그 말에 신후왕이 잔뜩 흥분해서는 호통을 쳤다. 그러자 가뜩이나 이곳에 들어올 때부터 겁을 먹어 떨고 있던 아힌이 울먹이며 입을 열었다.

"아…… 아…… 아닙니다. 아니에요. 그, 그러니까 나는……."

그런 그녀의 목에 이완은 검을 들이대며 차갑게 말했다.

"한 번만 더 묻겠습니다. 만약 이번 기회를 놓치시면 마마는 이 사건의 주모자로서 처벌받게 되실 겁니다."

"……."

"그 일을 시킨 사람이 누굽니까? 잘 생각해 보시는 게 좋으실 겁니다. 지금 하시는 대답에 따라 마마의 죄의 무게가 결정되니까요."

"난, 나는……."

벌벌 떨며 이러지도 저러지도 못하고 있는 그녀가 대답할 수 있게 기다려 주고 있던 이완이 안 되겠다 생각했는지 한숨을 내쉬며 신후왕을 향해 돌아섰다.

"할 수 없군요. 전하, 이 사람을 주모자로서……."

"잠깐만요! 희빈마마! 희빈마마께서 저에게 시키셨습니다! 궁녀를 시켜 차에 약을 타라고……."

다급함에 빈이 눈을 질끈 감고는 외쳤다. 그녀의 외침이 고요한 회의장 안을 맴돌았고, 이 광경을 지켜보고 있던 사람들은 경악했다. 그리고 하나같이 어두운 표정으로 꼿꼿이 앉아 있는 희빈을 바라봤다.

"……이 말이 사실인가, 희빈?"

신후왕이 묻자 침착하게 정면만을 주시하고 있던 희빈이 굳은 얼굴로 단호하게 말했다.

"아닙니다. 이는 모함입니다."

위기에 몰리니 이상하게도 더 차분해지는 거 같았다.

희빈이 시켜서 일을 저질렀다는 왕자빈과 이는 모함이라며 사실이 아니라 주장하고 있는 희빈. 둘 중에서 누군가는 거짓말을 하고 있는 게 분명했지만, 어떻게 밝혀 낼 방법이 없으니 난감한 상황이 아닐 수 없었다.

"전하."

곤란해하는 신후왕을 보며 현우가 앞으로 걸어 나왔다.

"둘 중 누가 거짓을 고하고 있는지 알아낼 수 있는 방법을 알고 있습니다."

"방법이라고? 그게 무엇이냐."

"가져 오거라."

현우의 말이 끝나기 무섭게 이완이 미리 준비해 왔던 것들을 앞에 풀어놓기 시작했다. 차가 따라져 있는 두 개의 찻잔과 희빈이 빈에게 건네었던 작은 병이었다.

그 병을 알아본 희빈이 하얗게 굳었다. 그 반응을 보며 피식 웃은 현우가 모든 이들이 보는 앞에서 작은 병의 마개를 열더니 두 개의 찻잔에 각각 그것을 따랐다.

"이것은 궁녀의 처소에서 찾아낸 약병입니다. 다행히 아직 반 정도 남아 있었습니다. 그대로 가지고 왔죠."

"그래서? 그 방법이라는 게……."

빨리 범인이 누군지 밝혀내라는 신후왕의 재촉에도 불구하고 현우는 웃으며 찻잔을 들어 올렸다. 그리고 하나는 아힌의 앞에, 또 하나는 희빈의 앞에 내려놓았다.

"마셔 보면 범인이 누군지 알 수 있을 겁니다."

그의 말에 희빈이 손으로 탁자를 쾅 내려쳤다.

"가, 감히 나에게 이런 걸 먹으라는 것이냐?!"

"어쩔 수 없지 않습니까. 무죄를 증명하는 방법이 이것밖에는 없는걸요. 만약 죄가 있다고 해도 드신다면 사면해 드리겠습니다."

제 앞에 놓여 있는 잔을 바라보는 희빈의 눈빛이 흔들렸다. 사면? 웃기지 말라고, 눈앞에 것을 마시면 죽을 게 뻔한데. 어디서 수작이야.

자신이 구해온 약병 안에 들어 있던 게 독약이라는 걸 알고 있던 희빈은 차마 그것을 마실 수가 없었다.

반면 그것이 독약이 아닌 인체에 무해한 수면제라고 알고 있는 아흰은 그 찻잔을 조심스럽게 들어 올렸다. 잠깐 잠들었다가 일어나면 죄를 사면받을 수 있다는데 못 할 것도 없지.

"저…… 정말 이것을 마시면 사면해 주시는 겁니까?"

"약속하겠습니다."

현우의 말이 끝나기 무섭게, 그녀는 뜨겁지도 않은지 그것을 단숨에 들이켰다. 차를 비운 지 얼마 되지 않아 눈꺼풀이 무겁게 내려앉는 느낌을 받으며, 아흰은 하연 때와 마찬가지로 제 몸을 제대로 가누지 못하고 옆으로 풀썩하고 쓰러졌다.

"……희빈마마께서는 왜 드시지 않으십니까?"

"……."

"왕자빈과 달리, 마마께서는 그 병 안에 들어 있는 게 독이라는 걸 알고 계시기 때문이 아닙니까?"

정곡을 찌르는 현우의 말에 희빈은 꿀 먹은 벙어리처럼 아무 말도 할 수가 없었다. 모두의 차가운 시선에 희빈은 창백하게 굳은 채로 부들부들 떨었다.

끝이다. 빠져나갈 곳이 없었다. 다른 끝이 기다리고 있을 거라고 굳게 믿었는데! 그녀의 앞에는 절망밖에 보이지 않았다.

"죄를 시인하신다면 감형을 생각해 보겠습니다."

현우가 내민 마지막 기회에도 희빈은 고집스럽게 입을 다물고 있었다. 죽어도 인정 못 하겠다는 눈빛으로 그를 노려보고 있을 뿐이다.

그때였다.

"어머니."

지금까지 조용히 옆자리에 앉아 있던 환이 그녀의 손을 붙잡자 놀란 희빈이 그를 돌아봤다. 아주 조금 슬퍼 보이기는 했지만 제 아들은 옅은 미소로 자신을 바라보고 있었다.

"환아…… 이 어미는 말이야……."

"잘못된 방법이었지만 저를 위해서 그러셨다는 거 알고 있습니다. 전 괜찮습니다. 그러니까 지금이라도 늦지 않았어요."

그 말에 희빈의 눈에서는 굵은 눈물이 뚝뚝 떨어졌다.

"저는 어머니를 잃어 가며 왕위에 오르고 싶지는 않습니다."

뒤늦게 자신의 선택이 제 아들의 목숨을 잃게 했을지도 몰랐다는 충격과 사람의 목숨을 빼앗았다는 엄청난 죄책감이 찾아온 그녀는 제 아들의 품 안에서 오열했다.

그렇게 한바탕 소란스러움에 난리가 났던 중앙궁의 열기가 서서히 식어 가고, 하나하나 정리가 되기 시작했다.

우선 이완이 데리고 온 병사들이 좀 더 제대로 된 조사를 하기 위해 희빈을 데리고 회의장에서 나갔으며, 제 어머니가 걱정된다는 환 역시 그 뒤를 따랐다.

중요한 회의 중에 난입해 소란을 피워 죄송하다며 사과한 현우는 약을 먹고 쓰러진 제 부인을 번쩍 안아 들고는 유유히 퇴장했다.

그들이 나가자 마치 한차례 폭풍이 휩쓸고 지나간 듯한 회의장 안에는 다시 무거운 침묵이 맴돌았다. 연속으로 놀라서 그런지 다들 기운이 없어 보였다.

"자, 그럼⋯⋯."

다시 왕좌에 오른 신후왕이 그 숨 막히는 침묵을 깨고 입을 열었다.

"일단은 지금 중요한 일을 마무리 지어야겠군. 안 그런가?"

그의 말에 대신이며 귀족들이며 누구 할 거 없이 고개를 끄덕이며 동의했다.

곧 그들은 중앙궁을 발칵 뒤집어 놓은 변수에 의한 재투표를 실행했다.

투표는 앞서 한 것보다도 더 압도적인 차가 발생한 것으로 막을 내렸고, 그렇게 '시해랑'은 왕의 정식 후계자로서 이름을 올렸다.

회의가 끝나기 무섭게 자신을 붙잡는 이들을 피해 중앙궁을 벗어난 해랑이 빠른 걸음으로 청화궁 자신의 방으로 향했다.

늘 어지럽혀 있던 방 안은 깔끔하게 정리되어 있었고, 중간에는 이불 한 채가 깔려 있었다. 그리고 그 이불 위에는 그의 공주님께서 곤히 잠들어 계셨다.

*   *   *

"⋯⋯."

잠결에 뒤척이던 하연은 돌아누우려다가 멈칫했다.

뭔가에 가로막혀 돌아누울 수가 없었다. 인상을 찌푸리며 살짝 눈을 떠 보니 웬 사람의 팔이 그녀의 양어깨 위를 가로막고 있었다.

"안녕, 서하연."

익숙한 목소리에 슬쩍 고개를 돌린 그녀의 눈에 자신을 내려다보고 있는 해랑의 얼굴이 보였다.

"⋯⋯안녕히 주무셨어요."

여전히 잠에 취한 하연이 몽롱한 정신으로 웅얼거리면서 인사하자 해랑이 피식 웃으며 그녀를 일으켜 앉혔다.

하지만 그것도 잠시, 여전히 잠에 취해 휘청거리던 하연은 그의 손을 뿌리치고는 도로 누워 버렸다.

"조금만 더⋯⋯."

마음 같아서는 보기 드문 서하연의 아침잠 투정을 더 감상하고 싶었지만, 그녀를 깨울 수밖에 없었다. 해랑은 마치 어린아이를 달래듯 등을 가볍게 토닥이며 말했다.

"그만 일어나. 해야 하는 일이 산더미야."

아, 그놈의 일.

일이라는 말에 하연의 눈이 번쩍 떠졌다. 간만에 푹 자서 그런지 기분이 상쾌한 거 같기는 한데, 평소에 몇 시간 못 자다가 갑자기 많이 자서 그런지 어지러웠다.

"저, 이틀 휴가 주시는 거 아니었어요? 이제 와서 말 바꾸기?"

불평을 늘어놓듯 그녀가 말하자, 안 그래도 해랑이 그 점에 대해서는 미안하다며 사과했다.

"난 그러고 싶었는데 주위에서 우릴 가만 두질 않네. 괜찮아?"

"⋯⋯약효가 생각보다 강하네요. 더 자고 싶어요."

"그러게 누가 그걸 다 먹으래?"

"확실한 게 좋잖아요."

중얼거리며 이불을 모아 품 안에 끌어안은 하연이 제 머리를 다정하게 쓰다듬는 해랑의 손길에 감고 있던 눈을 슬며시 떴다.

"일은 다 하고 오신 거예요?"

자신이 잠들어 있는 사이에 있었던 일을 묻는 그 말에 해랑은 일단 하연을 번쩍 안아 들고 방을 나섰다.

밖을 돌아다니고 있는 궁녀들의 시선을 한 몸에 받으면서도 그는 아랑곳하지 않고 제 방으로 걸어갔다.

"부인께서 주무시고 계시는 동안에 다 끝났지요."

"그것 참 다행이네요."

솔직히 조금은 걱정됐는데, 몰려오는 안도감에 하연은 몸에서 힘이 빠져나가는 거 같았다. 기운 없이 축 처진 그 모습이 보기 안쓰러울 정도였다.

"나중에 현우 님과 환 님께 제대로 감사 인사 드려야겠어요."

"그러게."

하연이 말하자, 해랑 역시 그렇게 생각한다며 고개를 끄덕였다.

"어, 교육관님 일어나셨네요?"

문을 열고 해랑의 방 안으로 들어서니, 그곳에는 이미 사람들이 모여 있었다.

"아직 좀 휘청거려서 이 꼴이지만 말이에요."

가장 먼저 밝게 인사하는 현우부터 안도한 표정의 환까지. 이들이 없었다면 아마 일이 이렇게까지 잘 풀리지 않았겠지.

"교육관님께서도 깨어나셨으니 완벽하게 성공했네요."

현우의 말에 방 안에 있던 모든 이들의 얼굴에는 만족스러운 미소가 지어졌다.

"현우 형님이 어제 새벽 갑자기 방에 찾아왔을 때는 어찌 되려나 했는데…….

*   *   *

"아무래도 독살을 계획하고 있는 거 같아."

지금으로부터 삼 일 전, 갑자기 밤늦게 해랑의 방을 찾아온 현우가 그에게 한 말이었다.

그 말에 해랑은 이 새벽에 자고 있는 사람을 갑자기 깨워서는 무슨 소릴 하는 거냐며 투덜거렸지만, 답지 않게 심각해 보이는 현우의 분위기에 곧 농담이 아니라는 걸 깨달았다. 그래서 자고 있는 하연을 깨워 새벽에 긴급 대책을 의논하기에 이르렀다.

"그런데 형님은 그걸 어떻게 안 건데?"

"며칠 전에 아버지께서 희빈마마와 내 부인 되는 그 여자를 주시하라고 말씀하셨거든. 그래서 그 뒤로 계속 감시하고 있었어."

"최근에 조용하다 싶었더니 계속 궁 안에 박혀서 형수님을 감시하고 있었던 거구만."

그 말에 현우는 대답 않고 어깨를 으쓱하기만 했다.

무미건조한 반응에 하연은 그가 얼마나 고생을 했을지 알 수 있었다. 돌아다니는 걸 좋아하는 그 성격에 얼마나 답답했을까?

"지금까지 별다른 움직임이 없기에 잘못 짚은 건가 했는데, 조금 전에 슬며시 청화궁에서 빠져나가더라고. 뒤를 밟아 보니 역시나 희안궁이었어. 그리고 운 좋게 이야기도 들을 수가 있었지."

"……이제는 아주 막 나가기로 하셨군."

독살. 아무리 환을 왕위에 올리고 싶다고 해도 그렇지, 그런 어리석은 선택을 하려 하다니. 일이 벌어지기 전에 미리 범행 계획을 알게 된 건 천만다행이었지만, 어쩌면 좋을지 난감한 상황이었다.

"증거를 잡아야 해."

이런 극단적인 선택을 할 정도의 각오라면, 이번은 어떻게 무사히 넘어간다고 해도 나중이 있을 수 있다. 그렇다면 이번 기회에 모두 잡아야만 했다.

"하지만 어떻게?"

상대가 독살을 꾀하고 있다는 걸 알게 된 이상, 그것에 대해 대비하고 피한다면 증거를 잡을 수가 없었다. 그렇다고 그쪽의 바람대로 독살을 당해줄 수도 없고…….

"마시기 전에 눈치를 채는 건 어때?"

"그렇게 되면 아마 그 일을 한 궁녀가 다 뒤집어쓸걸? 미수로 끝났으니 형벌이 그렇게 강하지 않다는 걸 상대도 알고 있을 테니까."

"그럼 안 마시고 죽는 연기를 하는 거야."

"……그런 걸로 그 사람들을 속일 수 있을 거라고 생각해?"

그들의 의도에 넘어가 주되, 정말 죽으면 안 된다는 이야기인데…….

한참을 고민하던 중에 하연이 조심스럽게 말을 꺼냈다.

"약병 안의 내용물을 바꿀 수는 없을까요?"

그녀의 말에 해랑은 현우를 바라봤다. 할 수 있겠느냐는 그의 눈빛에 잠시 망설이던 현우가 두 눈을 반짝이며 고개를 끄덕였다.

"……같은 궐에서 지내고 있으니 그 정도야 어렵지 않겠는데, 바꾼다니 어떤 거로요?"

"왕자빈마마께서 알고 계신 대로. 정말 강력한 수면제로요. 그거라면 희빈 쪽에서도 정말 죽었다고 착각할 수 있잖아요."

"흐음. 그거 괜찮네요. 그런데 누가 마시죠?"

방법을 생각했으니 남은 문제는 누가 그것을 시행할지였다. 그의 질문에 해랑은 자신이 하겠다고 말하려고 했지만, 하연이 먼저 선수를 치고 나왔다.

"당연히 제가 해야죠."

"뭐?"

"해랑 님은 회의에 참석하셔야 하잖아요. 주무시고 계실 때가 아니라고요."

씩씩한 그 말에 해랑이 절대 너는 안 된다며 그녀를 붙잡고 말려 봤지만 소용없었다. 그의 능력으로는 아직 하연의 고집을 완벽하게 꺾을 수 없었다. 게다가 현우 역시 그러는 게 좋을 거 같다며 말을 보태고 있으니 더더욱.

아, 그런데 하연에게 이런 일을 맡긴 걸 이완 형님이 알게 되면 엄청 골치 아플 텐데…….

"뭐 어때요. 좋잖아요. 그동안 일 때문에 잠을 별로 못 자서 피곤했는데 이참에 잘됐지요, 뭐."

"어쩜 이리도 긍정적인 건지."

자칫 위험할 수도 있는 일을 간만에 찾아온 '휴가' 정도로 생각하며 활짝 웃고 있는 그녀를 보니 해랑은 따라 웃어야 할지 울어야 할지 난감했다.

"좋아. 그러면 정리해 보자."

어느새 창밖 너머로 보이는 하늘이 서서히 붉게 물들고 있었다. 새벽이 끝나고 아침이 찾아온다는 뜻이었다.

해가 뜨고 청화궁 사람들이 깨어나면 약병의 내용물을 바꾸기가 어려울 것이다. 시간은 촉박하다. 이 계획이 제대로 이루어지기 위해선 한시라도 빨리 움직여야 했다.

"그럼 나는 지금 당장 어의에게 가서 수면제를 받아다가 내용물을 바꿔치기 할게. 그리고 해랑은 오늘 하루 동안 궁녀들이 내오는 차는 절대 입에 대지 말 것. 모두 교육관님이 드시는 겁니다."

"네."

"교육관님에게 문제가 생기면 바로 그 차를 내온 궁녀를 잡아다가 추궁하는 거야. 회의가 끝나기 전에 희빈이 시켰다는 사실을 실토하게 만들어야 해. 이번처럼 대신들과 귀족들이 한자리에 모이는 기회는 많지 않으니까."

"그건 서이완에게 시키면 되겠네. 워낙 독하니까 자백 같은 건 금방 받아낼 수 있을 거야."

제 오라버니이기는 했지만, 하연은 그의 말에 동의했다. 이완에게 독한 면이 있다는 건 그녀 역시도 인정하는 바였으니까.

"좋아. 그럼 된 거지?"

"잠깐."

해랑이 계획도 다 세웠으니 빨리 움직이자며 자리에서 일어선 현

우를 붙잡았다. 아직 할 말이 남아 있느냐는 표정으로 기다려 주고
있는 그에게 해랑이 작은 목소리로 중얼거리듯 말했다.

"환에게도 이 계획을 말해 두는 게 좋겠어."

"……."

설마 해랑의 입에서 환의 이름이 나올 줄이야. 현우는 놀라웠다.

자신조차도 깜빡하고 있었는데 해랑은 신경 쓰고 있었던 건가?
그동안 계속해서 '형제'라는 이름으로 둘을 가까이 이어주기 위해
그렇게나 노력했건만 이렇다 할 성과가 없었는데…….

"……그래. 그건 너에게 맡기마."

어깨를 툭툭 치며 기특하다는 눈으로 그를 바라보던 현우가 방
을 나섰다. 부스럭거리는 소리와 함께 어둠 속으로 사라진 그를 바
라보며 해랑은 한숨을 내쉬었다.

"오늘 하루는 긴 하루가 되겠네…….."

"전 도중에 잠들 거니까 오늘 하루는 없는 거나 마찬가지지만
요."

"혹시라도, 더 쉬고 싶다고 안 일어나거나 하면 안 된다?"

물론 수면제라는 게 불면증이 있는 사람들에게 처방되는 약이기
는 했지만, 너무 과하면 생명에 영향이 있을지도 몰랐다. 그래서 자
신이 마시겠다고 한 건데…….

"계속 자고 싶겠지만, 노력해 보도록 할게요."

그렇게 약에 관한 건 형님인 현우에게 맡기고, 해랑은 아침 해가
뜨기 무섭게 환이 있는 서궁으로 찾아갔다.

회의가 열리는 아침에 자신을 왜 찾아왔느냐는 그에게 해랑은

새벽에 들었던 이야기와 그들이 세운 계획에 대해 이야기를 해 주었다.

"하아…… 결국에는……."

물론 처음에는 놀랐지만 그는 생각했던 것보다 꽤나 담담하게 이야기를 받아들였다. 안 그래도 환은 그 나름대로 어머니께서 무슨 일을 저지르지 않으실까 바짝 긴장하고 있었던 터라 오히려 일이 터지기 전에 이렇게 알게 되었다는 것에 감사했다.

"그럼 나도 협조할게."

"……그래도 되겠어? 네 어머니잖아."

사실 환에게 말하는 것은 일종의 도박과도 같았다. 때문에 해랑은 그가 순순히 협조하겠다는 의사를 밝혔을 때 안 놀랄 수가 없었다.

"그러니까 협조하는 거야. 이 세상에 제 어머니를 살인자로 만들고 싶은 아들이 어디 있겠어?"

"……."

"게다가 지금은 왕좌에 눈이 멀어 계신 탓에 모르는 거야. 원래 그런 분이 아니셔. 분명 나중에 후회하실 거야. 감당하기 힘든 죄책감에 평생을 시달리시겠지."

"계획이 성공하면 아무도 다치는 사람은 없을 테니까. 또한 네가 협조한 사실도 있으니 아버지께서 감형해 주실 거야."

그 말에 씁쓸한 미소를 지어 보이던 그는 고개를 끄덕였다. 그렇게 환까지도 이 계획에 협조하게 되었다.

아침이 밝았다. 궁녀는 차를 내왔고, 하연은 계획대로 차를 마시고 잠들었다. 도중에 환이 끼어드는 바람에 계획이 들통이 난 궁녀는 그 자리에서 붙잡혀 이완의 손에 넘어갔고 그 소동을 틈타 돌쇠가 잠든 하연을 동궁으로 옮기고 혹시 모를 일에 대비하여 지켰다. 그리고 회의가 시작되었다.

하연이 정말 잘못된 줄 알고 회의 도중에 달려 나간 서건우는 돌쇠에게 사정을 듣고 나서야 마음을 놓을 수가 있었고, 곧 안정을 찾은 그에 의해 신후왕에게도 이 이야기가 전해졌다.

회의가 끝나기 무섭게 희빈과 왕자빈에 대한 재판이 열렸으며, 해랑과 환 역시 이에 참석했다. 앞서 해랑의 말대로 정말 긴 하루였다.

이제 문제도 다 해결되었겠다, 하연만 일어나면 끝이라며 모두가 그녀의 안부를 확인하기 위해 이렇게 한자리에 모인 것이다.

"미수라는 점을 감안해 희빈마마는 지방에 있는 친정에 돌아가는 걸로 판결났어. 대신들이 너무 약한 처벌이 아니냐며 목소리를 높이기는 했지만 나랑 형님이 나서서 막았지. 그렇게 이 일은 없던 일로 덮기로 했어."

"다행이네요."

하연이 잠들어 있는 동안 일어난 일들을 해랑이 보고하듯 말하자, 그녀는 싱긋 웃으며 현우를 바라봤다. 그러자 차 한 잔의 여유를 즐기고 있던 그 역시도 옅게 웃으며 고개를 끄덕였다.

"아, 아힌이라는 그 여자도 친정으로 돌아가게 되었습니다. 내쫓기는 꼴이 되어 버렸지만, 뭐."

어쩐지 기뻐 보인다 했는데 그런 좋은 소식을 갖고 있었을 줄이야.

자유를 되찾았다며 잔뜩 들떠 있는 현우를 생각하면 잘된 일이기는 했지만, 그 왕자빈이라는 여인은 좀 불쌍하기도 했다.

"……서하연 교육관님."

하연은 자신을 부르는 환을 돌아봤다.

잠시 망설이던 그는 어느새 들고 있던 찻잔을 내려놓고는 정중하게 자세를 잡았다. 그리고 고개를 숙여 진심을 다해 사죄하기 시작했다.

"정말 죄송합니다. 이런 일을 겪게 해서……."

"아니요, 아니요. 괜찮습니다. 잘 해결되었다니 정말 다행입니다."

"하지만……."

"그렇게 걱정 안 해도 돼. 이 녀석 하루 종일 잘 수 있다고 좋아했으니까."

해랑의 말에 환이 웃음을 터트렸다.

그렇게 걱정할 때는 언제고 걱정하지 말라고 말하다니. 조금 섭섭할 수도 있었지만 하연은 절로 미소가 지어졌다. 다른 사람을 돌아보는 그 모습이 보기 좋았다.

"아, 그리고 아시라는 제 나라로 돌아갔어."

"벌써요?"

조금 더 있을 줄 알았는데 자고 있는 사이에 돌아갔을 줄이야. 일전에 해랑과 마무리 지은 이야기도 아직 전하지 못했는데…….

갑자기 입을 다물어 버린 하연을 바라보며 해랑은 피식 웃었다.

신기하게도 이제는 그녀가 무슨 생각을 하고 있는지 훤히 보였다.

"너도 따라갈 거라고 내가 대신 말해 뒀어."

"……정말이요?"

"그래. 그랬더니 금방 정식으로 사신단을 꾸려 보내겠대."

"다행이네요."

자신이 잠들어 있는 사이에 이렇게 많은 일들이 있었다니. 하연은 직접 지켜보지 못하고 이렇게 이야기로만 듣게 된 점이 정말 안타까웠지만, 그래도 잘 끝났다니 기뻤다.

*　　*　　*

"그나저나 해랑이 녀석이 유학을 허락한 겁니까?"

희빈의 처벌이 너무 약하다며 반발하는 몇 명의 대신들 때문에 신후왕은 그녀의 처분을 서두를 수밖에 없었다. 때문에 처벌이 내려진 바로 이튿날인 오늘, 궐을 나서게 된 그녀를 배웅하기 위해 하연을 포함한 이들은 정문으로 향하는 도중이었다.

방에서 아시라의 이야기에 꽤 놀란 표정을 짓던 환이 설마 해랑이 허락할 줄은 몰랐다며 묻자 하연은 밝게 웃으며 고개를 끄덕였다.

"이제는 제가 언제나 붙어 있을 필요가 없을 거 같아서요."

"하긴."

"그리고 저에게는 아주 큰 꿈이 남아 있답니다."

아무렴, 서하연인데.

"아, 그러고 보니까 다른 분들의 이야기는 다 들었지만 환 님의 이야기는 듣지 못했네요."

"신경 쓰이십니까?"

"당연하지요."

"그거 영광이네요."

현우와 함께 앞서가고 있던 해랑이 환과 함께 뒤따라가는 자신을 힐끔거리며 돌아보는 게 보였다. 그 모습에 하연은 싱긋 웃었다. 지금 엄청 신경 쓰이는 주제에 애써 꾹 참고 있는 게 분명했다.

"해랑이 저에게 도와 달라고 해서 말입니다, 저는 여기에 남아 저 녀석의 곁에서 일을 도울 생각입니다. 가끔씩 어머니를 뵈러 가기도 하고요."

"다행이네요. 환 님께서 해랑 님의 곁에 있어 주신다면, 제가 마음 놓고 다녀올 수 있겠어요."

"불안하지 않으신가요? 제가 언제 나쁜 마음 먹고 해랑의 자리를 빼앗을지도 모르잖아요."

사람 일이라는 게 어떻게 될지 모르는데, 자신에게 그런 부탁을 한 해랑도 그렇고 지금 웃고 있는 하연도 그렇고 너무 자신을 믿는 거 아니냐며 환이 물었다.

"불안이요? 하하. 빼앗기면 뭐 할 수 없지요."

불안하기는.

"제가 다시 빼앗으면 되니까요."

하연의 말에 환이 걸음을 멈추더니 넋 놓고 그녀를 바라봤다.

"……교육관님께 싸움 걸어 봤자 어차피 제가 질 게 뻔하네요."

아마 이 천유국에서 서하연을 이길 수 있는 사람은 없을 것이다. 그것이 환이 내린 결론이었다. 적어도 수십 년 안에는 그녀에게 함부로 싸움을 거는 상대가 나타나지 않을 것이다.

"제 이야기를 했으니 교육관님의 이야기는 어떻습니까?"

"저요?"

"왕자빈이 되시는 겁니까?"

"아니요."

"……"

고민도 하지 않고 바로 아니라는 대답이 나오자 환은 의아해했다. 해랑이라면 내일이라도 당장 식을 올릴 줄 알았는데…….

"왕후가 될 생각은 있는데요."

"오래 걸릴 거 같은데요. 왕위를 물려받으려면 몇 년은 있어야 할 거 같은데."

"그건 해랑 님이 하시기 나름이지요."

"하긴."

이제는 환도 해랑이 자신들을 신경 쓰느라 제대로 앞을 보지 않고 걷고 있다는 걸 알아차린 건지 한심하다는 눈빛으로 그를 바라보다가 따지듯 물었다.

"저런 녀석이 어디가 그렇게 좋으신 겁니까? 아무리 생각해 봐도 제가 더 나은 거 같은데."

물론 하연도 그 말에는 어느 정도 동의했다. 정말 어쩌다 저런 사람이 좋아하게 된 걸까? 그녀도 이따금씩 그런 생각을 할 때가 있었다.

"환 님께서는 저를 위해 가장 두려워하는 무언가를 극복하실 수 있으신가요?"

"음. 두려운 거라……."

"그게 아니면 연서 한 장으로 천유국의 모든 여인들의 부러움의 대상으로 만들어 주실 수 있으신가요?"

"연서요?"

"그것도 아니라면, 저만을 위한 이야기를 책으로 써주실 수 있으시겠어요?"

"어쩐지 전부 어려워 보이는데요."

결국 하나같이 이상하게 들리는 내용에 환은 인상을 찌푸리며 고개를 저었다. 하긴 그렇겠지. 이제 와서 생각해 보면 죄다 범상치 않은 이야기였다.

"이것들이 전부, 제가 진심으로 사랑하고 있는 분께서 저에게 해주신 것들이랍니다."

그 말에 환은 놀란 얼굴로 여전히 자신을 경계하고 있는 해랑을 바라봤다.

"……못 이기겠네요."

한번 시도해 보겠다는 말이 나오기는커녕 그것들이 도대체 어떤 일인지 감조차도 잡히지 않으니 자신은 분명 할 수 없을 것이다.

이야기를 하다 보니 어느새 정문에 금방 도착했다. 커다란 가마와 그 옆에는 얼마 되지 않는 적은 양의 짐들이 정리되어 있는 게 보였다.

"……뭐하러 다들 이렇게 나와서는 소란을 떠는 건지, 원."

가마 안에서 희빈의 퉁명스러운 목소리가 들려왔다. 아직 궁인들은 짐을 옮기고 있는데 벌써부터 마차에 올라 문을 꽁꽁 닫은 그녀는 아예 얼굴을 내밀 생각이 없었다. 사실은 얼굴을 볼 염치가 없어 오늘도 이리 나오지 말라고 단단히 일러 뒀는데!

"어머니, 조만간 놀러가겠습니다."

"흥, 올 거 없어. 어미를 속인 아들놈 얼굴 따위, 보고 싶지 않으니."

"어머니가 옳지 못한 선택을 하시는 걸 그냥 두고 볼 수가 없었는걸요."

넉살좋게 웃으며 환이 말하자 가마 안에는 무거운 한숨 소리가 울려 퍼졌다.

"시해랑, 제대로 하지 않으면 언제든 우리 환이 그 자리를 빼앗을 수 있다는 거 명심하는 게 좋을 겁니다."

"명심해 두지요."

"그리고 서하연 교육관."

"예?"

얼굴 한 번 안 보여 주고 떠날 줄 알았던 희빈이 마음이 변했는지 가마 옆으로 나 있는 창문을 살짝 열고는 하연을 바라봤다.

"……어쨌든 멀쩡하다니 다행입니다."

"하하. 걱정해 주셔서 감사합니다."

제 앞에서 웃으며 고맙다고 말하는 그녀를 넋 놓고 바라보던 희빈이 갑자기 혀를 찼다.

"역시 며느리로 삼아야 했어. 혹시나 해랑에게 질리거든 언제든지 우리 환에게……."

그녀가 갑자기 하연에게 제 아들을 홍보하기 시작하자 뒤에서 지켜보고 있던 해랑이 재빨리 달려와 둘을 떨어뜨려 놓았다. 그러 자 희빈은 인상을 찌푸리며 다시 문을 닫으려고 했지만 안타깝게도 해랑이 더 빨랐다.

"뭡니까."

막 닫히려는 문틈에 손을 넣고는 힘주어 그것을 열어 버린 그가 자신을 쏘아보고 있는 희빈을 보며 싱긋 웃었다.

자신에게 할 말이 있느냐는 희빈의 말에 해랑은 들고 있던 무언 가를 안으로 툭 넣어주며 말했다.

"가시는 길 적적하실 거 같아서 갖고 왔습니다. 선물로 드릴게 요."

"이게 뭔데……."

"무향의 소설책입니다. 갖고 싶어 하시지 않으셨습니까."

무향이라는 이름에 희빈이 예민하게 반응했다. 어떻게? 설마 해 랑이 자신이 무향에게 부탁했던 일을 알고 있는 건가?

멍하니 해랑을 바라보던 그녀는 활짝 웃고 있는 그의 손에 들려 있는 익숙한 서신에 다시 한 번 놀라야만 했다.

"웬만해서는 써 드리고 싶었는데 아시다시피 제가 앞으로 좀 바 빠질 거 같아서요. 마마께서 보내 주신 소재는 나중에 고려해 보도 록 하겠습니다."

"……잠깐, 설마……."

그것은 자신이 무향에게 보냈던 그 서신이었다.

서신을 받아드는 희빈의 손이 떨렸다. 그런 그녀에게 해랑이 눈을 찡긋거리며 말했다.

"영희궁에서는 남아도는 게 시간이어서 말입니다."

해랑이나 서하연이 무향과 연이 있을 거라는 건 어렴풋이 예상할 수 있었지만, 설마. 설마 이럴 줄이야.

"하…… 하하…… 하하하하하!"

상상치도 못했던 사실에 너무 놀랐기 때문일까? 희빈이 배를 잡고 깔깔거리며 웃기 시작했다. 너무 심하게 웃는 거 같다는 생각이 들 정도로, 그녀는 허리를 굽히고 본격적으로 웃고 있었다.

"이거 제대로 한 방 먹었군요. 하하……."

그 뒤로도 한참 동안이나 정문에는 희빈의 웃음소리가 울려 퍼졌고, 곧 그녀가 탄 가마는 궐을 빠져나갔다.

"자, 그럼……."

도중까지 배웅하고 오겠다는 환이 말을 타고 그 뒤를 따라 나갔다. 닫힌 문을 바라보고 있던 하연은 이제 남은 문제들을 처리하자고 해랑을 돌아보며 입을 열었다.

"우선은 중앙궁에 가 볼까요."

갑자기 중앙궁에 가자는 하연의 말에 해랑이 두 눈을 반짝이며 고개를 끄덕였다.

솔직히 중앙궁이라는 곳에 방문하는 건 별로 좋아하지 않았지만, 어쩌겠는가. 이제는 익숙해져야 하는 곳인걸. 게다가 그들에게는 처리해야 할 또 한 가지 중요한 일이 남아 있었다.

"약혼은 하고 유학 보내야지."

"그럼요. 저 유학 간 사이에 다른 여자들이 달라붙을지도 모르는데 어떻게 그냥 가겠어요."

두 손을 꼭 붙잡고 당당하게 중앙궁 안으로 들어섰다. 그런 그들의 모습에 지나치는 궁인들마다 흐뭇하게 웃으며 부러운 시선으로 그들을 바라봤다.

그날을 기준으로 정확하게 3일 후, 천유국은 겹경사로 인해 전에 없던 축제 분위기로 들썩였다.

하나는 왕의 정식 후계자로 인정받은 '시해랑'의 화려한 왕세자 책봉식이었고, 또 다른 하나는 성질 급한 해랑이 미룰 수 없다며 곧장 날을 잡아 버린, 그가 사랑하는 여인 '서하연'과의 약혼식이었다.

"기왕 하시려거든 아예 결혼식을 올리시지."

아시라가 보낸 사신단들과 하연을 배웅하기 위해 나와 있던 돌쇠가 이해가 안 간다는 얼굴로 말했다.

약혼식 올린 지 얼마나 됐다고, 좀 더 둘만의 시간을 가지는 것도 좋을 텐데 해랑에게 지지 않을 정도로 성미가 급한 하연은 바로 유학길에 오르기로 했다.

주위에서는 그 제자에 그 스승이라는 말이 들려왔고, 많은 대신들은 그녀를 보내서는 안 된다며 반대했다.

신후왕 역시 그녀를 보내지 않으려고 했지만 하연이 나서기도 전에 해랑이 먼저 나서서 지지해 준 덕분에 이렇게 예정대로 무사히 유학을 떠날 수가 있었다.

이미 떠날 채비는 오래전에 끝났지만, 벌써 한 시진이 넘도록 정문에서 하연을 꼭 끌어안고 있는 해랑 때문에 사신단은 출발을 할 수가 없었다.

그러니까 그렇게 아쉬우면 식을 올렸으면 됐잖아! 그놈의 약속이 뭐라고 그렇게 지키려고 하는 건데?

"형님과 한 약속이 있어서 그건 불가능해."

그 말에 돌쇠는 이해가 안 간다는 표정으로 고개를 저었지만, 말에 올라 그들을 내려다보고 있던 이완은 흐뭇하게 웃으며 고개를 끄덕였다.

하연을 포함해 이제는 익숙해진 측근들은 별거 아니라는 반응으로 해랑이 만족할 때까지 조용히 기다려 주고 있었지만, 말에 올라 대기 중이던 사신단의 불평하는 목소리는 점점 커져 갔다.

그제야 슬슬 보내야 한다는 생각이 든 해랑은 아쉽다는 얼굴로 제 품 안에 안겨 있던 하연을 놓아주었다.

자신과 마찬가지로 아쉬운 얼굴로 저를 올려다보고 있는 하연을 가만히 내려다보던 그가 아주 잠깐 이완을 흘겨봤다. 그러자 눈치 빠른 이완이 한숨을 내쉬더니 고개를 돌렸다.

그러자 재빨리 하연의 얼굴을 두 손으로 감싼 해랑이 그녀의 입술에 입을 맞추고는 말했다.

"나는 나대로 여기서 열심히 후계자 수업 받고 있을 테니까, 너는 너대로 열심히 하고 와."

"네!"

"다른 남자랑은 말도 섞지 마. 나중에 남편이라면서 남자 하나 데리고 오면 어쩌나 걱정이야."

"해랑 님이야말로, 돌아오면 떡하니 세자빈마마가 계시는 거 아닐까 모르겠네요."

곧바로 받아치는 하연의 말에 해랑은 웃으며 짓궂게 물었다.

"세자빈 들이면 가만히 받아들이기는 할 거야?"

장난인 줄 알면서도 인상을 찌푸리는 이완과 달리 하연은 뭘 그리 당연한 걸 묻느냐는 표정으로 그에게 말했다.

"내쫓아야죠. 내 자리에 함부로 들어앉았는데."

"그래야 서하연이지."

하연이 피식 웃으며 해랑에게서 떨어져 드디어 그 뒤에 있는 이들에게로 시선을 옮겼다.

나름대로 하연을 배웅해 주겠다며 아까부터 나와 있었지만, 해랑 때문에 장시간 멀뚱히 서서 기다린 탓에 다들 지쳐 있었다. 심지어 강우는 그냥 빨리 가라며 투덜거릴 정도였다.

"그럼 하연을 부탁드립니다, 형님."

"해랑 님의 부인이기 전에 제 동생이니 걱정 마시지요."

하연을 혼자 보낼 수 없으니 자신을 함께 보내 달라는 이완의 부탁에 해랑은 그를 그녀의 호위로서 주혜국에 동행할 수 있게 해주었다.

이 소식을 들은 서건우는 아들까지 집을 비운다며 쓸쓸해했지만 그래도 하연을 혼자 보내는 것보다는 낫다고 생각한 건지 별말이 없었다.

"좋아요. 그럼……."

가마에 오르기 전 하연은 자신을 배웅하기 위해 나온 이들을 한 명, 한 명 바라보고는 그들에게 허리 숙여 인사했다.

　"잘 다녀오겠습니다."

二十八花
서하연(曙荷娟)

1년 후.

시해랑 22살.

서하연 20살.

짙은 천으로 가려져 있는 거대한 건물 앞, 무서운 도깨비 가면을 쓴 남자가 멍하니 서서 그것을 올려다보고 있었다.

지나가는 사람들을 한 번씩 돌아보게 만드는 그 압도적인 존재감에도 불구하고, 마무리 공사에 바쁜 인부들은 누구 하나 그가 왔다는 사실을 알아차리지 못하고 일하기 바빴다.

"해랑…… 무향 님, 사람을 불러올까요?"

마찬가지로 해랑의 뒤에서 건물을 올려다보고 있던 돌쇠가 조심스럽게 묻자 해랑은 고개를 절레절레 저었다.

"됐어. 수개월도 기다렸는데 그 잠깐을 못 기다리겠어?"

그렇게 말한 해랑은 또다시 한참 동안 건물을 올려다보기 시작했다.

위치상 궐과 가깝고 시장의 중간에 있다는 이점 덕분에 주변에 사람이 많아 소란스러웠지만, 그런 건 해랑이 자신만의 세계에 빠지는 것을 방해하지 못했다.

그때였다.

"올해 수확제 때는 세자 저하께서도 참석하셨다면서? 그럴 줄 알았으면 나도 가보는 거였는데."

들으려고 하지 않아도 절로 들려오는 자신의 이야기에 해랑은 바짝 긴장했다.

예전이면 모를까, 이제는 공식적인 왕의 후계자인 이상 아무래도 궐 밖의 사람들이 자신을 어떻게 생각하는지 신경이 쓰일 수밖에 없었다.

"아~ 꽤나 늠름한 모습이었지. 분명 다음 대에도 천유국은 문제없을 거야……. 후계자만 있으면 좀 더 마음이 놓이겠는데……."

"그러게 말이야. 왜 아직도 결혼을 안 하시는 건지, 원. 아무리 약혼을 했다고 해도 빨리 세자빈을 맞이하셔야 할 텐데."

"약혼이라고 하니까 그 왜, 예전에 세자 저하와 관련된 소문이 있지 않았나? 한동안 떠들썩했던 걸로 기억하는데."

"아, 스승님과 그렇고 그런 사이라는 거? 난 그 스승이 약혼자라고 들었는데?"

"그런데 지금 그 스승은 어디에 계시는데?"

"나야 모르지."

막 해랑과 돌쇠의 뒤를 지나치며 이야기를 나누던 그들이 갑자기 대화를 뚝 멈췄다. 그들은 잠시 서로 아무 말 않더니 한숨을 내쉬었다. 곧 그들의 입에서 동시에 같은 말이 튀어나왔다.

"……저하를 닮은 늠름한 사내아이만 있으면 아무 걱정 없겠는데……."

"……."

"……라는데요?"

그들이 멀어지기 무섭게 돌쇠가 키득거리며 말하자, 해랑이 혀를 차며 중얼거렸다.

"궐 안이나 밖이나 후계자, 후계자……."

예전부터 후계자에 대한 잔소리는 들어왔지만, 최근 들어 더 심해졌다. 궐 안에만 들어가면 그 문제로 자신을 괴롭히는 대신들 때문에 해랑은 미칠 거 같았다.

물론 그 역시도 천유국 백성들이 후계자에 민감한 이유를 잘 알고 있다. 이게 다 자신의 아버지인 신후왕 때문이 아니던가.

나이 꽤나 먹도록 다음 대를 이을 후계자가 없었던 신후왕 때문에 백성들과 대신들은 엄청난 불안에 시달려야 했다. 그리고 다시는 그때의 불안을 느끼고 싶지 않은 대신들이 해랑에게 아예 일찌감치 후계자를 요구하고 있는 것이다.

그런데 그게 나 혼자 어떻게 할 수 있는 일이 아니잖아!

어떻게든 잘 피해 다니고 있었지만 조만간에 제대로 붙잡혀서 한소리 들을 거 같았다. 그 생각을 하니 한숨이 절로 나왔다.

"어이쿠. 오셨습니까?"

그들이 찾아왔다는 걸 이제야 알아차린 공사 담당자가 빠른 걸음으로 달려오는 게 보였다.

"아, 오늘 오면 볼 수 있을 거라고 해서."

후계자 문제니 뭐니 하는 건 일단 잠시 잊고 해랑이 오늘 이곳에 온 목적을 말하자, 남자는 고개를 끄덕이며 뒤에 있는 다른 남자에게 큰 소리로 외쳤다.

"아, 예. 잠시만요. 이봐! 아까 완성한 그걸 가져와 봐!"

곧 두 남자가 커다랗고 묵직한 판 하나를 낑낑거리며 들고 와 그들의 앞에 내려놓았다.

"……"

멍하니 그 커다란 목판을 바라보던 해랑이 손을 들어 나무에 새겨진 글자를 하나하나 손으로 쓸었다. 넋 놓고 그것을 바라보고 있는 모습에 남자가 흐뭇하게 웃으며 물었다.

"어떻습니까?"

"응, 아주 마음에 들어. 수고했다."

그가 고개를 끄덕이며 말하자 다행이라며 다시 그것을 갖다놓으라 지시하던 남자가 왠지 조심스러운 얼굴로 해랑을 바라봤다.

"뭐 하나만 여쭈어 봐도 괜찮겠습니까?"

"뭐지?"

"이 이름에 무슨 특별한 의미라도 있는 건가요?"

판에 새겨져 있는 이름에 대한 의미를 묻자, 가면을 쓴 해랑은 잠시 아무 말도 하지 않고 눈앞의 건물을 올려다봤다. 곧 그는 기쁨을 주체할 수 없는 목소리로 대답했다.

"내가 세상에서 가장 좋아하는 이름."

"……아, 그렇군요."

약간 모호한 대답이었지만 그래도 그동안 쌓여 있던 궁금증이 해결된 건지 남자는 웃으며 고개를 끄덕였다. 처음에 그 이름을 새겨 달라는 의뢰를 받았을 때는 어리둥절했는데, 뭐 좋아하는 이름이라고 한다면야.

"그럼 오늘 중으로 완공되는 건가?"

"예, 아까 그 판만 제자리를 찾으면 되니까요. 안에 들어가 보시겠습니까?"

"아니, 됐어. 다음으로 하지. 다들 수고했어."

안에 들어와 보라는 남자의 제안에 해랑은 고개를 저었다. 아무리 완성이 되었다고는 하나 이 건물의 주인은 자신이 아니었기 때문에 먼저 안에 들어갈 수가 없었다.

"나중에 부인과 함께 오도록 하지."

"예, 기다리고 있겠습니다."

그 말을 마지막으로 해랑이 걸음을 옮기자 돌쇠가 재빨리 그의 뒤를 따랐다.

"이제 하연 님만 돌아오시면 되네요. 언제 돌아오신다는 말씀 없으셨어요?"

"만족하기 전에는 안 돌아올 녀석이야. 고집이 좀 세야지."

"하긴."

공사 현장에서 아주 조금 걸어가니 그들이 너무나도 잘 알고 있는 책방이 눈에 들어왔다. 돌쇠에게는 밖에서 기다리라 말한 해랑이 익숙하게 그 안으로 들어갔다. 그러자 그를 알아본 책방 주인이 잽싸게 뛰어나오며 그를 반겼다.

"무향! 어서 오시게나."

자신을 반기는 그에게 고개 한 번 까딱이는 것으로 인사를 대신한 해랑은 어떤 물건을 그에게 건네주었다. 종이로 꽁꽁 싸맨 물건을 받아 든 주인의 표정에는 꽃이 활짝 폈다.

"다음 신작! 안 그래도 기다리고 있었지…… 예전에는 그렇게 미루더니 요즘에는 꼬박꼬박 알아서 가져오고 말이야."

선 채로 끈을 풀러 안에 싸여 있던 종이 뭉치를 빠르게 훑던 주인이 흐뭇하게 웃으며 말했다.

"예전에 바빠서 당분간은 글을 못 쓸 거 같다는 말을 들었을 때는 어찌나 철렁했던지. 이제 보니 그게 다 장난이었구만, 허허."

"아, 먼 곳에 있어도 무향의 글은 전해진다고, 누가 써달라고 해서 말이야."

"천하의 고집불통 무향을 설득시키다니 그 사람이 누구인가? 친하게 지내 둬야겠는걸."

"내 부인."

그의 말에 신작이라는 종이 뭉치를 확인하기 바쁘던 주인의 손이 딱 멈추었다. 그러고는 놀란 얼굴로 해랑을 올려다봤다.

"자네, 유부남이었나?"

"일단은. 그럼 난 전해 줬으니 이만 가 보겠네."

문밖에 서 있던 돌쇠가 빨리 돌아가야 한다며 눈치를 주자 이를 알아들은 해랑은 재빨리 주인에게 인사를 하며 책방을 벗어났다.

"아, 깜빡했는데."

"응?"

막 문을 나서려던 해랑이 이 말만큼은 해야겠다며 걸음을 멈추더니 종이 뭉치를 끌어안고 흐뭇하게 웃는 주인을 돌아봤다.

무언가를 깜빡했다는 말에 고개를 든 주인의 눈에 새삼 무섭게 느껴지는 도깨비 가면이 들어왔다.

"우리 부인이랑 너무 친해지면 가만두지 않을 테니까."

물론 그냥 한 말이라는 걸 모를 리가 없는 해랑이었지만, 그래도 그냥 듣고 넘어가지 못했다. 그만큼이나 그는 하연과 관련된 문제에 있어서는 민감했으니까.

후계자 수업 때문에 바쁜 와중에 글을 쓰는 이유 역시도 하연 때문이었다.

유학을 떠나기 전, 하연은 그에게 계속해서 책을 써 달라고 부탁했다. 거리상으로는 멀지만 무향의 책이 있다면 마음의 거리는 가깝게 느낄 거 같다는 게 그녀의 주장이었다.

그런 말을 들었는데 글을 안 쓸 리가 없잖아.

'시해랑!'

멍하니 궐로 향하던 해랑은 멈칫했다. 그러자 말없이 그 뒤를 따르던 돌쇠가 깜짝 놀라더니 걱정스러운 얼굴로 그에게 다가왔다.

"왜 그러세요?"

"방금 서하연 목소리 들리지 않았어?"

멍하니 중얼거리듯 묻는 그 말에 이제 이런 상황이 익숙한 돌쇠는 한숨을 내쉬었다. 하연이 떠나고 난 직후 몇 주간은 하루에도 몇 번씩 그녀의 목소리가 들리는 거 같다느니 모습이 보이는 거 같다느니 장난이 아니었다. 최근 들어 괜찮아졌다 싶었는데 왜 또 이런데?

"또 환청이십니까? 그래서 하연 님이 이번에는 뭐라고 하셨습니까? 해랑 님 보고 싶으시대요?"

"아니, 그런 말 없이 그냥 내 이름을 외친 거 같아."

"그럼 더더욱 환청이네요. 하연 님께서 해랑 님의 이름을 함부로 부를 리가 없잖습니까. 그것도 이렇게 사람 많은 시전 바닥에서."

돌쇠의 말에 해랑은 고개를 끄덕였다.

"하긴, 그건 그러네."

그녀는 늘 자신을 '해랑 님'이라고 불렀으니까. 아무리 스승이라고는 해도 그녀가 세자인 자신을 이름 석 자로 부른 적은 단 한 번도 없었고, 부를 리도 없었다.

"빨리 가자."

어느새 도착한 궐의 정문을 지난 해랑은 청화궁이 아닌 중앙궁으로 바로 향했다.

아무것도 아닌 '세 번째 왕자'였을 때는 이렇게까지 자주 이곳을 찾지 않았는데 아무래도 '세자'가 된 지금은 어쩔 수 없이 걸음하게 되는 일이 적지 않았다.

"전하, 세자 저하께서 돌아오셨습니다."

대신이 고하기도 전에 알아서 문을 열고 들어온 해랑을 바라보는 신후왕의 시선은 곱지 못했다.

"또 밖에 나갔다지? 내가 분명 오늘은 함께 회의에 참석하라고 했잖느냐."

"……환을 대리 출석시켰으니 됐지 않습니까. 그리고 궐 밖 백성들이 어떻게 살고 있는지 직접 확인하는 것도 중요합니다."

"말은 잘해. 어차피 또 거길 다녀왔으면서."

그 말에 해랑은 아무런 대답도 하지 않고 자리에 앉았다. 그 역시 어느 정도 자신의 위치라는 걸 알고 있었기 때문에 할 말이 없었다. 틈만 나면 돌쇠를 따돌리고 밖에 나갔던 건 어느새 추억 속 이야기가 되어 버렸다.

"오늘 아침 회의에서 말이다."

회의라는 말에 해랑은 벌써부터 몸이 무거워지는 거 같았다. 자신이 왜 일부러 그 자리에 나가지 않았는지, 그 이유를 뻔히 알면서 왜 자꾸 그런 자리를 만드는 건지 알 수가 없었다.

해랑이 자신을 노려보고 있든 말든 회의 내용을 기록한 문서에 시선을 고정한 신후왕은 아무렇지 않게 말했다.

"후궁을 들이자는 의견이 나왔다."

그 말에도 해랑은 아무런 반응도 하지 않았다.

"오늘은 한층 더 시끄러웠어. 중간에 환이 나서서 말리지 않았더라면……."

어떻게든 권력을 얻어 보려는 귀족들의 생각은 어느 시대든 똑같았다. 그들은 더더욱 높은 곳에 오르기를 바랐고, 그런 그들에게 있어 왕위를 물려받을 후계자인 자신은 최고의 상대일 테니까.

게다가 약혼으로만 묶여 있지, 아직 세자빈 자리까지 비어 있다. 그 흔한 후궁마저 한 명도 없으니 그 빈자리에 제 딸들을 앉히고 싶어 안달하는 게 딱히 놀랍지도 않았다. 아니, 사실 다른 의미로 놀라운 건 하나 있었다.

"……신기한 게 다들 세자빈 자리는 안 노리네요."

"서하연이 무서우니까."

"후궁은 만만한가 보죠."

웃을 상황이 아님에도 불구하고 제 앞에서 웃고 있는 해랑을 흘겨보던 신후왕은 읽고 있던 문서들을 옆으로 밀쳐냈다.

"그만큼이나 지금 네 후계자 문제가 심각한 거다."

"그러는 아버지께서는 마흔 넘어 현우 형님을 낳으시지 않으셨습니까."

오늘이야말로 제대로 확답을 듣겠다고 작정한 신후왕이었지만, 해랑은 너무나도 쉽게 그에게 반박했다. 그래, 그럼 그렇지. 최대한 목소리 높이지 않고 원만하게 대화를 해보려고 했는데, 역시 아들과의 대화에서는 목소리가 올라갈 수밖에 없었다.

"그러니까 이놈아! 그때 다들 이대로 왕가의 대가 끊기는 거 아니냐며 얼마나 난리였는데!! 신혼을 즐기겠다니 그런 거 다 그때뿐이다. 나중을 생각해야지. 넌 그러지 말라고 지금 이렇게들 목소리 높이고 있는 게 아니냐!"

"나중에 하연에게 말씀하시지 그러십니까? 전 언제든지 찬성입니다."

그 말에 버럭 소리 지르던 신후왕이 움찔했다. 잔뜩 흥분해서 외칠 때는 언제고, 그는 마치 차가운 얼음물이라도 뒤집어쓴 것처럼 몸이 싸해지는 거 같더니 결국엔 굳어 버렸다.

"……말할 수 있을 리가 없잖아……."

"저도 서하연은 무섭습니다."

그 말에 갑자기 의기소침해진 왕과 세자의 모습을 지켜보고 있던 호위들은 웃음을 참기 위해 부단히 노력해야만 했다.

한 여인 때문에 이 나라에서 첫 번째로 높은 사람과 두 번째로 높은 사람이 고개를 숙이고 있는 모습은 상당히 재밌었다.

더는 하실 말씀 없으시면 이만 가 보겠다며 자리에서 일어난 해랑은 신후왕이 자신의 몫으로 따로 모아 둔 문서들을 챙겨들고는 문을 향했다.

"에이, 몰라! 서하연 돌아오면 일단 무조건 후계자부터 만들어! 알겠느냐!"

"아, 글쎄 그건 제가 어떻게 할 수 있는 일이 아니라니까요?"

신후왕이 이대로는 그냥 보낼 수 없다며 버럭 외치자, 이에 질 수 없다며 해랑 역시 큰 소리로 외치고는 방을 나왔다.

흥. 그러니까 하연을 유학이니 뭐니 보내지 않고 바로 식을 올렸으면 이런 문제가 없었잖아. 유학이니 뭐니 그런 걸 보내줘 가지고 일 년이라는 시간을 허비하다니.

물론 서하연의 고집을 꺾는 게 여간 어려운 일이 아니라는 건 그 역시도 잘 알고 있었지만.

"……하긴, 서하연에게서 고집을 빼놓을 수는 없겠지."

결국 한숨을 내쉬던 신후왕은 또 이렇게 한 번 웃어넘기며 밀쳐 뒀던 문서를 다시 펼쳤다.

그때였다.

갑자기 문밖에서 쿵쾅거리는 빠른 걸음 소리가 들리는가 싶더니, 다급한 모습의 대신 한 명이 방 안으로 들어왔다.

"전하!"

"무슨 일인데 그리 서두르는 게냐."

숨을 헐떡이는 모양새를 보아하니 무슨 중요한 일이나 다급한 일이 발생한 게 분명했다.

놀란 신후왕의 물음에 잠시 호흡을 가다듬던 대신이 입을 열었다.

"방금 문지기들에게서 연락이 왔는데 서하연 님께서 천유국에 돌아오셨다고 합니다!"

"뭐라고?"

놀란 그의 손에 들려 있던 붓은 이미 떨어진 지 오래다. 갑자기 이게 무슨 일이래? 분명 아까 해랑은 그런 말 없었는데? 아무렇지도 않아 보였는데? 그 녀석이 오늘 하연이 돌아오는 걸 숨길 수 있을 리가 없을 텐데?

잠시 생각에 잠겨 있던 신후왕의 입가에는 미소가 지어졌다.

"하하. 말도 안 하고 갑자기 돌아온 거군. 역시 서하연이야. 하하. 그래서 지금 이곳으로 오는 중인가?"

"아니요. 그게…… 문지기들이 뒤늦게 하연 님이라는 걸 알아차리고는 쫓았는데 시전에서 놓쳤다고 합니다."

"뭐? 바로 궐에 안 돌아오고 시전에는 왜?"

"그, 글쎄요……."

어이없어하는 신후왕의 질문에 대신은 한숨을 내쉬며 고개를 저었다. 제가 그걸 어떻게 압니까. 워낙 예측할 수 없는 분이신걸요.

"일단 빨리 찾아봐라. 아, 해랑이 알기 전에 먼저 찾아와야 한다!"

반드시 해랑이 알기 전에 먼저 그녀를 찾아오라는 신후왕의 명령에 중앙궁은 단숨에 소란스러워졌다.

"그런데 왜 해랑 님께서 먼저 찾으시면 안 된다는 겁니까?"

시전 바닥에서 서하연을 찾으라는 그의 명령에 막 출동하려던 호위가 궁금하다는 표정으로 묻자, 들뜬 마음에 자리에 앉지 못하고 방 안을 돌아다니던 신후왕이 툴툴거리는 목소리로 말했다.

"그 녀석이 아까 나한테 대들었으니까."

……두 분 다 똑같으십니다.

*　　*　　*

"그게 말이 돼요?"

한편, 신후왕이 사람을 풀어 자신을 찾고 있다는 걸 알 리가 없는 하연은 다른 곳에서 목소리를 높이고 있었다.

국경을 넘어 천유국에 들어서기 무섭게 그녀가 궐보다도 먼저 찾은 곳은 다름 아닌 웬 공사 현장이었다. 물론 그녀의 기억 속 마지막 모습은 이런 공사 현장이 아니었지만.

"아가씨, 정말 미안해. 하지만 나도 어쩔 수가 없었다고."

그녀의 앞에 서 있는 남자는 당황스러운 표정으로 땀까지 뻘뻘 흘리며 어쩔 줄 몰라 했다. 물론 어느 정도 각오는 하고 있었지만, 이렇게 갑작스럽게 쳐들어올 줄은 생각지도 못했다.

남의 사정을 봐줄 때가 아닌 하연은 지금 잔뜩 흥분해 있었다.

"잠시 일이 있어서 어디 다녀오는 동안 절대로 이 땅 팔지 말라고 했잖아요!"

어쩔 수 없었다고 말하고 있는 남자가 너무나도 야속했다.

궐과 가까운 데다 시장의 중간에 있다는 최상의 조건에 눈도장을 찍어 뒀지만, 주변에서 임금님의 소유니 포기하라며 말렸던 바로 그 땅. 천유국을 떠나기 전, 하연은 신후왕에게 그 땅을 풀어 달라는 부탁을 했다. 그녀의 간곡한 부탁에 신후왕은 그 부탁을 들어 줬고, 드디어 정정당당하게 매입할 수 있게 되었는데!

"어떤 놈이야, 내 땅을 가로채간 놈이!"

"아가씨는 그 이후로 소식이 없고, 당장 엄청난 금액에 이 땅을 사겠다는 사람은 나타났는데 어쩔 수가 없잖아……. 이해하지?"

"그래도!"

이제 하연은 울상이 되었다. 배가 아프고 분했다. 자신이 갖기 위해 모든 준비를 다 해 놨더니 지나가던 사람이 덥석 주워 먹은 꼴이지 않는가.

"아니면 아가씨가 그 사람이랑 담판을 보든지. 이렇게 신축 공사까지 한 걸 보면 힘들겠지만……."

"알았습니다. 그럼 이 땅을 산 사람이 누군지만 알려주세요."

"아, 잠깐 기다려 보게. 나도 이름밖에 모르는데 말이야……."

그녀의 말에 남자가 들고 있던 많은 문서들을 뒤적거리다가 한 장을 찾아 그녀에게 건네었다. 그리고 그 종이에 떡하니 적혀 있던 이름을 확인한 하연은 그 자리에서 굳어버리고 말았다.

무향

설마 내가 아는 그 무향은 아니겠지? 무향이라는 이름을 갖고 있는 다른 사람이겠지?

"……혹시 그 사람, 이상한 가면을 쓰고 다니지 않았나요?"

그래도 혹시 모르니 확인을 해야겠다며 하연이 조심스럽게 묻자 남자의 두 눈이 동그래지더니 열심히 고개를 끄덕이기 시작했다.

"맞아. 매번 찾아올 때마다 도깨비 가면을 쓰고 와서 내 잘 기억하고 있지. 혹시 아는 사람인가?"

그 말에 손에 쥐어져 있던 종이는 처참하게 구겨져 원래의 반듯한 모양을 잃고 말았다.

제 땅을 꿀꺽한 얄미운 사람의 정체를 알게 된 하연은 숨을 깊게 들이 쉬었다. 그러고는 끓어오르는 짜증에 큰 소리로 외쳤다.

"시해랑!"

그 외침에 조금 떨어진 곳에서 공사 중인 건물을 멍하니 올려다보고 있던 이완이 그녀에게 다가오며 말했다.

"서하연, 더 이상 볼일 없으면 그만 돌아가자."

씩씩거리는 그녀를 붙잡은 이완이 어느새 주변에 모여든 사람들에게 소란을 피워 미안하다며 사과하고는 하연을 데리고 그 자리를 떴다.

방금 전까지만 해도 벌벌 떨던 가쾌가 유유히 사라지는 그 둘의 모습에 안도의 한숨을 내쉬었다. 소란스러움에 몰려들었던 구경꾼들까지도 다시 제 갈 길을 가고 있는 와중에 몇 명의 남자들은 멍하니 서 있었다.

"……서하연?"

인부들이 고개를 갸웃거리며 익숙한 이름에 서로를 바라보더니 곧 무언가를 떠올리고는 입이 벌어져서는 외쳤다.

"아, 서하연!!"

그들의 시선은 너나 할 거 없이 건물의 정문 위에 당당히 자리 잡고 있는 현판으로 향했다.

서하연(曙荷娟)

넋 놓고 현판을 올려다보던 그들이 재빨리 하연이 떠난 길을 돌아봤지만, 그녀와 이완의 모습은 이미 보이지 않았다.

*　　*　　*

궐이 발칵 뒤집혔다. 씩씩거리며 궐 안을 가로질러가는 여인의 등장에 사람들은 하나같이 걸음을 멈추었고 자신의 눈을 의심했다. 궐 안에 있는 사람 중 그녀를 모르는 이는 거의 없었다. 그 유명한 서하연이자, 세자 저하의 여인이 아닌가!

하지만 유학인지 뭔지 때문에 궐을 나간 걸로 알고 있는데 왜 지금 여기에? 그녀가 돌아온다는 말을 들은 사람은 한 명도 없었다. 게다가 그녀는 왠지 모르게 화가 나 보였고, 그 걸음은 중앙궁이 아닌 청화궁으로 향하고 있었다.

"가, 강우 선배!"

"뭐야."

예문관 제3관, 일하는 중이던 강우가 눈을 찌푸리며 율과 휘를 바라봤다.

무슨 일인지 잔뜩 흥분한 그들에게 특유의 무표정으로 일단 진정하라는 말을 하던 강우는 잠시 뒤 그들의 입에서 나온 말에 그들과 마찬가지로 놀랄 수밖에 없었다.

"하연 선배님께서 돌아오셨습니다!"

"……뭐?"

청화궁에서 그녀의 귀환을 가장 먼저 알게 된 건 동궁 밖에 서 있던 돌쇠였다.

처음에는 그도 자신의 눈을 믿을 수가 없었다. 하도 해랑의 환청과 환각을 옆에서 받아 주다 보니 자신도 같은 증상이 생겼나 하고 멍하니 바라봤는데, 어째서인지 그녀는 화가 나 보였다. 무서운 얼굴로 점점 동궁에 가까워지는 그 모습이 절대 환각일 리가 없었다. 귀신이라면 모를까.

"해랑 님!"

깜짝 놀란 그가 재빨리 해랑이 있는 방 안으로 뛰어 들어갔다. 신후왕에게서 받아온 문서들을 읽고 있던 해랑은 아무 말도 없이 다짜고짜 문을 열고 들이닥친 그 때문에 놀라 눈을 찌푸렸다.

"아…… 뭐야."

"바, 밖에…… 밖에!"

"밖에 뭐. 말을 해."

돌쇠가 무슨 말을 하기도 전에 밖에서 우당탕탕하는 소리가 들리더니 하연이 불쑥 고개를 내밀고 등장했다.

문을 막고 서 있는 돌쇠를 지나쳐 방 안으로 들어온 하연은 해랑의 바로 앞에 떡하니 서서 그를 바라봤다.

"……."

그렇게 보고 싶다고 할 때는 언제고, 놀란 해랑이 움찔거리더니 저도 모르게 뒤로 물러나 버렸다. 그러고는 멍하니 자신을 내려다보는 그녀를 올려다보았다.

잠시 아무 말 않고 그녀를 바라보던 해랑이 슬쩍 고개를 돌려 문에 바짝 붙어 있는 돌쇠를 바라봤다. 확인을 요구하는 그의 눈빛에 돌쇠는 고개를 저으며 말했다.

"헛것이 아닙니다."

좋아, 그렇다면 지금 눈앞에 보이는 그녀는 제 눈에만 보이는 게 아니란 말인데…… 돌아온 건가? 하지만 왜 아무 말도 못 들은 거지?

"언제 온……."

쾅!

뒤늦게 몰려오는 기쁨과 반가움에 해랑이 밝아지는 표정으로 물으려는데, 어쩐지 방에 들어설 때부터 화가 나 보이던 하연이 그가 앉아 있는 책상을 내려쳤다. 이에 또 한 번 놀란 해랑이 본능적으로 다시 뒤로 물러났다.

"내놓으세요."

"……응?"

"내 땅!"

그녀의 외침에 해랑은 어이가 없었다. 한 가지에 빠지면 다른 건 보이지 않는다는 그녀의 성격은 잘 알고 있었지만.

"……1년 만에 만난 남편에게 가장 먼저 한다는 말이 땅을 내놓으라는 말이라니."

"좋아요, 그럼."

그러거나 말거나 어느새 그의 앞에 자리 잡고 앉은 하연은 두 눈을 번뜩이며 그에게 말했다.

"협상을 하도록 하지요."

누가 봐도 오랜만에 재회한 연인의 모습이 아니었다. 아무런 연락도 없이 갑자기 돌아와서는 제대로 된 인사를 나누기도 전에 협상을 요구하고 있는 하연을 바라보던 해랑은 결국 웃어 버렸다.

어차피 징징거리며 서운하다고 따져 봤자 열이면 열, 백이면 백 자신이 진다. 인사야 나중에 얼마든지 할 수 있으니까.

"좋아, 협상하자. 그쪽에서 원하는 게 뭔데?"

입가에 여유로운 미소가 가득한 해랑이 싱긋 웃으며 묻자, 하연이 책상에 올린 두 손으로 책상을 치며 말했다.

"뭐긴요. 당연히 해랑 님이 사셨다는 땅이지요. 제가 우는소리까지 해 가며 전하께 받아내 흥정까지 다 해 놨는데!"

어쩜 치사하게 그럴 수가 있느냐는 그녀의 말에도 해랑은 꿈쩍도 하지 않았다.

"아, 나도 마침 그런 땅이 필요하던 참이었거든. 선수를 친 건 미안한데 난 정당하게 값을 지불하고 매입한 거야. 소정의 정신적 피해 보상은 해 줄 수 있겠지만, 그 땅은 안 돼."

"……."

확실히 그 말이 맞았다. 물론 먼저 빼앗아 갔다는 게 좀 치사하기는 했지만, 권력으로 빼앗은 것도 아니고 제대로 된 절차를 밟아 해랑이 개인적으로 매입한 거니 하연이 어떻게 할 수가 없었다.

"……제 거 빼앗으니까 기분 좋으세요?"

"음. 마냥 좋지만은 않네."

결국 어떻게 안 된다는 걸 깨달은 하연은 너무나도 큰 분함에 이제는 울먹이며 그에게 말하고 있었다.

단순히 땅에 대한 욕심 때문이 아니었다. 그 땅이 어떤 땅인데! 자신의 꿈을 실현하기 위한 발판이 되어줄 땅인데!

제 앞에서 울먹이고 있는 하연을 바라보고 있던 해랑의 입가에 즐거운 미소가 지어졌다. 그녀를 울려 버렸다는 사실에 죄책감보다도 이상하게 쾌감이 몰려왔다.

"안 본 사이에 더 예뻐졌다."

"해랑 님은 안 본 사이에 성격이 나빠지신 거 같은데요."

하연이 씩씩거리며 분을 삭이는 걸 바라보던 해랑의 말에 하연이 말했다. 정말 뒤늦게 그나마 정상적인 인사가 오고갔다.

"올바른 길로 인도해 줄 스승님께서 안 계시니 제자가 나쁜 길로 샐 수밖에."

아이고. 하연은 저 입을 좀 어떻게 하고 싶다는 생각밖에 들지 않왔다, 정말.

그 뒤로도 한참을 씩씩거리며 아옹다옹하던 둘은 곧 안정을 찾았고, 일 년이라는 시간이 무색할 정도로 어느새 찰싹 달라붙어서는 서로의 안부를 물었다.

"맞다, 주혜국 왕이 자꾸 너한테 집적거린다는 보고가 있었는데?"

제 품 안에 안겨 있던 하연을 바라보던 해랑은 인상을 찌푸리며 물었다. 매번 정기적으로 도착하는 이완의 보고에는 유난히 그녀에게 접근하는 귀족들에 대해 세세히 적혀 있었는데, 그중에서도 주혜국의 젊은 왕은 그가 가장 신경 쓰는 존재였다.

"외국에서도 먹히는 외모인지라."

"널 빼앗기면 어쩌나 걱정했어."

"별 걱정을 다하시네요."

"멀리 떨어져 있는데 걱정이 안 될 리가 없잖아. 넌 거기 가서 이쪽 걱정은 전혀 안 됐어?"

잔뜩 기대감이 묻어나는 그의 질문에 멍하니 안겨 있던 하연이 곧 떠올랐는지 중얼거리듯 대답했다.

"……내가 없는 동안 누가 그 땅 가로채 가면 어쩌나 하는 걱정은 했어요."

"……."

잊을 만하면 등장하는 땅 문제에 해랑은 생각에 잠겼다.

사실은 놀라게 해 주고 싶었지만, 그냥 지금이라도 그녀에게 자신이 그 땅을 산 이유와 1년 동안 그녀를 위해 만들어 놓은 것들을 다 밝힐까 하는 충동이 들었다.

잠시 고민을 하던 해랑의 눈에 한창 읽는 중이던 문서들이 들어왔다. 곧 뭔가 좋은 생각이라도 떠올린 건지 그의 입가에는 매력적인 미소가 지어졌다.

"좋아, 그러면 이렇게 하자. 너는 그 땅이 필요한 거지?"

"네."

혹시 재협상을 할 생각이 있냐며 하연이 반짝이는 눈으로 그를 올려다봤다.

"나도 마침 필요한 게 있었는데, 그럼 바꾸자. 물물교환이야. 그 땅에 신축한 건물까지도 다 줄 테니까."

"원하는 게 뭔데요?"

차라리 돈으로 합의를 보는 거라면 모를까, '필요한 것'이라고 하니 하연은 당연히 불안할 수밖에 없었다. 다른 것도 아니고 땅이다. 게다가 땅덩어리로도 모자라 그곳에 새로 세웠다는 건물까지 덤으로 주겠다는데.

제 품에 안겨 있는 하연을 바라보며 싱긋 웃던 해랑이 그녀를 안아 들고는 자리에서 일어났다. 어딜 가려는 건지는 모르겠지만 제 발로 갈 테니 내려달라 버둥거리는 그녀를 아랑곳하지 않고, 문을 열고 밖으로 나선 그가 향한 곳은 자신의 방이었다.

"잘됐다. 안 그래도 최근에 곤란해서 미칠 지경이었는데."

"뭐가요?"

"대신들이 자꾸 나 장가보내려고 해."

"누가요?! 이름을 대 봐요, 이름을!"

그 말에 하연은 발끈하며 이름을 대라고 외쳤다. 감히 어떤 간 큰 대신이 제 부재중에 그런 야망이 가득 찬 계획을 꾸미느냐며, 자신이 혼내줄 테니 걱정 말라고 큰소리치고 있는 그녀에게 해랑은 불쌍해 보이는 표정을 연기하며 말했다.

"빨리 후계자 갖지 않으면 후궁 들일 거라고 막 협박해."

"……그래서 어떻게 해 달라고요."

슬슬 뭔가 감을 잡은 하연은 재빨리 문을 바라봤다.

이런, 이미 퇴로는 막혀 버린 지 오래였다. 게다가 현재 이완은 바로 청화궁으로 달려온 자신을 대신해 전하께 인사드리고 오겠다며 도중에 중앙궁으로 빠져서 없었다.

"나 이상한 여자에게 장가들지 않도록 도와줄 거지?"

"……윽. 아무리 그래도 이건 아니지요."

"몰라. 정당한 등가교환이야."

그럴 리가 없잖아! 어떻게 후계자랑 땅의 가치가 같을 수가 있어!

마음 같아선 전혀 등가가 아니라고 따지고 싶었지만 불가능했다.

말은 그렇게 해도 사실 그녀 역시 그를 그리워하는 마음이 엄청 나게 컸고, 그동안 누구에게 배운 건지 모를 해랑의 애교에 끔뻑 넘어가 버리고 말았으니…… 결국 그녀는 그에게서 벗어날 수 없었다.

*   *   *

수년 후.

네 살 정도 되는 작은 아이의 걸음이 빨라졌다. 분주히 움직이던 궐 안의 사람들은 이 작은 아이가 지나갈 때마다 꾸벅 허리를 숙이며 인사했고, 아이는 익숙한 듯 야무지게 그 인사를 받으며 예문관 근처에 있는 작은 건물에서 나왔다.

그러자 문 앞에 서 있던 돌쇠가 아이를 발견하고는 바로 인사하며 따라붙었다.

"유 님, 수업 끝나셨습니까?"

"응."

"열심히 하셨습니까?"

돌쇠의 말에 유가 고개를 끄덕였다. 거의 끌어안다시피 들고 있던 두툼한 책을 그에게 넘기며 유는 엄청나게 피곤하다는 얼굴로 청화궁에 들어섰다. 곧장 제 방으로 향할 줄 알았는데 갑자기 걸음을 멈춰 서며 한숨을 푹 내쉬더니,

"후우…… 어렸을 때가 좋았어. 나이 먹으니까 해야 하는 게 너무 많아."

라고 말하는 게 아닌가.

"……."

돌쇠는 할 말을 잃었다. 그래 봤자 네 살짜리가! 그건 제가 하고 싶은 말이라고요.

돌쇠는 정말 울고 싶었다. 하연의 오라버니이자 전 중앙궁의 호위대장이었던 '서이완'이 해랑을 맡아서 여유롭고 좋다고 생각했는데 이제는 이 꼬맹이를 떠맡게 되다니…….

게다가 누가 시해랑과 서하연의 아들 아니랄까 봐 말도 안 듣고 고집도 세다. 다른 사람들 말은 죽어도 안 들으면서 어머니인 하연

의 앞에서는 착한 아들이 되는 걸 보면, 이 역시도 아버지를 닮은 게 분명했다.

지금도 또 그렇게 난간에 기대지 말라고 했는데 보란 듯이 자신을 힐끔거리며 매달리고 있지 않은가? 억지로 떼어냈다가는 더 귀찮은 일이 벌어진다는 걸 알고 있는 돌쇠는 한숨을 내쉬며 위험할 때를 대비해 그 뒤에 바짝 붙었다.

"……아버지는 어떻게 그 많은 일들을 처리하시는 걸까?"

네 살 꼬맹이 주제에 진지한 얼굴을 하고 무슨 생각에 잠겨 있나 했더니, 그래도 애는 애인지 일하느라 바쁜 부모님들을 생각하는 모양이었다.

처음에는 못 미더운 건지 일하는 내내 곁에서 참견하던 신후왕이 최근 들어서는 거의 모든 일을 떠밀어 버린 탓에 시해랑은 너무 바빴다. 어렸을 때는 하연을 대신해서 해랑이 유와 잘 놀아 주고는 했지만 아무래도 그 역시 바쁘다 보니까…….

"지금에서야 그렇지, 예전에는 그렇지 않으셨습니다. 어떻게 하면 일 안 할까, 공부 안 할까, 놀 궁리만 하셨거든요."

돌쇠의 말에 난간에 얼굴을 기댄 채로 뾰로통하게 있던 유가 눈을 반짝이더니 고개를 들어 올렸다. 들어 본 적 없는 아버지의 옛날이야기였다.

반짝이는 유의 표정을 본 돌쇠가 흐뭇한 미소를 짓더니 그의 옆자리에 털썩 앉았다. 그러고는 본격적으로 해랑의 뒷이야기를 시작했다.

"틈만 나면 담을 넘어서 궐 밖에 나가서서 말입니다…… 제가 찾아다니느라 엄청 고생했었지요."

"아버지께서?"

"예. 또 도박장 같은 곳에도 자주 가셨는데요, 은근히 그런 쪽으로는 운발이 있어서 말입니다. 거의 모든 판을 휩쓸고 다니셨지요. 이름을 날리고 다니셨어요. 물론 본인의 이름이 아닌 제 이름을 도용해서."

"다른 것도 말해 줘."

"아, 이런 적도 있었습니다. 하연 님께 연서를 쓰셨는데, 제가 그걸 실수로……."

그의 말을 집중해서 듣고 있던 유가 고개를 격하게 끄덕이기 시작했다.

돌쇠의 눈으로 본 해랑과 하연의 사랑 이야기에 흥미를 보이던 유가 갑자기 슬퍼 보이는 눈으로 그를 바라봤다.

"……근데 돌쇠는 결혼 안 해?"

갑자기 왜 나한테 화살이 돌아오는 건데? 돌쇠는 당황스러웠다.

"어디 연애를 할 틈을 주셔야 하든 말든 하죠."

자신도 연애니 뭐니 하고 싶은데 못 하는 거라며 울먹이는 돌쇠를 바라보고 있자니, 유는 갑자기 그가 안쓰러운 느낌이 들었다. 힘내라며 한 마디 하려는데 익숙한 목소리가 동궁에 울려 퍼졌다.

"유."

그 목소리의 주인을 알아차린 유가 반사적으로 고개를 들어 상대를 바라봤다. 그러자 역시나, 이제 막 청화궁 정문을 지나고 있는 해랑이 보였다.

유보다도 그를 먼저 알아본 돌쇠가 재빨리 인사했다.

"아, 해랑 님."

서류를 잔뜩 든 이완을 뒤에 달고 나타난 해랑이 동궁에 들어섰다. 그리고 제 앞으로 뛰어오는 유를 보고는 흐뭇하게 웃으며 제 아이의 머리를 쓰다듬었다.

한동안 생글생글 웃으며 아버지를 꼭 끌어안고 있던 유가 막 다시 열리려는 해랑의 입 모양을 보고는 인상을 찌푸렸다.

"왜요. 아버지도 공부 열심히 했냐고 물어보시려고요?"

"아니? 내가 왜? 난 네 나이 때 공부 안 했어."

그 말에 해랑은 왜 자신이 그런 말을 할 거 같으냐는 표정으로 제 아들을 내려다보며 대답했다. 그러자 유의 뒤에 서 있던 돌쇠가 눈을 가늘게 뜨고는 해랑을 흘겨보기 시작했다.

지금 그걸 자랑이라고 말하는 겁니까?

"그리고 내 몫까지 하연에게 듣고 있을 텐데, 뭐."

정답, 정답이다.

들고 왔던 서류들을 방 안에 갖다놓을 것을 지시한 해랑은 돌쇠를 향해 돌아서며 간단히 말했다.

"나 잠깐 나갔다 올게."

"어디 가시는데요?"

들어오기 무섭게 바로 어딜 간다는 건지, 참. 돌쇠가 그를 막으려 했지만 불가능했다. 허술하게 저를 막아선 돌쇠를 유유히 지나친 해랑은 언제 갖고 온 건지 품 안에서 도깨비 가면을 꺼내 들어 얼굴에 썼다.

"네 어머니 데리러."

"어? 저도요, 저도요!"

하연을 데리러 갈 거라는 말에 잠자코 서 있던 유가 폴짝폴짝 제자리에서 뜀박질을 하며 해랑에게 매달렸다. 함께 가겠다는 제 아들을 가만히 내려다보던 해랑은 절레절레 고개를 젓더니 유를 떨어뜨려놓았다.

"너 데리고 나가면 할아버지한테 혼나."

"에이, 안 혼나요. 네? 네?"

"아니, 내가 혼난다고."

그래, 예전에도 하연과 함께 몇 번인가 밖에 데리고 나갔다가 엄청 혼났지. 귀한 왕세손에게 무슨 일 생기면 어쩌느냐며 호들갑 떨던 신후왕의 모습이 떠올랐다.

"제가 혼내지 말라고 할게요. 응? 네? 아버지~"

유가 있는 애교 없는 애교를 박박 긁어모아서는 애원하기 시작했다. 해랑은 아들에게 있어서는 꽤 단호한 편이었지만, 그래도 누가 서하연 아들 아니랄까 봐…….

"……빨리 준비해, 그럼."

"네!"

저렇게 서하연이랑 똑같은 눈으로 올려다보면 못 이기겠단 말이야.

재빨리 편안한 옷차림으로 갈아입고 나온 유는 들뜬 표정으로 해랑을 바라봤다. 그러고 보니까 정말 오래간만에 하는 외출이네. 그는 유가 들뜰 만도 하겠다는 생각이 들었다.

"빨리 완벽하게 왕위를 물려받아야 할 텐데……."

유를 데리고 궐을 나서던 해랑이 중얼거렸다. 그러자 그의 손을 꼭 붙잡고 따라가고 있던 유가 고개를 갸웃거리며 그를 올려다봤다.

"왜요?"

"그래야 네 어머니랑 아버지가 결혼하지."

이제는 꽤 오래된 과거의 약속에 묶여 아직 제대로 된 식도 올리지 못하고 말이야. 물론 남들이 다 아는 부부에 슬하에는 아들까지 두고 있었지만 그래도 해랑은 하연과의 관계를 확실하게 하고 싶었다.

"전 지금 이 상태의 아버지가 좋아요."

"왜? 아버지가 왕이 되면 너도 왕세손이 아니라 왕세자가 되는데?"

"할아버지가 물러나시면 아버지는 중앙궁으로 가실 거잖아요. 전 지금처럼 엄마랑 아빠랑 나랑 다 같이 있는 게 좋아요."

"……중앙궁으로 다 같이 옮기면 되잖아."

해랑의 말에 그를 올려다보고 있던 유가 멈칫했다. 동공이 흔들리고 있는 걸 보니 아무래도 이 방법에 대해서는 미처 생각하지 못한 모양이었다.

"……머리는 날 닮은 게 확실하군."

"……그럼 어떻게 해요? 바보가 되는 거예요?"

"잠깐, 왜 그렇게 심각해지는 거야?"

자신의 머리를 닮았다는 말에 유의 표정이 갑자기 어두워졌다. 유는 마치 금방이라도 울 것처럼 울먹이기까지 했다. 그 반응에 해랑은 인상을 찌푸렸다. 지금 기분이 나쁘다는 거야, 뭐야?

"걱정 마. 아버지도 스무 살 때까지는 꼴통이었어."

"음?"

"네 엄마만 있으면 아무 문제 없으니까."

해랑이 피식 웃으며 머리가 안 좋다는 말에 우울해하고 있는 유의 머리를 쓰다듬어주었다.

"괜찮아. 네 엄마가 어떻게든 해 줄 거야. 날 이렇게 만들어 준 것처럼."

자신들에게는 서하연이 있으니 걱정할 거 없다며 유를 안심시키던 해랑이 눈앞에 보이는 서하연 건물 앞에서 걸음을 멈췄다. 그를 따라 걸음을 멈춘 유가 커다란 건물의 현판을 올려다보며 중얼거렸다.

서하연(曙荷娟)

"어머니랑 똑같은 이름……. 이런 걸 선물로 주다니, 아버지께서는 통이 참 크세요."

"그렇지?"

"그런데 안 창피했어요?"

그냥 주는 것도 아니고, 건물에다가 떡하니 사랑하는 여인의 이름을 새겨 선물로 주다니. 웬만큼 얼굴이 두껍지 않고서는 불가능한 일이었다.

"전혀. 그리고 공짜 아니었어. 물물교환한 거야, 네 엄마랑."

"물물교환이요? 어머니는 아버지께 뭘 드렸는데요?"

이렇게나 커다란 건물을 받으며 과연 어머니가 지불해야 했던 대가라는 게 무엇이었을까? 유가 궁금하다는 얼굴로 해랑을 바라보자 그가 피식 웃더니 유를 번쩍 안아 들었다.

"너."

웅? 흐뭇하게 웃고 있는 해랑과 달리 유는 방금 전 그의 말을 이해 못 하는 눈빛이었다. 그때, 끼이익 소리를 내며 굳게 닫혀 있던 문이 열리고, 그 안에서 나온 여인이 그들을 알아보고는 재빨리 길을 터주었다.

밖과는 달리 안은 다른 세상에 온 거 같았다. 안에는 특이하게도 여인들밖에 보이지 않았다. 내부의 여인들 입장에서 그 남자는 역시 눈에 띄는 방문객이었다.

"아, 무향 님!"

이제는 거의 상징에 가까울 정도로 유명해져 버린 도깨비 가면을 알아본 여인들이 반갑게 인사하며 주위로 몰렸지만, 목적지가 확실한 남자의 걸음은 멈추지 않았다.

"안녕하세요, 무향 님!"

"어, 오늘은 아드님도 오셨네요! 귀여워라!"

"무향 님! 이번에 나온 거 정말 잘 봤어요."

"다음 권은 언제 나오나요? 네?"

그는 그녀들에게 있어서 유명 인사였다.

하지만 뿌리치기에는 그 수가 너무 많았으니…… 결국 한마디도 하지 않고 '그녀'를 만나겠다는 그의 계획은 무산되었다.

"아, 지금은 글을 쓸 정신이 없어서…… 다음 권 예정은 아직 없습니다."

"그런 게 어디 있어요! 기다리고 있는데!"

"저기, 서하…… 아니, 려화 님은 방에 계시나요?"

"아, 네! 가 보시면 계실 거예요!"

려화를 찾는 그의 말을 듣고 나서야 여인들이 재빨리 길을 터 주었다. 이제는 눈을 감고도 찾아갈 수 있을 정도로 수없이 방문했기 때문에 따로 안내는 필요 없었다.

어느 방 앞에 도착한 그가 조심스럽게 문을 두드렸다. 하지만 방 안에서는 대답은 물론 아무런 소리도 들려오지 않았고, 그가 한숨을 내쉬며 안으로 들어섰다.

넓은 방 안은 책과 문서들로 난장판이었다. 그리고 그 난장판 속에 자신이 그렇게나 찾아다니던 여인이 파묻혀 있는 게 보였다.

"서하연, 우리 약속했던 거 잊었어? 저녁은 제대로 궐에 돌아와서 먹기로 했잖아."

"아, 해랑 님."

조심조심 책과 종이들을 피해서 그녀에게 다가간 그는 답답한 가면을 벗었다. 자고 있던 건 아니었는지 감겨 있던 눈이 서서히 떠졌다.

"오늘은 아드님도 와 주셨네요~"

하연이 손을 뻗자 해랑은 피식 웃으며 안고 있던 유를 넘겨줬다. 너무나도 자연스럽게 어머니인 하연의 품 안으로 파고든 유는 기분이 좋은지 실실 웃으며 그녀의 목에 팔을 둘렀다.

"안 그래도 돌아가려고 했어요. 우리 유, 오늘 하루 잘 있었어요?"

"네!"

"착하네."

칭찬에 배시시 웃는 게, 제 아들이었지만 너무나도 순수하고 예뻤다. 하연의 품 안에 안겨 꼼지락거리던 유가 대뜸 고개를 번쩍 들어 올리더니 말했다.

"어머니, 나도 여기 다니고 싶어요."

"음?"

"그럼 어머니랑 계속 같이 있을 수 있잖아요."

"음…… 그건 좀…… 이곳은 여인들을 위한 교육기관이라 여자들만 다닐 수 있어."

"왜요?"

이걸 아이에게 어떻게 설명하면 좋을지 난감했다. 지금이야 나아지고 있지만, 네가 태어나기 훨씬도 전에는 여자들이 교육을 받을 수 있는 환경이 아니었단다, 라고 설명해도 이해 못 할 거 같은데?

"여인들에게 있어, 이곳은 유일한 학습 장소란다. 그런데 그곳에 남학생이 들어오면 그만큼의 여학생들이 배움의 기회를 놓치겠지?"

"……그럼 나는 정말 못 들어가는 거예요?"

하연의 말에 유가 불쌍한 눈으로 그녀를 바라보며 울먹였다.

"나도 여자로 태어났으면 좋았을 텐데……."

"어디 가서 그런 소리 하지 마라. 너 태어나고 네 할아버지가 얼마나 좋아했는데? 이제 이 나라 후계자 문제는 걱정 안 해도 된다고……."

해랑이 한숨을 내쉬며 하연에게 꼭 붙어 있는 유를 바라봤다. 입술을 삐죽 내밀고 징징거리는 꼴이 꽤 귀여운 아들이었지만, 해랑은 제 여자를 곤란하게 만드는 사람들에게는 가차 없었다.

투덜대던 유가 갑자기 멈칫하더니, 씩 웃는다. 그 작은 아이의 미소에 해랑과 하연은 순간 바짝 긴장했다. 누가 그 부모에 그 자식 아니랄까 봐, 무슨 좋은 생각이 떠올랐을 때의 하연의 표정을 쏙 빼닮았다.

"그럼 나, 여동생 만들어 주세요."

"……뭐?"

"여동생이 있으면 걔는 서하연에 들어갈 수 있을 거 아니에요. 그럼 나는 개한테 배우면 되잖아요. 응? 그러니까 빨리."

어이가 없는 하연이 유에게 어떻게 하면 그런 결론이 나느냐 물으려는데 해랑이 말을 싹둑 끊었다.

"그래. 그것참 좋은 생각이네."

그래?

하연은 놀란 얼굴로, 저 혼자 알겠다며 승낙해 버린 해랑을 바라봤다. 그러자 그가 눈을 찡긋거렸다.

"정말요?"

"그래, 약속할게."

몇 번이고 고개를 끄덕이며 유에게 약속하는 해랑이었지만, 하연은 그를 바라보며 고개를 저었다. 사실은 이미 몇 번이고 대립한 문제이기도 했다.

하나면 충분하지 않느냐는 하연과 달리 해랑은 셋도 턱없이 부족하다고 생각했고, 이들의 끝없는 갈등에 해랑 편을 들어주는 신후왕과 하연 편을 드는 이완이 가세하면서 이 문제는 더더욱 커져만 갔다.

그런데 이제는 아들 녀석까지 합세하다니.

"죄송하지만 전 아직 하고 싶은 게 아주 많다고요."

"누가 뭐래? 넌 하고 싶은 거 다 해."

"······."

하연은 다짐하고 또 다짐했다. 둘이 아무리 똑같은 얼굴로 불쌍한 척을 하고 떼를 써도 이것만큼은 절대 양보할 수 없다고.

한편, 유를 바라보며 눈을 찡긋거리던 해랑이 주변에 널려 있는 종이와 책들을 둘러보더니 물었다.

"많이 바빠?"

"음······ 네. 해야 하는 게 너무 많네요."

솔직하게 힘들다고 말한 하연은 자리에서 벌떡 일어났다. 이윽고 기지개를 한 번 켜더니 재빠르게 널려진 책이며 문서들을 정리하기 시작했다.

혼자하면 시간이 걸렸을 텐데 둘, 아니, 고사리 손의 도움까지 포함해 셋이서 하니 순식간에 정리가 끝났다.

"빨리 돌아가자. 유 데리고 나온 거 들키면 혼나니까."

먼저 방문을 나서던 해랑이 가면을 쓰며 중얼거렸다. 제 아들 제 마음대로 못 하냐며 투덜거리고 있지만, 아무리 그라도 왕세손 예뻐하는 아버지에게는 꼼짝을 못 했다.

"저번에도 혼났잖아. 귀환 왕세손한테 무슨 일이라도 생기면 어쩌냐고."

"너무 그렇게 감싸고돌면 나중에 버릇없어지는데."

"우리 아들인데 버릇이 없을 리가 없지. 아, 정정. 네 아들인데 버릇이 없을 리가 없지."

"맞아요, 그건 또 그러네요."

넓은 내부를 지나 정문에 도착한 그들이 문을 지키고 있는 여인에게 인사를 했고, 그들을 알아본 여인은 고개를 끄덕이며 문을 열어줬다. 그 문을 지나고 나가서도 또 다른 문지기 두 명은 더 지나쳐야 했다.

"경비가 삼엄해졌네."

"최근에 귀족 가문들이 이곳에 있는 여인들을 며느리 삼겠다며 노리더라고요. 아무래도 이곳만의 법을 따로 만들어야겠어요. '남자들은 함부로 들어올 수 없다.'나, '입학생들의 정보는 오직 서하연만이 보유한다.' 같은?"

하연은 한숨을 내쉬었다.

맨 처음 이곳에서 여인들을 가르치겠다는 것을 공표했을 때는 사람들의 시선이 좋지 않아 걱정했지만, 그것들을 견디어 내며 장시간 노력한 결과 엄청난 성과를 이루어냈다.

서하연과 몇몇 예문관에서 나온 교육관들에게 배운 학생들이 몇 해 동안이나 국시 순위권 안에 들면서부터 서서히 관심이 늘어나는가 싶더니, 이제는 또 다른 문제가 생겼다. 며느리 욕심 많은 귀족 가문에서 본격적으로 이곳을 노리기 시작한 것이다.

"이곳만의 법이라니. 가능할까?"

"그럼요. 아, 말이 나와서 말인데요, 돌아가는 길에 중앙궁에 좀 들러야겠어요."

중앙궁이라는 말에 해랑은 왜 또 거길 가느냐며 예민하게 반응하기 시작했다.

"왜? 그 영감 내일 왕좌에서 물러난다는 생각에 마음이 싱숭생숭하다고. 오늘 하루 종일 나 괴롭혔단 말이야."

"그러게 왜 선위를 결정하셨대요."

"세자로 책봉한 지는 꽤 됐지만 너도 바깥 일로 바빴으니까. 나하나로는 불안해서 일을 아예 손에서 놓을 수가 없었던 거잖아."

"하긴."

"세자긴 해도 대부분의 정무를 내가 봤으니 그동안은 한 나라에 왕이 두 명 있는 꼴이었던 거지. 하지만 이제 서하연도 안정되었으니 선위를 선포해 나에게 온전히 나라를 물려주고, 전하께서는 손자손녀들이 자라는 모습을 보며 노후를 보내고 싶으시다나 뭐라나."

"음, 그렇군요. 그러니 더더욱 오늘 반드시 가야 해요."

"왜?"

해랑의 질문에 하연은 싱긋 웃으며 그를 돌아봤다.

"사실은 제가 궐에 들어오기 전에 전하와 한 약속이 있었거든요."

"약속?"

갑자기 웬 약속이냐는 그의 질문에 하연은 고개를 끄덕였다.

"네, 제 부탁 하나를 들어주시기로 했지요. 내일부터 해랑 님이 왕위에 오르는 거니까 그럼 오늘 지나면 그거 못 쓰는 거잖아요?"

궐에 막 들어왔을 때 분명 신후왕과 약속을 했다. 그쪽에서 원한 건 첫째, 여성 인재 등용의 성공 사례가 될 것. 그리고 둘째, 당시 영희궁에 박혀 있던 해랑을 데리고 나올 것.

하연은 두 가지를 이뤄내는 대가로 자신이 원하는 것 두 가지를 들어 달라고 부탁했다. 첫째는 희빈의 삼간택에서 벗어나는 데 사용했지만 다른 하나는 나중으로 미루었고, 그것을 오늘까지 사용하지 않고 있었다.

"뭘 부탁드리게? 아까 말한 서하연만의 규칙?"

"마음 같아선 서하연 자체를 아예 국가에서 독립적인 기관으로 만들고 싶지만, 그러기에는 아직 이른 거 같으니까. 일단 지금 할 수 있는 일부터 해야죠."

밖으로 나온 하연이 서하연의 문이 닫히는 걸 지켜보더니 조금 고개를 들어 웅장한 자태를 뽐내는 그 작은 세계를 바라봤다.

"……정말 괜찮겠어?"

"뭐가요?"

"여길 떠날 준비를 하는 거."

하연의 어깨에 팔을 두른 해랑이 그녀와 마찬가지로 고개를 들어 눈앞의 건물을 올려다보며 조심스럽게 물었다.

그와는 달리 돌아오는 대답은 생각보다 시원했다.

"내일부터 해랑 님은 이 나라의 왕이 되는 거잖아요. 저는 왕후로서 그 옆에 서 있어야 하는 게 당연하지요."

"그래도……."

"그리고 당장 떠나는 것도 아닌데요, 뭐. 완벽하게 정리하려면 시간이 좀 걸릴 거예요. 게다가 아주 물러서는 것도 아니잖아요. 서하연의 수장, '려화' 자리를 다른 사람에게 물려주는 거뿐이니까."

"그러네. 아주 연을 끊는 건 아니지."

"당연하죠. 전 멀리서 이곳이 잘 돌아가는지, 죽을 때까지 지켜볼 거니까."

"넌 정말 이곳을 좋아하는구나."

"그야 해랑 님께서 저에게 주신 선물이기도 하고, 마음껏 제 꿈을 펼쳤던 장소였으니까요."

게다가 이름까지 같으니 말이야.

"서하연은 천유국의 자랑거리가 될 거예요."

"물론이야."

맨 처음 그가 선물이라며 이 건물을 보여 줬을 때 자신이 얼마나 놀랐던가. 그날을 떠올리는 것만으로도 행복했다.

그렇게 멍하니 서서 그들의 보물을 바라보길 얼마, 하연이 제 품 안에 안겨 꾸벅꾸벅 졸고 있는 또 다른 보물을 보고는 피식 웃었다.

"그만 돌아가요."

"그래."

그렇게 그들은 한참이나 올려다보고 있던 서하연에서 걸음을 돌려 유유히 궐을 향했다.

그리고 바로 이튿날, 세자였던 시해랑의 왕위 책봉식이 거행되었고 서하연의 일이 완벽하게 마무리된 이 년 후, 왕후 서하연과의 가례가 치러졌다. 그제야 그는 공식적으로 자신의 스승이었던 서하연을 부인으로 맞이할 수 있게 되었다.

이후 서하연은 최초의 여성 교육관으로 기록된 '서하연'의 수장 자리인 '려화'를 후배에게 물려주고, 남은 일생 동안 왕의 곁을 지키며 왕후로서의 소임을 다했다.

워낙 기초부터 탄탄했던 서하연은 그녀가 떠났음에도 불구하고 나날이 명성이 높아졌고 나중에는 천유국의 모든 여인이 들어가고 싶어 하는 교육기관이 된다.

그로부터 기나긴 시간이 흐른 천유국 제율왕 34년.

평화롭고 조용하기만 하던 천유국을 소란스럽게 하는 일이 발생한다.

왕의 신뢰를 한 몸에 받고 있는 데다 천유국의 두 개 기둥 중 하나라 해도 과언이 아닌, 명문 소월가(家)의 가주가 갑작스럽게 세상을 뜬 것이다.

엎친 데 덮친 격으로, 가주 부부의 장례가 치러진 지 일 년도 채 지나지 않아 원래 건강이 좋지 않던 제율왕 역시 세상을 뜨고 그의 어린 아들인 '시하루'가 열두 살의 나이에 왕위에 올라 역사에 이름을 올리게 되었다.

연이은 죽음에 슬퍼하던 백성들의 눈물이 어느 정도 마를 즈음, 서하연의 내부에서는 어떠한 소문이 은밀하게 돌기 시작했다.

서하연의 꽃들 중 그 누구도 본 적은 없지만 서하연 역사상 최연소인 여섯 살의 나이에 문턱 높기로 유명한 그 서하연에 발을 들인 아이가 있다는 소문이.

그리고 이 둘은 후에 다시 한 번 천유국과 서하연을 떠들썩하게 만드는 새로운 주인공이 된다.

후일담(後日譚)

"······정말 괜찮을까?"

"괜찮다니까요? 이걸로 할래요."

표정이 밝지 못한 해랑이 계속해서 하연에게 확인했지만, 하연은 완강했다. 정말 괜찮으니 걱정하지 말라며 그를 안심시켰다.

"아니, 내가 봐도 이건 아닌 거 같아."

둥근 원형의 탁자에 한 자리를 잡고 앉아 있던 강우가 고개를 절레절레 저으며 해랑의 편을 들었고, 그 옆자리에 앉아 있던 령 역시도 고개를 끄덕이며 동의했다.

3대 1. 하연이 열세인 상황이었지만 누구도 감히 그녀에게 뭐라고 하지 못했다.

그들의 앞에는 각각 한 장의 종이가 놓여 있었고, 문가에는 고위 대신 한 명이 땀을 뻘뻘 흘리며 그들의 눈치를 보고 있었다.

이게 무슨 난리인가 하면…… 해랑이 왕위에 오르고 하연 역시 왕후의 자리에 오르게 되면서 왕실의 역사 기록서에 하연의 이름을 올리게 되었다. 기록서에 들어갈 하연의 이야기를 적는 임무를 맡은 건 강우와 령이었다.

'서하연은 아름다운 여인이었다. 늘 외모를 중시했으며, 자신이 원하는 바를 이루기 위해서는 물불 가리지 않고 덤비는 면모도 있었다. 그중의 하나가 바로 희빈과 대립해 왕자빈 간택에서 벗어난 일화이다.'

'서하연은 아름다운 여인이었지만, 그 미모 뒤에는 아주아주 무서운 내면이 감추어져 있었다. 그것은 악마보다도 더 사악하고 도깨비보다도 더 무서워 그녀를 잘 알고 있는 사람이라면 함부로 다가갈 수 없을 정도였다.'

하지만 하연은 그들이 쓴 기록이 마음에 들지 않았다. 이유는 너무나도 객관적이고 사실적이어서, 후대에 좋지 않은 인상을 남길 거라는 우려 때문이었다. 그래서 그녀는 해랑에게도 자신의 이야기를 써 달라고 부탁했다.

"해랑 님이 써 주신 게 가장 좋다니까요? 글 쓰시는 거 특기잖아요?"

"난 소설만 취급해서."

"최대한 미화시켜 주세요."

해랑은 하연의 부탁을 거절할 수가 없었다. 결국 그는 그녀가 원하는 대로 충분한 미화를 넣어 만족스러운 글을 썼다.

이는 하연의 마음에 쏙 들었고, 결국 천유국 역사 기록서에 올라간 그녀에 대한 이야기는 남편이자 왕인 해랑이 쓴 글이 되었다.

*   *   *

천유국 신후왕 43년.

다음 대를 이을 후계자가 없어, 백성들의 걱정이 이만저만이 아니던 시기에 첫째 왕자의 탄생을 시작으로 배다른 왕자들이 연달아 태어나는 경사스러운 일이 일어났다. 하지만 이는 경사인 동시에 뒤이어 찾아올 전쟁의 서막이기도 했다.

이미 오래전부터 여러 가지 방면으로 '평등'을 추구해 온 천유국의 왕실은 백성들에게 모범을 보여야만 했다. 하여, 그들은 후계자 선택의 기준을 바꾸기로 결정했다. 왕후의 자식이건, 후궁의 자식이건. 그 출생이나 태어난 순서에 상관없이 왕자들은 누구나 왕이 될 수가 있었다.

후계자 선택에서 보는 것은 딱 하나.

그것은 바로, 왕의 자리에 앉을 수 있는 '능력'이었다.

이 결단이 사회에 긍정적인 영향을 가져올 거라는 신후왕의 기대와는 달리, 궐 안의 분위기는 삽시간에 차갑게 얼어붙어 버렸다. 각자가 모시는 왕자를 왕으로 만들기 위해 귀족들의 세력이 나누어지면서 왕위 쟁탈전이 벌어진 것이다. 아직 어린 왕자들이 어느 정도 자랄 때까지 누구도 긴장의 끈을 놓을 수가 없었다.

많은 음모와 사악한 계략들이 오가는 가운데, 각 왕자의 교육관을 뽑는 시험에서 당당하게 여인이 통과하는 이례적인 일이 일어났고, 그 여인은 아무에게도 선택받지 못한 세 번째 왕자를 선택했다.

제아무리 왕이 남녀평등을 주장한다지만 그것이 모두에게 받아들여지는 데에는 시간이 필요했다. 여성의 지위를 인정하지 않으려는 자들이 많아서 교육관으로 임명된 그녀를 바라보는 주위의 시선은 그리 좋지 못했다. 궐 안은 더더욱 그러했다.

모두의 기대에 미치지 못했던 셋째 왕자는 그의 교육관이 여자라는 점에서 더욱 다른 이들에게 외면을 당했지만, 여인만은 꿋꿋하게 왕자의 곁에 머물며 열심히 그를 보필했다.

그렇게 왕세자 시험이 치러지고.

놀랍게도 왕의 축복을 받으며 세자로 책봉된 사람은 첫 번째로 태어난 첫째 왕자도, 왕실의 실질적인 안주인, 희빈의 자식인 둘째 왕자도 아닌 셋째 왕자였다.

세자가 된 셋째 왕자는 교육관인 여인의 공로를 인정하여 상을 내렸으며, 그 뒤 여인이 차지하는 사회적인 위치는 한층 상승했다. 궐 밖으로 나온 그녀는 자신의 이름을 따 '서하연'이라는 교육기관을 만들었고, 신입생의 최소 3할은 무조건 평민으로, 나머지는 상인과 귀족들의 여식으로 받아 그 기관에서 교육을 하기 시작했다.

그로부터 몇 년 뒤.

서하연은 특유의 높은 교육 수준을 인정받아 천유국 최고의 교육기관이라는 명성을 얻게 된다. 왕족이든 귀족이든 가리지 않고 여자아이가 태어나면 '서하연'의 입학시험을 치르기 위해 난리도 아닐뿐더러, 그곳을 졸업한 여인은 아무리 평민 신분이라 해도 귀족 가문에서 서로 며느리를 삼으려고 안달이었다.

서하연에 들어가기 위한 시험을 치르는 것도 매년 일어나는 행사 중 하나라 할 정도로 규모가 매우 컸으며, 이러한 입학시험을 시작으로 졸업 때까지 수많은 시험과 경쟁을 견디어 내야만 하는 서하연의 학생들을, 사람들은 치열한 경쟁 속에서 핀 꽃이라는 의미에서 '서하연의 꽃'이라고 부르기 시작했다.

천유국 신율왕 2년.

셋째 왕자가 왕위에 오른 지 2년이 되던 해.

그때까지도 왕의 교육자로 있으면서 어느새 그의 마음을 빼앗아버린 서하연은 모두의 축복을 받으며 왕후 자리에 오르게 된다. 왕후의 자리에 오른 서하연이 가장 먼저 한 일은 자신의 이름을 딴 교육기관, 서하연의 '독립'이었다. 서하연의 전통을 지키기 위해 그녀는 신율왕에게서 지금도, 또한 앞으로도 아무리 천유국의 왕이라해도 사리사욕을 위해 멋대로 서하연의 규칙에 손을 댈 수 없도록 하겠다는 약조를 받아낸다.

　　　　　　　　*　　　　*　　　　*

　"완전 영웅 나셨네."

　"꼭 위인 같네요."

　"……이 정도면 거의 사기 수준이다. 후손들이 어떻게 받아들이
겠어?"

　"때로는 모르는 게 약일 때도 있지요."

　　　　　　　　　　　　　　　　　　　　　　　　　　　　[完]